Zeitalter der Schatten

**- Band I -
Licht- und Schattenwelten
Kataklysmus – die Geburt des Januskinds**

J.B. Pfeiffer

Glossar

Hyp - Pille gegen Hypertonie
KWA - Kommission für die Wahrung des Abkommens
PSR - Pille zur Strahlenreduktion
ABC - Frühstück in der Tube
EIP (Everything Is Possible) - größter Waren- und Dienstleistungsanbieter im Internet
ZWB - Zentrale für weltweite Bildung
Lightener - Waffe im Kampf gegen die Schatten
PID - Präimplantationsdiagnostik
Wächter des Tages - Schutzeinheit des Retters
Wächter der Nacht - Wachen des Obscurs
Periculum - Gebiet außerhalb der Stadtmauern von Lumen-City
AGMEN - Zug zum Transport außerhalb von Lumen-City
Techcus - marktführender Technologiehersteller
Exostra - Brücke, die den alten Port mit dem Periculum verbindet
Syrinxtunnel - zentraler Verbindungstunnel von Bezirk 2 und 3
Tractar - Fährschiff im alten Port
Kit - gebräuchliche Abkürzung für Notfallkit
Sugo - parasitärer Sauger
Crepererum (kurz Crepers) - Nachtclub außerhalb von Lumen-City, in dem sich Menschen freiwillig von Schatten „benutzen" lassen
Lumcatena - Ketten des Lichts mit denen die Lyskrieger ihre Gefangen fesseln
Präsentir - Seher

Luncur - Mutant, empfindlich gegenüber Sonnenlicht, regenerative Kräfte, Hunger auf rohes Fleisch
Versipell - Gestaltwandler
Revera - Neuigkeitenblatt in Lumen City

Prolog

»Basis an Station 3 Alpha, Basis an Station 3 Alpha, bitte melden.«
Knick-knack, die Leitung gab den Ton frei.
»Hier Station 3 Alpha, System hochgefahren, bereit für weitere Befehle.«
Der Offizier warf seinem Vorgesetzten einen letzten prüfenden und zugleich festen Blick zu. Nur geübte Augen konnten so etwas wie Verzweiflung in seinem Blick ausmachen. Für alle anderen blieb das Gesicht starr und ohne Regung. Der Mann in der dunklen Uniform blickte kurz auf und nickte stumm.
»Basis an Station 3. Befehl zu Nemesis erteilt.«
Ein kurzes Rauschen ließ allen Anwesenden den Atem stocken. Keiner von ihnen wagte es auch nur Luft zu holen. Dann drangen die entscheidenden Worte über Funk an ihre Ohren.
»Ziel erfasst. Countdown läuft in 10, 9, 8, ...«
Eine der Übersetzerinnen fiel ihrer Kollegin in die Arme.
»...0! Raketen gezündet!«

Die Welt heute

Nemesis hatte dafür gesorgt, dass alle Abfangraketen wie geplant gestartet waren. Ein Team von international anerkannten Wissenschaftlern hatte unter der Leitung von Dr. Maya Fakim Tag und Nacht über Monate hinweg an einer Lösung gearbeitet. Doch den gewünschten Effekt hatte sie leider nicht.

Während gut drei Viertel des Meteoriten in Form von kleinen Splittern in der Erdatmosphäre verglühten und für ein leuchtendes Spektakel am Himmel sorgten, rasten die restlichen 75 Prozent des tödlichen Kolosses unaufhaltsam auf die Erde zu. Es schlug in der Nähe des Nordpols ein und reichte aus, um alles zu verändern.

Eine dicke Staubwolke zog über die Kontinente und lag wie eine massive, undurchdringliche Dunstglocke über dem Planeten. Infolgedessen brach das gesamte Ökosystem der Erde zusammen. Nichts unter freiem Himmel fand mehr Nahrung zum Leben.

Nachdem die ersten Ausläufer der gewaltigen Staubwolke, die der Meteorit in die Atmosphäre geschleudert hatte, verschwunden waren, zeigte sich erst das wahre Ausmaß der Katastrophe. Hunderttausende fanden nach und nach den Tod. Lebensmittel wurden knapp. Für einige Jahre schien jeglicher technologische Fortschritt wie ausgelöscht.

Die Erde war durch den Zusammenstoß aus ihrer Umlaufbahn gedrängt worden und die Erdachse hatte sich verlagert. Wie ein ins Trudeln geratener Kreisel zog sie nun ihre Bahnen. Die Folgen waren dramatisch.

Tag und Nacht gaben sich nicht mehr im Einklang die Hand, sie wechselten sich in unvorhersehbaren Momenten ab. Das Magnetfeld brach teilweise zusammen und ließ bedrohliche

Dosen von gefährlichen Strahlen bis zur Erdoberfläche hindurch und die Erde drehte sich scheinbar willkürlich mal schneller und mal langsamer. Dadurch gerieten die Kontinente ins sogenannte »Sliden«.

Das Bild der Erde unterlag von nun an einem ständigen Wechsel, sowie die Pflanzen- und Tierwelt. Erdbeben, Unwetterkatastrophen und Vulkanausbrüche ließen nicht lange auf sich warten - ein Nährboden für die Dunkelheit. Angst hatte die Menschen fest in ihren Klauen. Zuflucht und Hoffnung bot ihnen allein ihr unbändiger Überlebenswille.

Schatten tauchten in den zerstörten und dunklen Straßen der Städte auf. Dunkle und diabolische Wesen trieben von nun an ihr Unwesen und wiesen die von Hunger und Zwist gepeinigten Menschen in ihre Schranken.

Zuerst lehnten die Menschen sich auf. Sie bildeten Bürgerwehren, um die Nacht wieder ihr Eigen nennen zu können. Mutanten, die sich den veränderten Umweltbedingungen auf unterschiedliche Weise angepasst hatten, konnten der Fraktion der Menschen zu dem ein oder anderen Sieg verhelfen. Doch als auch die mühsam aufgebaute Technologie aufgrund der geschwächten Infrastruktur versagte, mussten sich die Menschen eingestehen, dass sie chancenlos waren.

Schlachten wurden gewonnen, aber der Krieg war noch lange nicht vorbei.

Resignation ließ die Menschen sich zurückziehen und wie ein auf den Rücken gefallener Käfer hilflos werden. Kein rettender Strohhalm war in Sicht. Die Menschen rotteten sich zusammen. Städte wurden gebaut, die eher Festungen glichen.

In der dunkelsten Stunde der Menschheit glomm kein Hoffnungsfunke mehr.

Nur ein Abkommen zwischen Licht und Dunkelheit, geschlossen im Zwielicht bei eintretender Sonnenfinsternis, zwischen dem Retter und dem Obscur konnte Abhilfe schaffen.
Die Regeln waren eindeutig: Der Tag gehörte den Menschen, die Nacht den Schatten.
Doch nicht alle teilten die Absicht, sich an das Abkommen zu halten.

Das Zeitalter der Schatten begann.

Kapitel I - Das Ende vom Anfang

26. Dezember 2196, 09:26 Uhr, Lumen-City, Stand der Sonne: nicht zu sehen

Sarah schlurfte langsam in ihrem rosa Frotteebademantel durch ihre Wohnung. Ihre dazu passenden rosa Hasenpantoffeln gaben jedes Mal ein ersticktes Quietschen von sich, sobald sie den Boden berührten. In der rechten Hand hielt Sarah einen Becher Ersatzkaffee, in der linken die „Revera", die wie jeden Morgen auf ihrer Eingangsmatte gelegen hatte. Das Neuigkeitenblatt von Lumen-City fiel so dünn aus, dass es die Bezeichnung Zeitung eigentlich gar nicht verdient hatte. Trotzdem freute sich Sarah jeden Morgen auf eine seltsam unaufdringliche Art und Weise auf die kurzweilige Lektüre zum Anfassen und über das, was Lumen-City bewegte. Es gab nicht mehr viel in gedruckter Form. So blieb die Zeitung eins der letzten nostalgischen Relikte und weckte bei so manchem eine tiefe Sehnsucht nach vergangenen Tagen.

Der Becher in Sarahs Hand war angenehm warm. Langsam nippte sie an dem bräunlichen Getränk und schlürfte dabei. Sie trat ans Fenster.

Ein Morgen wie jeder andere. Die Sonne war heute noch nicht aufgegangen und keiner konnte langfristig vorhersagen, wann genau sie an dem heutigen Tag der Nacht ein Ende setzen würde. Sarah blickte auf die Wettervorhersage, die eigentlich weniger das Wetter als den für heute berechneten Sonnenaufgang preisgeben würde. Je nachdem wäre heute T-Shirt oder Herbstmantel gefragt. Dort stand: berechneter

Sonnenaufgang 11:31 Uhr, Sonnenuntergang: 16:14 Uhr, Genauigkeit: 71%. Ein kurzer Tag stand ihr bevor.

Da die Wahrscheinlichkeit, mit der die Berechnungen zutrafen, nicht besonders hoch war, musste jeder, der sich aus dem Haus wagte, seine Notfallausrüstung bestehend aus einem Schutzanzug, einer UV-Lampe, einem Strahlungsmesser, einem Nachtsichtgerät und einer Pille gegen Hypertonie (Bluthochdruck) - kurz Hyp genannt - dabeihaben. Das Set war keine Garantie zum Überleben, aber zumindest war es besser als nichts.

Zum Glück hatte sich die Technologie in diesem Sektor rasant weiterentwickelt, so dass man nicht mehr aus 70 Prozent Muskelmasse bestehen musste, um die Ausrüstung stemmen zu können. Zwar nützten die UV-Lampen nur bedingt etwas gegen einen Angriff aus der Dunkelheit, aber das war immerhin besser als der unbekannten Bedrohung schutzlos gegenüber zu stehen. Das UV-Licht hielt die Schatten in 80 Prozent der Fälle fern, bis sie ein anderes Opfer gefunden hatten. Man konnte sich die Wirkung ähnlich wie bei einer Duftkerze gegen Mückenbefall vorstellen: meistens funktionierte alles wie gewünscht, aber es gab eben auch Ausnahmen. Die Schatten konnten sich nur bei Nacht draußen bewegen, tagsüber verkrochen sie sich in dunklen Gassen und Winkeln oder suchten einen menschlichen Wirt, der sie transportierte.

Es war nicht viel in der Bevölkerung über die Schatten bekannt. Sarah wusste nur zwei Dinge: erstens, Schatten mochten UV-Licht nicht besonders und zweitens fühlten sie sich durch menschliche Emotionen, vorwiegend starke Angst, magisch angezogen. Daher lernten bereits Kinder ihre Emotionen zu kontrollieren und wurden schon früh mittels eines speziell dafür entwickelten Programms abgehärtet, um mög-

lichst keine Angst in sich aufkommen zu lassen. War das Programm erfolgreich, brachte es Kinder hervor, die zwar keine Angst mehr verspürten, aber auch jegliches empathische Vermögen und das, was sie als Mensch auszeichnete, verloren hatten. Sie waren zu gefühlskalten Maschinen geworden.
Doch die Instinkte des Menschen, die sich über Jahrtausende entwickelt hatten, erwiesen sich selbst mittels Genmanipulation als schwer ausschaltbar, weshalb das Konditionierungsprogramm nicht bei jedem Probanden anschlug. Jeder trug eine Hyp bei sich, um im Ernstfall seine Stresssymptome drosseln zu können. Zum weiteren Schutz wurden unter den Städten Tunnelsysteme angelegt, die bei plötzlichem Einbruch der Dunkelheit oder auftretender erhöhter Strahlung mittels Identifizierung per menschlicher DNS geöffnet werden konnten. So hatten die Menschen selbst ohne Notfallausrüstung eine Chance zu überleben - wenn auch nur eine kleine.

Sarah seufzte. Sie hatte schon viel über die Ära vor dem Zeitalter der Schatten gelesen. Es gab Lebensmittel im Überfluss, die Menschen pflegten ihre Vorgärten, grüßten einander bei der samstagmorgendlichen Autowäsche und gingen sonntags in die Kirche. Ein Leben ohne große Überraschungen - zugegeben. Aber zumindest musste man nicht täglich in Angst und Schrecken leben.
Doch diese Zeiten gab es schon lange nicht mehr. Sarahs Tagträume wurden oft von Bildern der „guten alten Zeit" bestimmt. Sie würde ins Kino gehen, auf die Kirmes, Zuckerwatte essen und sich die Nägel pink lackieren. Samstagsnachts nach einem Pizza- und Popkorngelage bei Mondschein würde sie händchenhaltend mit ihrem Freund spazie-

ren gehen und vielleicht auch eine heiße Liebesnacht unter freiem Himmel verbringen. All das hatte sie vor Augen und seufzte dabei geistesabwesend, weil ihr Traum niemals in Erfüllung gehen würde. »Nur Mut«, sagte Sarah sich und anstelle ihres verträumten Blicks trat ein entschlossener. Sie war fest davon überzeugt, dass bald alles besser werden würde. Nur allzu bald.

Heute würde sie es ruhig angehen lassen und ihren freien Tag genießen. All die Dinge tun, die sie gerne tat.

Als erstes entschied Sarah sich dazu ausgiebig zu frühstücken. Wochenlang hatte sie darauf gespart sich ein paar frische Papayas gönnen zu können, eine fast unerschwinglich gewordene Delikatesse. Nun saß sie an ihrem Tisch, vor sich die beiden aufgeschnittenen saftigen Hälften und sah sich die Nachrichten an.

Unruhen in der Stadt hatten vier Menschen das Leben gekostet, als sie versuchten, aus einem der zentralen Gewächshäuser frisches Obst zu stehlen. Die Nacht überraschte sie. Übrig blieb allein eine Hand voll Schutzausrüstungen, die vier seelenlose Körper umhüllten. Die KWA (Kommission für die Wahrung des Abkommens) geht davon aus, dass eine Splittergruppe der Schatten sie verschlungen hat.

Sarah drückte ernüchtert auf den Ausschalter der Fernbedingung. Sie war es leid, nur von Tod und Gewalt zu hören. Mit einem kurzen Zipp verabschiedete sich das Fernsehprogramm und zurück blieb nur ein schwarzer Bildschirm. Die Revera hatte sie bereits nach einem flüchtigen Blick auf die Titelseite beiseite gelegt.

Dort stand in fetten Großbuchstaben: **ERNEUT VERHERENDE ANGRIFFE DURCH SCHATTEN - RETTER GREIFT HART DURCH. PROJEKT „WATCHING-EYE" STEHT IN DEN STARTLÖCHERN -**

Anfängliche Skepsis seitens der Bevölkerung nach neuen Angriffen ad acta gelegt - Umfassende Überwachung soll für mehr Sicherheit sorgen.

Sarah ließ sich Zeit beim Anziehen, putzte sich länger als nötig ihre Zähne und blickte erst wieder auf die Uhr als sie ihr langes Haar kunstvoll hochgesteckt hatte. 10:59 Uhr. Zufrieden betrachtete sie ihr Spiegelbild. Das würde heute wirklich ein außergewöhnlich schöner Tag werden.
Um Punkt 11:31 Uhr verließ Sarah ihre Wohnung. Ihr Notfallkit hatte sie sich an die Seite ihres Hüftgürtels geschnallt. Als sie aus der Tür in den langen Flur des mehrstöckigen Wohngebäudes trat, wurde sie gleich überschwänglich begrüßt.
»Guten Morgen Frau Plein. So früh schon außer Haus?«
Frau Sabratzki blickte Sarah neugierig und fragend zugleich an.
»Ich will die wenigen Sonnenstunden genießen. Sie wissen ja, was Mangelware ist, ist heiß begehrt.«
Frau Sabratzki runzelte die Stirn.
»Aber passen sie bloß auf. Die haben für heute wieder erhöhte Strahlung vorausgesagt. Denken Sie auf jeden Fall an Ihr Notfallkit.«
Mahnend fuchtelte sie mit ihrem manikürten Finger vor Sarahs Nase herum.
»Danke, Frau Sabratzki. Das trage ich immer bei mir.«
Bis auf das eine Mal, vervollständigte Sarah den Satz in ihren Gedanken. Um sich noch einmal zu vergewissern, dass es auch wirklich da war, begab sich Sarahs Hand fast automatisch tastend zu ihrem Kit.
Sie hoffte insgeheim, dass Frau Sabratzki es dabei belassen und sie nicht wieder hilflos einer ihrer stundenlangen Mono-

loge ausgeliefert sein würde. Ein Gespräch mit Frau Sabratzki kam einer Vergewaltigung sehr nahe: obwohl man es nicht wollte, man es kaum noch aushalten konnte, sich innerlich sträubte und wehrte, ertrug man es letztendlich stillschweigend und gab auf. Selbst dezente Hinweise oder konkrete Terminankündigungen liefen ins Leere und wurden kategorisch ignoriert. Das Mitteilungsbedürfnis von Frau Sabratzki schien endlos und unerschöpflich. Auch wenn sie jeden ihrer Gesprächspartner schier in den Wahnsinn trieb, traute sich niemand, ihr den Mund zu verbieten. Jeder wusste um die Gefahr, wenn man es sich mit Frau Sabratzki verdarb.

Sarah klopfte sich demonstrativ auf ihren Hüftgürtel, um das Gesagte noch zu untermauern. Doch Frau Sabratzki nahm sie schon gar nicht mehr wahr. Sie hatte wohl Schritte vernommen und streckte ihre Nase um die Ecke um auszukundschaften, wer außer Sarah noch seine schützenden vier Wände verlassen wollte.

Zum Glück ist die Alte leicht abzulenken, dachte Sarah im Stillen und schlich sich davon.

Frau Sabratzki war auf den ersten Blick eine nette alte Dame. Ordentlich, bieder, interessiert und mit Nickelbrille auf der Nase - ein Erbstück aus dem goldenen Zeitalter wie sie immer betonte.

Trotz Frau Sabratzkis harmloser Gestalt durfte man sich jedoch nicht täuschen lassen. Die nette alte Dame führte Buch über alle Aktivitäten im Haus: wer es wann verließ und natürlich auch mit wem.

Das Fatale daran war, dass Frau Sabratzki sich nicht scheute, die Informationen bei Bedarf an den Meistbietenden zu verkaufen. Nicht selten wurde potentiellen Sympathisanten unterstellt, Schattenwesen Zutritt zu bewohnten Behausungen zu verschaffen. Im Gegenzug erhielt der menschliche

Komplize etwas sehr Kostbares: eine Illusion, eine Scheinwelt wie er sie sich schöner nicht hätte träumen können. Alles in ihr war möglich, nichts war Regeln unterlegt. Der Arme konnte reich sein, der Erfolglose erfolgreich, der Brave mal so richtig böse. Die Schattenwesen wussten genau, wie sie die Menschen für ihre Zwecke manipulieren konnten.

Frau Sabratzki fungierte als Spitzel für die Sicherheitskräfte des Retters, dem Anführer der Menschen, oder für sonst jemanden, der Interesse an Informationen hatte. Sie musste sich dabei nicht einmal besonders anstrengen, die Tätigkeit entsprach einfach ihrem neugierigen Naturell. Brauchte jemand Informationen aus dem Haus oder der Nachbarschaft, Frau Sabratzki konnte sie liefern - gegen Cash versteht sich. Sie war bei weitem nicht die einzige, die das Handeln mit Informationen als lukrative Einnahmequelle für sich entdeckt hatte. Die KWA, der Retter, der Obscur, das Oberhaupt der Schatten, sie alle waren auf Informationen angewiesen, um politisch sowie gesellschaftlich agieren zu können. Die richtigen Informationen zur richtigen Zeit konnten den entscheidenden Vorteil in Strategie und Planung bringen - Vertrauen war gut, Kontrolle besser.

Obwohl Sarah Frau Sabratzki nicht mochte, wollte sie sich jedoch nicht über sie beklagen. Schließlich spickte der alte Hausdrache jeden Morgen durch den Spion und passte auf, dass alles mit rechten Dingen zuging. Solange Sarah Vorsicht walten ließ und Frau Sabratzkis nervige Art ertrug, würde ihr schon nichts passieren. Immerhin machte es ihr Haus auch sicherer. Banden von verwaisten Jugendlichen trauten sich nicht so leicht in diesen Bezirk von Lumen-City. Alle waren über die Kontakte Frau Sabratzkis informiert und fürchteten oder begehrten sie gleichermaßen.

Am Ende des Ganges angekommen, steuerte Sarah an dem Fahrstuhl vorbei auf das Treppenhaus zu. Kurz war sie in Versuchung geraten nicht der Treppe, sondern der Technik zu vertrauen. Aber in der Vergangenheit hatte es schon zu oft Stromschwankungen gegeben, so dass der Fahrstuhl gerne mal steckenblieb, zumal er auch schon einige Jahre auf dem Buckel hatte. Die örtlichen Gewächshausanlagen zogen einfach zu viel Elektrizität. Je nach aktuellem Stand der Sonne, kam noch ein immenser Stromverbrauch für UV-Lampen hinzu. Das hielt selbst das beste Elektrizitätswerk nicht lange durch.

Im Treppenhaus angelangt, kam ihr ein dunkel gekleideter Mann, der seinen Hut tief ins Gesicht trug, entgegen. Er grüßte knapp, indem er kurz an seine Hutkrempe fasste. Sarah ahnte schon, wohin er wollte. Die junge Frau aus 3b hatte in letzter Zeit ungewöhnlich viele Luxusgüter in ihr Apartment liefern lassen. So etwas blieb in einem Wohnblock wie diesem nicht lange unbemerkt. Neider gab es schließlich überall.

Womit die junge Frau ihr Geld verdiente, darüber gab es eine Menge Spekulationen. Frau Sabratzki zerriss sich förmlich das Maul darüber - die Gerüchteküche brodelte. Ausgesprochen wurden die Verdächtigungen allerdings nur hinter verschlossenen Türen. Nicht, dass es die Bewohner großartig scherte - immerhin kochte jeder sein eigenes Süppchen. Aber es brachte ein bisschen Farbe in den tristen Alltag. Bestimmte Klischees und Vorurteile hielten sich hartnäckig trotz fehlender Moral und einer gewissen Verrohung der Sitten und brachten so manchen vergreisten Rentner dazu, seine Ohren zu spitzen und sich für einen Moment am Elend der anderen zu erfreuen.

In Zeiten wie diesen war Neid ein nicht zu unterschätzendes Motiv für weitaus schlimmere Taten, besonders, da diese nicht konsequent gesühnt wurden. War man in Besitz von Geld oder Macht, konnte man sich fast immer freikaufen. Das System war korrupt. Ein straffer und unbestechlicher Rechtsstaat war nicht im Interesse des Retters. Andere Dinge besaßen unter der Herrschaft des Retters Priorität - die Überwachung der Schatten. Tratsch hingegen konnte immer bis zur Quelle zurückverfolgt werden und niemand wollte in den heutigen Zeiten freiwillig Aufsehen erregen oder ins Fadenkreuz der Flüsterpropaganda geraten. Informationen konnten leicht manipuliert werden. Die Wände hatten nicht nur Ohren, sondern auch Augen. Anonymität war die Devise. Vertraue niemandem, noch nicht einmal dir selbst. Privates wurde daher akribisch vor der Öffentlichkeit geschützt.

Mühsam schleppte sich Sarah die Treppen nach unten. Ihr Bein machte ihr immer noch zu schaffen. Nie wieder würde sie ohne Schutzanzug das Haus verlassen, ab jetzt würde sie ihr Kit immer bei sich tragen. Ihre Unvernunft von damals hatte tiefe Narben hinterlassen, nicht nur körperliche, sondern vor allem seelische.
Draußen angekommen hielt Sarah kurz inne und prüfte mit ihrem Messgerät die Strahlung. Der Zeiger schwankte, bewegte sich dann aber von gelb doch zum entwarnenden Grün und verharrte dort. Es würde heute wirklich ein schöner Tag werden.
Die Sonne brannte, aber mittlerweile gehörte es zum Programm eines jeden Menschen zur Morgenstunde eine PSR (Pille zur Strahlenreduktion) einzunehmen. So wurden zumindest 60 Prozent der tödlichen Strahlung von der Haut gefiltert. Zeigte das Strahlungsmessgerät jedoch Werte im

gelben und orangenen Bereich an, so half nur noch der Schutzanzug - allerdings nur für eine gewisse Zeit. Rot hingegen bedeutete sofortigen Rückzug in eines der Tunnelsysteme oder in eine Behausung.
Zu Beginn der Katastrophe hatte es ein regionales Warnsystem gegeben, das erhöhte Strahlung und die nahende Dunkelheit mit einem Heulen ankündigte. Die Strahlung variierte jedoch zu stark, selbst innerhalb eines Bezirks, und so blieb nur das Heulen der Sirene zur Ankündigung der Nacht übrig.
Die Menschen hatten sich mit den veränderten Bedingungen arrangiert. Viele von ihnen kannten es mittlerweile schon nicht anders, denn sie waren in der neuen Welt geboren worden.
Frisches Gemüse oder Obst gab es kaum. Und wenn, dann war es ein pures Luxusprodukt und nur gegen viel Geld, viel Einfluss oder gleichwertige Dienstleistungen (quid pro quo) zu erwerben. Die Normalbürger deckten ihren täglichen Vitaminbedarf mit Astronautennahrung, besser bekannt als Essen aus der Tube. Viele Kinder kannten schon gar nicht mehr den Geschmack von frischen Erdbeeren oder Tomaten, geschweige denn ihr Aussehen. Dr. Oetkers ABC-Frühstück in der Tube war jedoch allen ein Begriff. Fitnessgeräte für den Hausgebrauch erfreuten sich seit Jahren wachsender Beliebtheit. TH (Training at Home) war das Thema für die Leibesertüchtigung. Via Internet war es möglich, sich nahezu alles nach Hause bringen zu lassen - gegen Gefahrenzulage für den Kurier versteht sich. Die Plattform EIP (Everything Is Possible) bot einen schier unendlichen Markt an Dienstleistungen und Produkten. Es gab nicht wenige Leute, die ihre Behausung gar nicht mehr verließen. Selbst körperliche Gelüste konnten so mittels eines kleinen Klicks im Handumdrehen gestillt werden.

In der Arbeitswelt sah es ähnlich aus. Seit es nur noch eingeschränkt möglich war, seinem Job an seinem Arbeitsplatz nachzugehen, stand die Technik immer mehr im Vordergrund. Die meisten Jobs wurden heute per Homeoffice erledigt, sofern möglich. Fabrikarbeiter wohnten in Kolonnen an ihrem Arbeitsort und kamen nur für ein verlängertes Wochenende oder in den sogenannten „Work-out-Phasen" nach Hause. Kinder wurden fast ausschließlich zu Hause via Internet und Webcam unterrichtet, da es zu gefährlich war, ihnen den Schulweg zuzumuten. Zu häufig wurde in den Medien über verschwundene Kinder berichtet.

Viele Kinder wurden auch gar nicht unterrichtet. Sie waren für die wirklich schmutzigen und gefährlichen Jobs in den Arbeiterkolonnen vorgesehen - Bildung war da zweitrangig.

Wer es sich leisten konnte, bestellte einen Privatdozenten zu sich nach Hause und legte über Fernschaltung seinen Abschluss bei der ZWB (Zentrale für weltweite Bildung) ab.

Beziehungen spielten bei der anschließenden Jobvergabe eine entscheidende Rolle. Nur wer Einfluss oder Geld - am besten war es noch, beides zu besitzen - hatte, konnte sichergehen, mit seinen Qualifikationen auch eine angemessene Arbeitsstelle zu ergattern. Isolation statt Gemeinschaft war zum Schlagwort dieser Zeit geworden.

Sarah verdrängte die Angst, mit der sie jedes Mal nach draußen trat. Sie hatte sich für heute viel vorgenommen. Die wenigen Sonnenstunden wollte sie nutzen, um in die Städtische Bibliothek zu gehen, sich ein gutes Buch zu suchen und in dem wunderschönen Freiluftgarten im Herzen der Bücherei ihre Füße in den Bachlauf zu halten. Manchmal waren es eben die kleinen Dinge des Lebens, die ihr eine besondere Freude bereiteten.

Bei plötzlich einbrechender Dunkelheit schloss sich das Dach der Bibliothek binnen Sekunden. Ein verhältnismäßig sicherer Ort - Sarah liebte ihn einfach.

An den Toren der Bibliothek angekommen, streckte Sarah ihre Hand aus, um sich an den zahlreichen Terminals mittels ihres Fingers als Mensch zu identifizieren.

Schon einmal war es einem Schatten gelungen, sich in dem eines Menschen zu verbergen und in die Gemäuer zu gelangen. Furchtbare Verwüstungen hatte es damals gegeben als der Schatten die Stromversorgung kappte und so bei Dunkelheit die Tore für all die Ungeheuer öffnete, die sich sonst in der Tiefe der Nacht verbargen. Blutsauger hatten sich an den Besuchern gelabt und Dämonen sich unschuldige Seelen unter den Nagel gerissen. Doch die Menschen hatten dazugelernt. Generatoren sicherten nun die Stromversorgung der meisten großen Gebäude und speziell ausgebildetes Sicherheitspersonal konnte die Schatten mit ihren UV-Harpunen in Schach halten bis die Kräfte der KWA eintrafen.

Die KWA verschonte niemanden. Wer sich nicht an das Abkommen hielt, ob Mensch, ob Schattenwesen, wurde in Gewahrsam genommen oder verlor sein Leben, bzw. seine Existenz.

Nur die Besten der Besten unter Menschen und Mutanten wurden von der KWA rekrutiert, um Verstöße zu ahnden. Die Mitglieder der KWA besaßen eine nahezu unmenschliche Kontrolle über ihre Emotionen - so erzählte man sich. Zudem war die KWA mit einem der weltweit am besten ausgerüsteten Techniklabore ausgestattet. Der KWA war es auch gelungen, ein Gerät zu entwickeln, das im Kampf gegen die Schatten eingesetzt werden konnte. Die Technik war noch nicht ganz ausgereift, machte sich aber die Tatsache zu Nutze, dass die Schatten eine Art Echolot für menschliche

Angst besaßen. Das besagte Gerät oder vielmehr das besagte Netz, das nur unter dem Namen »Lightener« bekannt war, schaltete diese Spürnase aus und ließ die Schatten ohne Reizempfindung zurück. Wie Fledermäuse ohne Ultraschall und Temperaturrezeptoren waren sie unfähig, sich Nahrung zu suchen. Sie wurden regelrecht ausgehungert. Bisher gab es lediglich einen Prototypen, der sich in der Testphase befand. Aber auch der Obscur hatte seine Leute in der KWA untergebracht. Ein einzelner Mensch, der in dem Bann eines Schattens stand, durfte dem Obscur über die Aktivitäten der KWA Bericht erstatten. Er war das Zünglein an der Waage um sicherzugehen, dass die Menschen sich an das Abkommen hielten und um die KWA im Namen des Obscurs bei der Bekämpfung von abtrünnigen Schatten zu unterstützen. Die KWA war das FBI ihrer Zeit - die Geisterjäger, Polizei, Sozialarbeiter und den psychatrischen Dienst zugleich ersetzen sollte. Eine eierlegende Wollmilchsau - wenn es so etwas gibt. Eine Geheimpolizei von Menschen ins Leben gerufen zum Schutze des Abkommens. Eine unabhängige Einheit, die auf beiden Seiten agierte - der der Schatten und der der Menschen.

Der Retter hatte seine eigenen Leute, die für Sicherheit sorgen sollten. Die Wächter des Tages wurden sie genannt. Auch der Obscur hatte seine Wächter - die Wächter der Nacht.

Sarah betrat die imposante Eingangshalle der Bibliothek. Einer der Sicherheitskräfte warf ihr einen anerkennenden Blick zu. Verlegen strich sie sich eine Strähne, die sich gelockert hatte, hinters Ohr. Ihre Frisur musste ihr heute wohl gelungen sein.

Jeder der Wachleute hielt einen großen Hund an der Leine. Sarah vermutete, dass es sich dabei um eine Schäferhund-Rottweiler-Mischung handelte. So genau konnte sie nicht erkennen, welcher Rasse sie angehörten.
Jeder der Hunde trug eine schwarze Maske über dem Kopf, die nur die Schnauze und die Ohren frei ließ und deren Ausläufer sich über den Rücken bis zur Rute erstreckte. Die Hunde sollten sich augenscheinlich nur auf zwei Sinne konzentrieren: hören und riechen.
Sarah hatte durch Zufall mitbekommen, warum diese speziellen Hunde ein so seltsames Auftreten hatten. Frau Sabratzki hatte mit einer Nachbarin, die an der Ausleihe der Bibliothek arbeitete, im Hausflur getratscht. Dabei kam auch zur Sprache, dass die Hunde zum Erschnüffeln von Schatten eingesetzt wurden. Verbarg sich ein Schatten in dem eines Menschen, so schlugen die Hunde sofort Alarm. Es mussten viel Zeit und ein besonderes Zuchtprogramm nötig gewesen sein, um eine solche Rasse hervorzubringen. Wer weiß, was sich hinter der Maske verbarg. Sicherlich wollte die Regierung nicht, dass die Schatten von einem solchen Trumpf auf Seiten der Menschen erfuhren. Sehr unvernünftig von Frau Sabratzki, darüber im Hausflur zu sprechen. Aber dann und wann überkam eben auch ein solch mit allen Mitteln gewaschener Hausdrache wie Frau Sabratzki der Leichtsinn.

Sarah sah sich um und seufzte. Vielleicht würde sie heute zum letzten Mal einen Blick auf die gewaltigen Reihen an Büchern und historischen Werken werfen. Wenn auch durch die Katastrophe in ihrer Zahl dezimiert, boten sie Interessierten eine große Bandbreite an Literatur und Wissen. Wie ein Schneckenhaus schlängelte sich eine ellenlange Wendeltreppe an den Bücherregalen entlang. Ein gläserner Fahrstuhl in der Mitte führte die Besucher zu der gewünschten Etage. Von oben erweckte die Architektur beim Betrachter den Eindruck, als würde er auf ein Wagenrad blicken: der Fahrstuhl stand für die Nabe, die Gänge bildeten die Speichen und die Bücherregale die Felge.

Zielsicher steuerte Sarah auf die Abteilung mit den historischen Romanen zu. Sie liebte die bild- und wortreichen Geschichten aus vergangenen Tagen, über Freud und Leid, Liebe und Hass. Heute sollte es eins ihrer Lieblingsbücher sein: „Sinn und Sinnlichkeit".

Mit dem Buch unter dem Arm machte sie sich auf in die oberste Etage des Gebäudes, um im Freilichtgarten auf dem Dach genüsslich schmökern zu können. Bei Gefahr würde sich das Dach rechtzeitig schließen, das wusste Sarah. Hier würde sie friedlich ihren Tagträumereien nachgehen können.

Beinahe geriet Sarah von der Wärme der Sonne, der Kühle des künstlichen Bachlaufs und dem mitreißenden Roman in ihrer Hand betört ins Grübeln. Sollte sie wirklich ihren Plan umsetzen?

Doch über diesen einen Gedanken hinaus gelangte sie nicht. Ein lautes, schrilles Heulen riss sie abrupt aus ihren Phantasien. Hektisch wurden Blicke mit den anderen Besuchern und dem Sicherheitspersonal ausgetauscht. Angst und Verunsicherung zeichneten sich in den Gesichtern ab. Eine laute, monotone Stimme durchbrach schließlich den Moment der Anspannung: »Bitte bleiben Sie ruhig und begeben Sie sich in die Eingangshalle. Die Nacht senkt sich über die Stadt früher als erwartet. Ich wiederhole. Bitte begeben Sie sich ruhig in die Eingangshalle. Dies ist keine Übung!«

Der Ton machte die Musik. Obwohl nicht zu überhören war, dass der Sprecher dieser Nachricht routiniert war, schwang ein bedrohlicher Unterton in seiner Stimme mit.

Im gleichen Augenblick war ein leichtes Surren zu vernehmen und die Glaskuppel über Sarahs Kopf schloss sich innerhalb eines Augenaufschlags.

Sarah musste unwillkürlich schlucken. So hatte sie sich ihren freien Tag nicht vorgestellt. Ein Blick auf die Uhr bestätigte ihren Verdacht: es war erst halb zwei. Sarah wurde hektisch. Sie musste hier raus und das schnellstmöglich. Sie wollte nicht bis zum nächsten Sonnenaufgang in einem öffentlichen Gebäude festhängen, das jederzeit zum Zielpunkt von Anschlägen werden konnte. Wer konnte schon genau sagen, wann die Sonne das nächste Mal wieder aufgehen würde?! Zwar waren die meisten Areale der Stadt durch unterirdische Tunnelsysteme verbunden, aber falls es wieder einen Stromausfall geben würde, wäre sie dort gefangen. Sie wollte nicht, dass ihr Tag so enden sollte. Das Zepter aus der Hand zu geben, war so gar nicht ihr Ding. Sie musste es einfach bis nach Hause schaffen, ehe die Nacht über sie hereinbrach.

»Nein, so nicht«, sagte sie sich im Stillen, aber nicht minder entschlossen und ballte ihre Hand zu einer Faust. »Ich habe noch 30 Minuten. Das war die erste Warnung. Ich muss hier einfach nur schnellstens raus.«

So schnell Sarah konnte, rannte sie zum Fahrstuhl. Einer der Wachen rief ihr hinterher: »Hey, haben Sie nicht gehört! Ruhe bewahren! Sonst wandern Sie eh Sie bis drei zählen können in den Arrest.«

Einige Bibliotheksbesucher warfen Sarah verärgerte Blicke zu. Niemand wollte freiwillig den Unmut der Wächter auf sich ziehen. Sarah stoppte abrupt und legte sich einen zügigen Gang zu, der für Außenstehende weniger hektisch wirkte. Sie durfte kein Aufsehen erregen. Andernfalls würde sie hier auf unbestimmte Zeit festsitzen.

Kaum hatte sie den Fahrstuhl erreicht, schlossen sich seine Türen.

»Mist, nur eine Sekunde zu spät!«

Hinter Sarah bildete sich eine lange Schlange. Das Sicherheitspersonal achtete peinlichst genau darauf, dass keiner aus der Reihe tanzte. Wenn auch ihr Auftrag lautete, die Bibliothek und deren Personal und Besucher vor einem Eindringen der Schatten zu bewahren, so wusste Sarah genau, dass sie bei Ungehorsam nur zu gerne das Erlernte an Menschen ausprobierten. Sie traute den Wächtern des Tages nicht. Für sie waren sie nur von Herrschsucht und Geld geleitete Söldner, gesichtslose Vigilanten, die ihre Seele für ein bisschen Macht ohne mit der Wimper zu zucken verkaufen würden und blindlinks Befehlen Folge leisteten. Zu oft hatte Sarah von Korruption und Bestechung gelesen und gehört.

»Verflucht, wo bleibt nur dieser blöde Fahrstuhl!«

Ein abebbender Summton und ein Flackern der Lichter begrub Sarahs letzte Hoffnung, es pünktlich aus dem Gebäude zu schaffen.

»Bewahren Sie Ruhe!« schrie einer der Sicherheitskräfte von hinten. »Die Generatoren werden das Problem in einigen Minuten behoben haben.«

Das war Sarahs Stichwort, denn sie hatte keine Minuten mehr. Blitzschnell nutzte sie den kurzen Moment der Ablenkung und stürmte zum Nottreppenhaus, zu dem eine rote Tür einige Meter links neben dem Fahrstuhl auf jeder Etage führte. Sie warf noch einen kurzen Blick über die Schulter, ob sie unbemerkt geblieben war, dann stürmte sie die Treppen nach unten. Sie hatte Glück, dass die Tür noch nicht verschlossen war. Der kurze Stromausfall musste die automatische Verriegelung außer Kraft gesetzt haben. Das Benutzen der Treppen war nur auf Anweisung erlaubt. Die Obrigkeit behielt gerne

die Übersicht. Im Treppenhaus gab es zu viele Winkel und Nischen, die ohne Videoüberwachung waren. Der gläserne Fahrstuhl hingegen bot keine Versteckmöglichkeiten. Offiziell galt dieses Handeln nur dem Wohlergehen der Bevölkerung. Doch Sarah wusste es besser: Angst lähmte die Menschen. Sie ließen sich alles gefallen. Begehrten nicht auf.
In der Geschichte der Menschheit gab es genug Beispiele, wie Herrscher sich die Angst ihres Volkes zunutze machten. Wer Sicherheit geben will, muss Angst schüren - auch wenn das die Schatten anlockte. Die Menschen waren so orientierungslos geworden und es war so einfach, die Verantwortung abzugeben. Es kostete nur einen Moment.

Sarah lief so schnell es ihre Beine zuließen. Stechender Schmerz packte sie immer wieder. Aber ihr Wille und der einsetzende Adrenalinschub machten ihn für den Moment erträglich. Die Hälfte der endlos scheinenden Treppen hatte sie schon geschafft. Ihre Lunge brannte wie Feuer und ihr schwerer Atem heulte in ihren Ohren.
»Du hast es gleich geschafft! Nicht aufgeben!« Wie ein Mantra murmelte Sarah den Satz immer wieder vor sich her. Sie hoffte inständig, dass die Generatoren den Betrieb der Kameras und des automatischen Verriegelungssystems noch nicht wieder aufgenommen hatten. Die rettende Ausgangstür war schon zum Greifen nahe. Wie ein riesiges, leuchtendes Reklameschild kam ihr der grünlich schimmernde Richtungsweiser mit der Aufschrift »Notausgang« vor. Als wollte es sagen: »Hier entlang, Mädchen. Du hast es fast geschafft. Nur noch ein paar Meter.« Je näher Sarah der Aufschrift kam, desto heller wurde das Leuchten. »Seltsam«, dachte sie noch als plötzlich auch die Kameras an den Wänden ein

Eigenleben zu entwickeln schienen. Von überall blitzten rote Augen auf, die nur auf sie gerichtet waren.
»Nein, nein, es ist zu spät!«
Sarah streckte den rechten Arm aus, um die Tür aufzustoßen.
»Bitte mach, dass sie nicht verschlossen ist!«
Sie hörte ein Klacken. Der Schließmechanismus war schon in Gang gesetzt. Sie würde es nicht mehr rechtzeitig schaffen. Die Sicherheitskräfte würden sie entdecken und was dann geschah, darüber wollte sie gar nicht erst nachdenken: Ungehorsam gehörte zu den Delikten, die rigoros bestraft wurden. Geld, Macht und Einfluss besaß sie nicht. Menschen waren schon wegen weniger spurlos verschwunden.

Ein kurzer Knall riss Sarah aus ihren Gedanken, der nicht mehr als eine Mikrosekunde gekostet haben konnte. Ein Fuß wurde mit aller Kraft gegen die Tür getreten und schob sich mit der Spitze zwischen Tür und Rahmen, so dass ein kleiner Spalt entstand. Die Mechanik gab einen ächzenden Laut von sich, wollte sich aber noch nicht geschlagen geben.
»Komm schon, komm!«
Dem Fuß folgte eine Hand, die sich Sarah entgegenstreckte. Sarah griff intuitiv nach ihr und wurde mit einem Ruck nach draußen gerissen. Mit einem kräftigen Klack schloss die Tür hinter Sarah und man konnte hören, wie das Verriegelungssystem seine Arbeit verrichtete.
Sarah strauchelte. Durch den Ruck hatte sie ihr Gleichgewicht verloren und konnte sich nur mit Mühe wieder aufrichten. Die Sonne brannte längst nicht mehr so stark und trotzdem sah Sarah nur schemenhafte Umrisse als sie ihren Blick zu fokussieren versuchte.

»Wir haben keine Zeit, uns auszuruhen! Ich schätze, uns bleiben noch knappe 15 Minuten bis es stuckdunkel ist. Komm, los nun komm doch!«

Wieder wurde an Sarahs Arm gezogen. Sie strauchelte hinter ihrem vermeintlichen Retter her und fühlte sich völlig orientierungslos. Erst allmählich begannen sich ihre Augen an das gleißende Licht der Sonne zu gewöhnen. Die Strahlenwerte mussten erhöht sein, denn ihre Augen brannten als hätte man sie mit Säure übergossen. Vor ihr tauchte ein brauner Lockenkopf auf. Schmale Schultern, die mit langen schlaksigen Armen verbunden waren, zogen Sarah hinter sich her.

»Wwwer bist du? Wwwo bringst du mich hin?« stammelte Sarah.

»Na zu Block 3, du Dummchen. Wohin denn sonst?«

Ohne sich umzudrehen, rannte er weiter, Sarah im Schlepptau.

»Woher weißt du, wo ich wohne?«

»Woher wohl.«

Sarah konnte spüren wie der Unbekannte mit den Augen rollte.

»Wir wohnen doch im selben Haus! Erst dachte ich, ich wäre allein im Treppenhaus, aber so laut wie du geschnauft hast, wundert es mich, dass die Sicherheitskräfte dich nicht gleich in den Arrest gesteckt haben. Ich habe kurz gewartet, um sehen zu können, von wem ich da verfolgt werde. Dann sah ich, dass du es warst, die die Treppen heruntergestolpert kam. Ich konnte dich ja nicht einfach hinter verschlossenen Türen zurücklassen. Das versteht man doch unter guter Nachbarschaft, oder etwa nicht?«

Sarah war zu irritiert, um eine Antwort zu geben. Hilfsbereitschaft von einem Fremden war selten geworden. Doch nun machte es Klick in ihrem Kopf.

Tom, es war Tom. Der junge Mann, der drei Türen weiter wohnte. Er musste sehr gut trainiert sein, um gleichzeitig sprechen und ein solches Tempo vorlegen zu können.
»Leg einen Zahn zu, Sarah. Die Sonne geht gleich unter.«
Sarah wunderte sich, dass ihr Bein unter den Belastungen noch nicht unter ihr zusammengebrochen war, aber es hielt. Es klang widersinnig, aber Sarah fühlte sich unter der Anstrengung der Flucht sogar merkwürdig belebt und vital.
»Ecke Sapienallee. Nur noch ein paar hundert Meter und wir sind da!«
Sarah rannte wie mechanisch. Ihre Beine taten es einfach denen von Tom gleich. Die Häuser zogen an ihr nur so vorbei. Das zentrale System hatte bei den meisten Häusern schon die Rolladen zum Schutz vor den Gefahren der Dunkelheit heruntergelassen. Rautenförmige UV-Gitter vor den Fenstern rundeten das Gesamtbild ab. Würde ein Schatten sich in diesem Netz aus Licht verfangen oder sich ihm auch nur nähern, erging es ihm wie Motten in einer Lichtfalle - ein Knistern, ein Zischen und das wars.
Ein altes Banner in wirkungsvollem Schwarz-Gelb gehalten, erregte Sarahs Aufmerksamkeit.
Ein Abbild des Retters mit kraftvoll erhobener Hand und dem Ausruf: KEINE MACHT DER DUNKELHEIT! KEINE MACHT DER PROFITGIER! RETTEN KANN EUCH NUR DER RETTER!
Knapp 50 Jahre war es nun schon her, dass der Retter sich zum Messias der Überlebenden erklärt hatte. Mit Parolen und einer ausgeklügelten Werbestrategie hatte er sich die Stimmen der Menschen erkauft. Ein Abkommen mit dem Obscur, dem Sprecher der Schatten, sollte seine guten Absichten besiegeln. »Friede für alle« war einer seiner beliebtesten Propagandasprüche. Der Tag sollte den Menschen, die Nacht

den Schatten gehören. Versprechungen über Versprechungen, dass alles sich zum Guten wenden würde. Über die Medien wurde nichts anderes publiziert. Alles war perfide aufeinander abgestimmt, sogar das Unterhaltungsprogramm. Doch Sarah wusste es besser. Die Menschen hatten einfach nur vergessen, was die Geschichte sie gelehrt hatte.

Tom zog jetzt nicht mehr nur an Sarahs Arm, er riss förmlich an ihr. Sarah wusste nicht, wie lange ihr Bein dieses Spiel noch mitmachen würde, sagte aber nichts, denn sie war gleichermaßen froh, wie verunsichert, jemanden an ihrer Seite zu haben. Seit damals war ihr Bein nie wieder voll belastbar gewesen. Schmerzen plagten sie bei jedem Schritt. Das Kind hatte sie nicht retten können, der Schatten hatte es sich einfach genommen. Ihr Opfer war völlig umsonst gewesen.
Die Straßen waren jetzt menschenleer. Wo sich zuvor noch Frauen und Männer unterhalten und Kinder gespielt hatten, blieben nun nur noch Stille und Einsamkeit zurück.
War die Sonne aufgegangen und der Strahlungsindex auf Stufe Grün, verwandelten sich die Straßen für gewöhnlich für kurze Zeit in das blühende Leben. Wie der ausgetrocknete Saharaboden in der Wüste, saugten die Menschen das Licht in sich auf und tankten pure Lebensenergie. Aber in der letzten Zeit waren die harmlosen Sonnenstunden selten geworden. So selten, dass die Menschen dem Frieden nicht mehr trauten und lieber in den gewohnten vier Wänden verharrten als für einen kurzen Moment das zu genießen, was ihnen dann wieder auf unbestimmte Zeit aus den Händen gerissen werden würde.
Das Ziel war für Tom und Sarah schon zum Greifen nah, als plötzlich ein Raunen und Flüstern durch die Straßen zog. Die

UV-Lampen entlang des Weges sprangen an. Die Sirenen heulten ein letztes Mal auf, ehe sie mit einem erstickenden Laut verstummten.

Sarah blickte unwillkürlich hinter sich. Die Sonne schickte gerade ihre letzten Strahlen über das Land und vor ihr lag nur eins - ein langer, schwarzer Schatten. Angstschweiß perlte Sarah von der Stirn. Sie würden es nicht mehr rechtzeitig schaffen! Sie würden sterben oder schlimmer.

Sarah zuckte überrascht zusammen, stolperte und knallte ächzend gegen den Rücken von Tom - eine gepanzerte Limousine brauste dicht an beiden vorbei. Zweifellos mit einem hohen Tier auf dem Rücksitz. Die UV-Scheinwerfer tauchten alles in ein unwirkliches, violettes Licht, das alles wie durch eine rosarote Brille hindurch erscheinen ließ.

Tom verzog kurz das Gesicht vor Schmerzen, dann nahm er sein gewohntes Tempo wieder auf.

Etwas polterte zu Boden.

Sarah konnte aus dem Augenwinkel gerade noch erkennen, was es war.

»Tom, dein Notfallkit!«

Sarah wollte schon umkehren, als Tom sie vehement weiter nach vorne riss.

»Lass es liegen! Wir haben keine Zeit mehr!«

Tom hatte recht. Es kam jetzt auf jede Sekunde an.

Sarah mobilisierte ihre letzten Kräfte und legte noch einen Zahn zu. Tom musste nun nicht mehr ziehen, sondern aufpassen, dass Sarah ihm nicht auf die Hacken trat.

»Nur noch um die nächste Straßenecke, dann sind wir da«, prustete Tom.

Sarah riskierte in ihrer Angst immer wieder einen Blick über ihre Schulter. Der Schatten hatte sie nun schon fast eingeholt

- der nächste Einstieg in das unterirdische Tunnelsystem lag in weiter Ferne.

Alles um sie herum war nachtschwarz. Nackte Angst machte sich in Sarah breit.
Eine Krähe zog krächzend mit kräftigen Flügelschlägen an ihnen vorbei.
Die Vorboten der Schatten.
»Wir schaffen es nicht mehr rechtzeitig«, jammerte sie, »unmöglich! Ich rufe jetzt die KWA.«
Sarah hatte schon eine Hand an ihrem Kommunikator, als Tom sie unterbrach.
»Natürlich schaffen wir es. Vor unserem Wohnhaus ist ein großes UV-Flutlicht. Ich kann es schon sehen. Schalt so lange deine Notfalllampe an. Die KWA kann uns eh nicht helfen, die brauchen viel zu lange.«
Erst jetzt bemerkte Sarah, dass Tom nicht nur sein Notfallkit verloren hatte, sondern auch kein UV-Licht an seinem Gürtel trug. Sie wollte schon nachhaken, wie er nur so leichtsinnig sein konnte, zögerte dann aber und beschloss, dass momentan nicht die Zeit für Fragen war. Sarah schaltete wie gefordert ihre Lampe ein. Ihr Gürtel glühte schwach in dem für UV-Licht typischen blau-violetten Schein. Die Akkus waren nicht mehr die allerbesten. Sarah rann der Schweiß in die Augen und sie musste ihn mit der linken Hand verreiben, um überhaupt noch etwas - trotz der Schwärze der Nacht - sehen zu können. Mehr und mehr überkam sie das Gefühl, dass sie jemand oder etwas verfolgte.
Das Flüstern und Raunen um sie herum wurde mit jedem Schritt lauter und lauter. Ihr Herzschlag dröhnte in ihren Ohren und ihre Absätze auf dem Asphalt glichen in ihrer Wahrnehmung einer Herde Elefanten. Sie musste unbedingt

ihre Gefühle wieder in den Griff bekommen. Aber selbst der Dauerlauf, in dem sie sich immer noch befand, half nicht den Stress abzubauen. Sie dachte daran, ihre Notfallpille zu nehmen, um ihren Herzschlag zu beruhigen, aber dafür war es sicherlich längst zu spät.

Da, da war etwas. Sarah war sich sicher, an der Hauswand eine Bewegung ausgemacht zu haben.

»Tom? Tom, halte bitte wieder meine Hand«, flehte sie, denn der Druck in ihrer Rechten hatte nachgelassen. Ein Schatten zog sich durch Sarahs Blickfeld. Tom war nicht mehr da.

»Tom ist weg! Sie haben sich Tom geholt!«

Panisch ergriff Sarah die UV-Lampe an ihrem Hüftgürtel und hielt sie mit ausgestrecktem Arm wie ein Schild hinter sich, vor sich - sie ließ die Lampe rotieren um jeden Winkel mit Licht zu erhellen. Da war nichts.

Wie in Trance strauchelte Sarah weiter und erreichte letztlich die rettende Eingangstür. Zitternd legte sie ihren Finger zur Identifikation auf das gelblich schimmernde Feld. Die Tür öffnete sich im gleichen Augenblick. Noch einen letzten Blick in die Nacht werfend rief Sarah flehend: »Tom, bitte, sag was, wenn du noch da draußen bist!«

Ein schriller Schrei beantwortete ihren verzweifelten Ausruf. Ein kalter Windstoß zog an ihrem Nacken vorbei und verursachte bei ihr eine Gänsehaut. Fast war ihr so, als würde Tom wieder nach ihrer Hand greifen. Aber dann schüttelte Sarah den Kopf.

»Nein, das kann nicht sein!« Sie musste schnellstens ins Haus. In Sicherheit.

Sarah wusste genau, dass sie Tom nicht hätte helfen können. Wer einmal in die lautlosen Fänge der Schatten geraten war, kehrte nicht mehr zurück. Jedenfalls nicht so wie zuvor.

Einmal tauchte ein Junge wieder auf, der bis dato als verschollen galt. Eine Befragung des Jungen war zwecklos, jedenfalls waren das die Worte von Beatrice Curio von den Nuntios, den Tagesnachrichten. Seelenlos wie ein hirnloser Zombie war er zurückgekehrt, das typische Kennzeichen eines unter dem Einfluss der Schatten stehenden im Gesicht tragend - pechschwarze Augen. Er war zu einem Lakai der Schatten geworden.

Obwohl Sarah wusste, dass sie Tom nicht hätte retten können, nagte der bittere Geschmack der Vorwürfe, die sie sich machte, stark an ihr.

Hätte er ihr doch nur nicht geholfen. Wäre sie dem Kind niemals hinterhergerannt.

Atemlos und von der Flucht sichtlich erschöpft erreichte Sarah ihr Apartment. Ihr Herz raste. Schweiß perlte ihr von der Stirn. Mit unsicheren Fingern betätigte Sarah den Sensor, der ihr die Tür öffnete. In der Wohnung angekommen brach Sarah zusammen und rutschte an der Tapete entlang auf den Flurboden. Die Kälte des Linoliums unter ihren Händen tat ihr gut und ließ sie erleichtert aufatmen. Sie hatte es geschafft. Sie war tatsächlich einem Schatten, einem Seelen- und Sündenfresser entkommen. Nie wieder würde sie einen so dummen Gedanken fassen. Von heute an würde sie jeden Tag ihres Lebens genießen und sei er auch noch so kurz.

»Das ist ein guter Vorsatz«, flüsterte es in ihrem Kopf. »Am besten, du fängst gleich damit an.«

Das waren die letzten Worte, die Sarah Plein in ihrem jungen und kurzen Leben vernahm. Der grüne Schimmer in ihren leuchtenden Augen erlosch und ihr Körper steuerte willenlos auf das Badezimmer zu. Im Gehen fielen ihre Kleider zu Boden. Als sie splitternackt vor dem großen Badezimmerspiegel stand, zierte ein Grinsen ihr Gesicht. Es lag schon alles bereit.

Um 19:26 Uhr glitt der Körper von Sarah Plein, der sich im Kerzenschein anmutig bewegte, in das warme, nach Rosen duftende Badewasser und ergriff die Rasierklinge. Als das Badewasser auch den letzten Tropfen des Lebenssafts aus ihrem Körper gewaschen hatte, hatte sich schon ein See aus Blut zwischen den Kacheln des Badezimmerbodens gebildet. Sarahs linkes Handgelenk baumelte schlaff vom Rand der Badewanne herab - regungslos.

Zur gleichen Zeit nur ein Stockwerk unter Sarahs Apartment, griff Hermann Bergler entschlossen in das Fach hinter seinem Kleiderschrank, wo er die Waffe seines Vaters verwahrte. Bislang war sie noch nicht zum Einsatz gekommen, da normale Waffen gegen Schattenwesen völlig nutzlos waren. Nur spezielle UV-Geschosse konnten ihnen in ihrer ursprünglichen Form etwas anhaben.

Minutiös lud er die Waffe mit den in einer separaten Schachtel aufbewahrten Kugeln. Hermann streichelte fast liebevoll das alte Erbstück und trat dann mit einem entschlossenen Lächeln ins Wohnzimmer, wo seine Frau gerade die Wäsche faltete und seine beiden Kinder einen Zeichentrickfilm sahen. Totenstill war es, keiner der Anwesenden sagte ein Wort. Nur das leise Brummen des Generators, der in der hintersten Ecke des Zimmers stand, und die Titelmelodie der Zeichentrickserie waren zu hören. Die Fenster waren fest verschlossen und allein das Flimmern des Fernsehers erhellte den Raum soweit, dass Hermann sah, wohin er trat.

Mittlerweile hatten sich alle an die Bedrohung auf der anderen Seite der Fenster gewöhnt. Die Kinder waren schon damit aufgewachsen, so dass dieser Abend einer wie jeder

andere war. Hermanns Frau Andrea sah kurz auf, als er das Zimmer betrat. Die Kinder hingegen waren so von dem Cartoon gefesselt, dass sie gar nicht bemerkten, wie ihr Vater die rechte Hand hob, die Waffe entsicherte und schoss.
Der Schuss traf ins Schwarze. Andrea blieb noch kurz stehen, um dann in sich zusammenzusacken und wie ein Stein zu Boden zu fallen. Wie erstarrt lagen die beiden Kinder auf dem Fußboden vor dem Fernseher und krallten ihre kleinen Hände in den flauschigen Flokati. Der zweite Schuss traf den Jüngsten in die Brust, der noch einen gurgelnden Laut von sich gab und dann die Augen nach hinten verdrehte. Im selben Augenblick, als der dritte Schuss fiel, löste sich ein kleiner glänzender Tropfen von der Decke des Wohnzimmers und fiel dem Mädchen mitten auf ihren weißblonden Schopf. Wie ein Tropfen Blut im unberührten Schnee verharrte er dort, eh er sich seinen Weg über ihre Stirn hin über ihre Wange bahnte. Dem Tropfen folgend löste sich ein kleiner Rinnsal, der sich nun unabdinglich Tropfen für Tropfen auf ihre Brust niederlegte.
Das Mädchen blieb wie betäubt auf dem Boden liegen und vernahm noch, wie aus weiter Ferne, wie ihr Vater zum Lichtschalter schritt und sein Werk betrachtete.
Das Letzte, was sie von ihrem Vater sah, war, wie er sich die Waffe mit geschlossenen Augen in den Mund steckte und abdrückte.
Angst, in die Hölle zu kommen, hatte er nicht. Das Fegefeuer war nur eine Erfindung der Kirche - nicht mehr, nicht weniger.
Im Hintergrund tickte die Wanduhr. Es war 19:26 Uhr.

Kapitel II - Albträume

Schweißgebadet wurde ich wach. Wieder diese Albträume. Ich brauchte dringend einen Schlag kaltes Wasser ins Gesicht. Müde schlurfte ich ins Bad, wo ich den Wasserhahn aufdrehte und solange wartete, bis das Wasser eiskalt aus dem Hahn quoll. Langsam ließ ich mir den Strahl über beide Unterarme und die Handgelenke laufen und spürte zufrieden, wie mein Puls sich normalisierte. Matt hielt ich mich mit beiden Händen auf den Waschbeckenrand gestützt. Ich konnte mich gar nicht daran erinnern, wann ich das letzte Mal durchgeschlafen hatte. Mit einem erschöpften Seufzen sammelte ich etwas Wasser in meinen eine Mulde bildenden Händen und klatschte es mir mit einem kräftigen Schwung ins Gesicht. Durch die feuchten und gespreizten Finger hindurch blickte ich in den Spiegel.

Meinem Spiegelbild war anzusehen, dass es seit längerem nicht viel Schlaf bekommen hatte. Dunkle Ringe legten sich wie Schatten unter die Augen und mein sonst so rosiger Teint erschien fahl im Licht der Neonröhre. Daran änderte auch die durch die ständige Beleuchtung mit UV-Licht erzeugte Bräune nichts. Meine hellen Haare wirkten zurückgestrichen und vom Wasser gesättigt dunkel. Die kohlrabenschwarze Strähne, die sich rechts meines Gesichts vom Haaransatz bis zu meinem Hals schlängelte, war noch schwärzer als sonst - wenn dies überhaupt möglich war. Zumindest passte sie jetzt perfekt zu meinem rechten Auge.

Viele, die mich das erste Mal sahen, erschraken. Ein Auge türkisblau, wie das Wasser einer unberührten Lagune, das andere schwärzer als die schwärzeste Nacht. Doch meine schwarze Strähne arrangierte ich meistens so geschickt und kunstvoll, dass sie mein dunkles Auge verdeckte und auf den ersten Blick nicht preisgab, was sich dahinter verbarg.

Notdürftig band ich meine Haare zu einem Pferdeschwanz zusammen und blickte auf die Anzeigetafel, die sich wie in jedem meiner drei Zimmer auch im Bad befand. 03:11 Uhr, mäßige Strahlung, Sonne hat Höchststand erreicht, prognostizierter Sonnenuntergang: 08:21 Uhr. Ich hatte den Großteil des Tages verschlafen.

Ich fühlte mich wie erschlagen und versuchte meinem Körper mit einer Tube, deren Aufschrift den Geschmack von Beef and Bacon versprach, einem Vitamindrink mit einem guten Schuss Koffein und ein paar Situps Leben einzuhauchen.

Wie sehr wünschte ich mir eine Tasse frisch gebrühten Kaffee - das wäre eine willkommene Abwechslung zu diesem Synthetikzeug. Einmal war ich in den Genuss gekommen und durfte während eines Undercover-Einsatzes eine Tasse des heißen und belebenden Getränks zu mir nehmen. Tief sog ich die Luft ein, so real war die Erinnerung vor meinem geistigen Auge - ich hatte damals Stunden verbracht mir den Duft genauestens einzuprägen.

Seit die Temperatur der Erde durch die atmosphärischen Veränderungen und den abrupten Tageswechsel bedingt extrem starken Schwankungen ausgesetzt war, wuchsen anspruchsvolle Pflanzen wie Kaffee nur noch in vereinzelten Gewächshausplantagen, deren Ernte allein den Reichen und Mächtigen vorbehalten war.

Wer hatte gesagt, dass die Welt gerecht war.

Nachdem ich erfolglos feststellen musste, dass ich - egal wie sehr ich mich auch anstrengte - heute einfach nicht zu Höchstleistungen fähig sein würde, gab ich resigniert auf und setzte mich an meinen Schreibtisch.

Seit die Sonne nur unregelmäßig aufging, war der biologische Rhythmus der meisten Menschen durcheinander geraten. In den Jahren nach der Katastrophe als sich die Staubwolke wieder gelegt hatte, waren die Schwankungen immer häufiger aufgetreten, so dass an einen geordneten Tag-Nacht-Wach-Schlaf-Rhythmus nicht mehr zu denken war.
Einige Menschen passten sich erstaunlich gut an die neuen Verhältnisse an - andere weniger. Sie bekamen Depressionen, Angstzustände, Stimmungsschwankungen. »Spontane Mutation« wurde die rasante Entwicklung genannt, die den Menschen eine schnelle Anpassung ermöglichte. Mit hoher Wahrscheinlichkeit durch die erhöhte Strahlung und durch die atmosphärischen Veränderungen bedingt, passte sich auch die Menschheit, deren Evolution so lange stagniert war, an die neuen Bedingungen an.
Zuerst in kleinen Schritten: Dunklere Hauttypen setzten sich durch, da sie sich der Strahlung der Sonne gegenüber als wesentlich widerstandsfähiger erwiesen als ihre hellhäutigen Artgenossen. Ich mit meinen weißblonden Haaren war also beinahe eine echte Ausnahmeerscheinung.
Zugleich entwickelte das menschliche Augenlicht eine ungewöhnlich hohe Sensibilität gegenüber der Sonne, dafür passte es sich umso schneller der Dunkelheit an. Die Fähigkeit Farben sehen zu können litt zwar darunter, aber in einer Welt der Extreme, die zurzeit vorwiegend aus Dunkelheit bestand, erwies sich diese neue Fähigkeit als durchaus nützlich.
Doch die Evolution machte noch längst nicht halt und ihre Sprünge wurden größer. Menschen, die das Tageslicht auf einmal nicht mehr vertrugen, mit grünen oder bernsteinfarbenen, katzenähnlichen Augen und einem unbändigen Hunger auf rohes Fleisch oder Blut - sogenannte Luncure. Ihr

Organismus regenerierte Zellen sehr schnell, daher der gesteigerte Energiebedarf. Sie absorbierten das fremde Gewebe und Eiweiß regelrecht, um es dann in zelleigenes umzuwandeln. Um ihre Beute möglichst unbelassen verspeisen zu können, gingen sie des Nachts auf Jagd.

Die Umwelt brachte jedoch noch weitere Wesen hervor. Paranormale wurden die Geschöpfe genannt, die geistige Veränderungen durchmachten. Genau erforscht war dieses Gebiet noch nicht. Viele der Mutanten hielten sich lieber im Verborgenen, aus Angst vor Ausgrenzung und Intoleranz. Fremdes wurde auch in diesen schweren Zeiten immer noch mit Skepsis und Unbehagen aufgenommen - daran würde sich wohl nie etwas ändern.

Ich selbst hatte weniger Probleme mit diesen »Freaks«.

Werfe niemals einen Stein, wenn du im Glashaus sitzt - ich war schließlich selbst einer.

In meiner Einheit war längst durchgesickert, dass ich „speziell" war. Auch ich hütete ein Geheimnis, das ich niemals jemandem anvertrauen würde - es machte mir selbst eine Höllenangst.

Eine Zeit lang wurden Freaks wie ich von der Regierung im Verborgenen gejagt und getötet. Die Regierung duldete keine Ausreißer, keine Wesen, die die Kraft besaßen, aufzubegehren. Die Medien schürten den Hass gegen das Unbekannte sogar noch. Die Mutanten erwiesen sich jedoch als sehr widerstandsfähig, zäh und vor allem zahlreich. Daher entschied sich die Regierung unter dem Retter das kleinere Übel zu wählen und sie als Söldner auf ihre Seite zu ziehen - so hatte man sie unter Kontrolle. Nach und nach waren in den Milizen und der KWA viele ihrer Gattung vertreten.

Der Retter führte zahlreiche neue Gesetze ein. Eines betraf die Reproduktion: die, die ein Kind in diesen schweren Zeiten haben wollten, wurde mehr als nahegelegt, dieses mittels künstlicher Befruchtung zu empfangen. Laut Untersuchungen im Auftrag der Regierung bestand aufgrund der Strahlung ein erhöhtes Risiko von Fehlgeburten und Anomalien. Statistiken untermauerten die Ergebnisse der Studie: in den vergangenen drei Jahrzehnten kamen prozentual von 100 natürlich empfangenen und ausgetragenen Kinder 45 andersartige zur Welt.

Ich hingegen machte mir meine eigenen Gedanken. Ich mochte Autoritäten noch nie besonders. Mein Gefühl sagte mir, dass sie gerne die Unwissenheit der Massen für ihre Zwecke nutzten. Das Regime des Retters legte nicht viel Wert auf Information und Bildung. Vielleicht, weil dafür kein Geld vorhanden war, vielleicht auch, weil es leichter war, ungebildete Menschen zu kontrollieren - wer weiß das schon so genau.

Mittels PID (Präimplantationsdiagnostik) wurden die befruchteten Eizellen in großausgelegten Verfahren auf genetische Anomalien hin untersucht und erst bei Negativbefund der Frau eingesetzt.

Ein Gesetz wurde erlassen, das Männer und Frauen verpflichtete, eine geplante Schwangerschaft anzumelden. Die Zahl der Mutanten ging seitdem rapide in den Keller, aber die Natur findet immer einen Ausweg.

Mit der Einführung der Geburtenplanung sank auch gleichzeitig die Statistik der ungeplanten Schwangerschaften gen Null. Die Regierung sprach von einer Bekehrung der Gesellschaft hin zur Vernunft. Skeptiker wagten dies jedoch zu bezweifeln: Unvernunft, dein Name ist Mensch.

Ich selbst wusste von all diesen Dingen, weil ich als Undercovermitarbeiterin Zugang zu den Akten der KWA hatte. Niemand konnte mir erzählen, dass mit dem genetischen

Auswahlprogramm nur »Gutes« bezweckt werden sollte. Wenn man mich fragte, gingen eigenartige Dinge hinter den Mauern der Forschungslabore vor. Wo wanderten all die »defekten« Embryonen hin? Vielleicht war ich aber auch nur eine Verrückte, die hinter allem und jedem gleich eine Verschwörung vermutete.

In meiner Fantasie spielten größenwahnsinnige Wissenschaftler die Evolution nach - ohne Grenzen, ohne Bedenken. Meine Nachbarn, Bekannten und auch der Rest der Welt hingegen wussten so gut wie nichts von dem, was hinter den Türen des Regierungssitzes geplant wurde. Vielleicht war es auch besser so, denn Wissen kann auch eine große Last auf den Schultern bedeuten. Ohne nachdenken zu müssen, lebt es sich bekanntlich unbeschwerter. Aber auch mir war längst nicht alles bekannt. Zu meiner Schande musste ich mir eingestehen, dass mein Drang, etwas zu verändern, nachgelassen hatte. War ich zu Anfang wissbegierig und engagiert, stellte sich auch in einem nervenaufreibenden Job wie diesem langsam aber sicher die Routine ein. Ich war müde geworden, war es trotz meines zarten Alters leid, ständig alles zu hinterfragen mit der Gewissheit letztendlich doch nichts ändern zu können.

Mühsam startete meine vorzeitliche Technikanlage, bestehend aus einem alten Rechner, einem Monitor und einer digitalen Wetterstation, die ich selbst ein bisschen modifiziert hatte. Mittels eines speziellen und selbstentworfenen - darauf war ich ziemlich stolz - Programms konnte ich mit 80-prozentiger Wahrscheinlichkeit Sonnenauf- und Untergang berechnen. Das war alles in allem um einiges genauer als die allgemeinen Vorhersagen in Zeitung und Fernsehen.

Zur Entwicklung hatte ich einige Materialien aus der Erfinderabteilung der KWA entwendet. Daher konnte ich meine Erfindung auch nur zum Heimgebrauch verwenden. Zum Glück fand mich der einbeinige Karl, der ein Bein durch eine schwere MRSA-Infektion (Methicillin-resistenter Staphylococcus aureus) bei einer Routineoperation verloren hatte, anscheinend recht charmant. So hatte ich es - sagen wir mal - ein bisschen leichter als andere an Informationen heranzukommen.

Leider reichte mein Geld nicht, um mir einen schnelleren Prozessor für meinen betagten Rechner zuzulegen. Das einzig neue und technisch zeitgemäße, was ich mir leisten konnte, war die multitaskingfähige Folientastatur, die ich bei Bedarf einfach schnell zusammenrollen und in meinem Back-Pack mitnehmen konnte. Da die Speicherung von Daten fast ausschließlich über die Cloud abgewickelt wurde, stellte die Industrie externe Festplatten kaum noch her. Ich hingegen hatte dieser Art der Datenspeicherung noch nie vertraut - zu leicht einsehbar. In der Hinsicht war ich ein Oldie. Daher trug ich stets einen Speicherchip bei mir.

Während sich der Bildschirm langsam aufbaute, trommelte ich ungeduldig mit den Fingern auf die Schreibtischplatte und spülte mit einem Glas Wasser meine PSR hinunter.

Das dauerte heute mal wieder ewig. Endlich erschien das rettende Techcus-Symbol auf dem Monitor, das sich dann sogleich auch wieder mit einem lauten Summen verabschiedete - Stromausfall und das am helllichten Tag.

Manchmal kam es bei starker Strahlung zu einer Art Überladung der Elektrizitätswerke, die die Sonnenstrahlen mittels Solarzellen einfingen und deren Energie speicherten. Kam dann auch noch eine Einspeisung ins Netz durch Windenergie hinzu, streikten oft die zum Teil veralteten Anlagen. Zumindest einen Vorteil hatte die ganze Misere mit der Katastrophe und den Schattenwesen - alternative Energien waren gefragt wie nie. Die Gewinnung von Engergie mittels Kernspaltung war hingegen nahezu zum Erliegen gekommen. Als während der Katastrophe der Strom ausfiel und Tsunamis die Küsten verwüsteten, versagten weltweit die Kühlungssysteme der Reaktoren - eins nach dem anderen. Strahlung wurde freigesetzt. Übrig blieben nur hermetisch abgeschirmte Strahlungsbunker. Die Kernfusion steckte nach wie vor noch in den Kinderschuhen.

Ich ärgerte mich dermaßen, dass ich dem Rechner, der unter dem Schreibtisch stand, erst einmal einen ordentlichen Tritt verpasste. Fluchend hielt ich mir den Fuß, denn im Kampf Plastik gegen nackten Zeh hatte eindeutig das Plastikgehäuse gewonnen. Ich konnte gerade noch sehen wie sich der Monitor unter lautem Getöse aus meinem Blickfeld verabschiedete. Der Rechner hatte sich nicht nur um einige Zentimeter nach hinten verschoben, er hatte sich den Monitor auch gleich als Gesellschaft hinzugeholt und ihn zu Boden gerissen. Zu allem Überfluss hatte der Monitor wiederum mein halbes Regal, bestehend aus alten Klassikern und mehr oder minder bedeutenden Literaturwerken, leergeräumt.
»Na toll«, fluchte ich, »der Tag fängt ja super an.« Schimpfend und zeternd schnappte ich mir meine Arbeitsklamotten, die ich vor dem Zubettgehen notdürftig auf dem Hocker neben meinem Bett platziert hatte, schlüpfte hinein, klemmte mir meine Sporttasche unter den Arm und knallte die Tür hinter mir zu.
Draußen angekommen blendete mich die Sonne so stark, dass sich meine Pupille reflexartig zusammenzogen und ich

meine Hände schützend vor mein Gesicht halten musste. Ich war mal wieder zu voreilig gewesen. Schnell zog ich mich in den Treppenaufgang meiner Souterrainwohnung zurück. Mein Strahlungsmesser zeigte Warnstufe gelb an. Tja, das hatte ich nun davon, dass ich meine sämtlichen Fenster - nicht, dass meine Kellerwohnung viele gehabt hätte - mit Verdunkelungsfolie überzogen hatte. Ich bekam einfach nicht mit, was draußen vor sich ging. Ich ließ die Sonne ungern in mein Apartment, tat meinen empfindlichen Augen nicht gut. In der Dunkelheit sah ich besser. Gepanzerte Rollos erschienen mir bei den kleinen Kellerfenstern nicht angebracht. Sie boten insgesamt wenig Angriffsfläche. Zudem würde mich eine Maßanfertigung, die ich zweifelsohne haben müsste, eine erhebliche Stange Geld kosten - auch wenn es Subventionen von der Regierung gab. Auf die UV-Anlage, die sich vor meinen Fenstern befand, wollte ich dennoch nicht verzichten.

Ich zog meine Panoramasonnenbrille aus der Jackentasche und drückte den Knopf an meinem Oberarm, der das Schutzfeld meines Anzuges aktivierte und schaltete ihn auf Automodus - so passte sich mein Anzug automatisch an wechselnde Außenbedingungen an. Einer der Vorteile für die KWA zu arbeiten war, dass man mit dem neuesten technologischen Schnickschnack ausgestattet wurde - wenn man mal von meinem lahmen Rechner absah, aber das war schließlich Privatsache.

Gut geschützt betrat ich die langgezogene Straße des Bezirks 4. Zwar lag dieser nahe eines der berüchtigtsten Viertel der Stadt, aber ich mochte die Gegend. Ich war hier schließlich aufgewachsen und verband eine Menge Erinnerungen mit den Häusern und Menschen - gute wie schlechte.

Die Straße war leerer als gedacht. Stand die Sonne auch noch so hoch am Himmel, so tummelten sich nur ein paar Bewohner auf der Straße. Der Kioskbesitzer Eduardo hatte es sich auf einem Stuhl vor seinem Laden gemütlich gemacht und studierte die Psycho-Today, die dem Umschlag unschwer zu entnehmen war. Ich wunderte mich schon, dass Eduardo plötzlich unter die Gelehrten gegangen war, als ich ein Lächeln auf seinem Gesicht ausmachte, das mehr als schmutzig war. So wie ich ihn kannte, bestand der Innenteil seiner »Fachzeitschrift« aus bunten Bildern mit allzu nackten Tatsachen.

Zum Glück war vor einigen Jahrzehnten das Recyclingverfahren für Altpapier maßgeblich verbessert worden - so war Gedrucktes auch für die weniger Betuchten einigermaßen erschwinglich. Auch, wenn Epaper und Online-Magazine Hochkonjunktur hatten, bevorzugten nicht wenige Leser das Geschriebene in Händen zu halten – vielleicht aus nostalgischen Gründen, vielleicht auch als Wertanlage für den Ruhestand.

Eduardo hob leicht seinen Zeigefinger an, als er mich erblickte. Der typische Eduardogruß: kurz, knapp, Hauptsache mit wenig Mühe verbunden.

Die Bewohner des Bezirks 4 scherte mein Auftreten kaum. Erstens, weil sie es nicht anders von mir gewohnt waren, zweitens, weil hier mehrere schräge Vögel lebten. Ein weiterer Grund dafür, dass ich mich für dieses Wohnviertel entschieden hatte, zumal die Tunnelanbindungen zur KWA mehr als günstig lagen. Ließ ich mich in einer der wohlhabenden Viertel, die es zweifelsfrei auch gab, blicken, erregte ich manchmal mehr Aufsehen, als mir lieb war. Meine Kollegen bevorzugten eher die vornehmeren Bezirke 2 und 3, die den Mitgliedern der KWA vorrangig zugesprochen wurden.

Waren die Schutzanzüge der Normalbürger zwar um einiges leichter als ihre Vorgänger vor Jahren noch, so glich ein jeder, der sie trug, doch eher einem Marsmännchen aus einem Low-Budget-Film. Mein glänzendschwarzer Anzug hingegen ähnelte mehr Catwoman auf Streife. Die hohen Boots und meine ungezähmte hellblonde Mähne setzten noch einen drauf und rundeten das Gesamtbild ab. Ich machte mir nicht viel daraus, aber trotzdem genoss auch ich die verstohlenen Blicke, die man mir dann und wann schenkte.

In den eigenen vier Wänden war bei mir wie bei fast allen meist legere Kleidung angesagt. Alltagskleidung bot wenig Schutz gegen die Strahlung, daher besaßen die meisten Menschen nur wenig und trugen bei einem Gang ins Tageslicht vorzugsweise ihren mehr als robusten Schutzanzug, auch wenn die Strahlung gering war. Ausnahme war allein die Arbeitskleidung - den ganzen Tag in einem hautengen Strahlenanzug, das war nicht jedermanns Sache.

Zur Zentrale der KWA hatte ich es glücklicherweise nicht weit. Mehr aus spontaner Eingebung als aus wirklichem Eifer heraus sprang ich auf die nächste Straßenbahn, die zufällig an mir vorbeifuhr. In der Trainingshalle der KWA hatte ich genug Zeit um mich auszutoben. Die Straßenbahnen waren unbemannt und fuhren mittels Solarenergie nur bei Sonnenschein. Überall waren Warnschilder mit der Aufschrift »Nutzung auf eigene Gefahr« angebracht. Wenige Fahrgäste waren an Bord, die sich über das ganze Sitzabteil erstreckten. In der hintersten Ecke hatte es sich ein Pärchen gemütlich gemacht, das wild herumknutschte. Da ich kein Voyeur war, ging ich auf eine Bank im mittleren Sektor zu. Ein alter Mann blickte mich griesgrämig an, als ich auf die Sitzbank, die ihm gegenüberlag, zusteuerte. Ich brauchte

keine Gedankenleserin zu sein, um seinen Blick zu deuten. Er sagte mir unmissverständlich: »Mach dich vom Acker oder ich starre dich so lange an, bis du tot umfällst«.
Ich konnte ihn verstehen, auch ich wollte lieber meine Ruhe. Schließlich wartete ein anstrengender Arbeitstag auf mich. Ich ging an ihm vorbei direkt nach vorne in den Außenbereich. Dort hielt ich mich an einer der Haltestangen fest und ließ mir den Wind um die Nase pfeifen. Die frische Luft tat gut und ich schloss für einen Moment die Augen.
»Syrinxtunnel.« Eine blecherne Stimme holte mich zurück aus meinem Sekundenschlaf. Beinahe hätte ich meine Haltestelle verpasst. Mit einem Satz sprang ich ab und landete zielsicher auf dem Asphalt. In letzter Sekunde griff ich nach meiner Sporttasche, die sonst herrenlos ihre Reise durch Lumen-City fortgesetzt hätte.
Die Zentrale der KWA war eigentlich ein sehr unscheinbares Gebäude, wenn man nicht auf die Details achtete. Es sah aus wie ein typisches Bauwerk für eine Behörde - ein grauer Betonklotz mit Flachdach, der sich auf fünf Etagen erstreckte. Ein Flickwerk aus Trümmerresten des 21. Jahrhunderts - unscheinbar und wenig aufsehenerregend. Aber genau darin lag der Clou.
Das Flachdach war gleichzeitig auch ein Hubschrauberlandeplatz, der bei Bedarf sogar für Fallschirmlandungen genutzt werden konnte, indem sie die seitlichen Netze aufspannten. Überall in den Wänden waren Luken eingebaut, durch die, wenn nötig, das Feuer auf Angreifer gerichtet werden konnte. Sah man ganz genau hin, so erkannte man, dass die Außenfassade gar nicht aus einem einheitlichen Grau bestand, sondern vielmehr grau meliert war.
Die Fassade war rundherum mit hellen Flecken gesprenkelt, die erst bei einsetzender Dunkelheit ihr wahres Gesicht of-

46

fenbarten. Von innen beleuchtet, gaben sie ihre Energie in Form von UV-Licht an ihre Umwelt ab. Eine Tiefgarage, gesichert durch Meter dicke Stahlwände, sorgte dafür, dass das Gebäude auch von unten gesehen den höchsten Sicherheitsstandards entsprach. Ging man noch eine Etage tiefer, so landete man in den geheimen Forschungslaboren der KWA, die wiederum durch ein ausgeklügeltes Tunnelsystem mit der ganzen Stadt verbunden waren.

Ich sprintete die Stufen zum Eingang der ehemaligen Finanzbehörde empor und stellte mich mit leicht gespreizten Beinen vor die verdunkelte Glastür. Ein penetrantes Summen bestätigte mir, dass der Scanner seine Arbeit wie gewünscht verrichtete. Gleich würde ich in den Eingangsbereich gelassen werden, wo ich mich mittels meiner DNS ausweisen könnte, wenn nichts...

»Ah!«

Ein grässlich fiepender Ton in einer schmerzhaft hohen Frequenz drang an mein Ohr. Ein feiner Schmerz zog sich unvermittelt durch meine Schläfen und ließ mich augenblicklich zu Boden gehen. In Krämpfen mich windend kauerte ich am Boden und konnte keinen klaren Gedanken mehr fassen. Ich versuchte mich vorwärts zu robben, um mich aus dem Schussfeld zu ziehen, aber der markerschütternde Schmerz ließ mich gelähmt zurück.

Plötzlich gesellte sich zu der Folter in meinem Kopf auch noch ein schmerzhaftes Ziehen in meiner Rippengegend hinzu. Diese Qual fühlte sich jedoch realer, greifbarer an. Ich dachte schon, jetzt würde es mit mir zu Ende gehen. Meine inneren Organe gerieten unter der hohen Frequenz in Wallung und drohten zu zerplatzen, als das Fiepen in meinem Kopf abrupt stoppte. Dafür nahm der Schmerz in meiner Seite zu.

Benommen blickte ich auf und meine Rippen wurden im selben Moment abermals von einer Schuhspitze malträtiert.
»Na, wohl übers Wochenende die neuen Sicherheitsbestimmungen vergessen, was?«
Sein hämisches Grinsen traf mich wie einen Faustschlag ins Gesicht.
»Faith, Sie Idiot, was soll das? Nehmen Sie sofort Ihren Stiefel aus meinen Rippen«, brachte ich mühsam hervor.
»Na, na, na, redet so etwa eine Dame? Ich wollte nur mal sehen, ob du den Infraschall heil überlebt hast.«
Faith grinste provokant auf mich herab.
Der Infraschall - eine Mischung aus hohen und tiefen Tonfrequenzen hatte mich voll erwischt. Er sollte Unbefugte schon an der Eingangstür zum KWA-Gebäude ausschalten. Immerhin wusste ich jetzt, warum die, die ohne Befugnis versuchten das Gebäude zu betreten in unsere Zellen getragen werden mussten. Mein Kopf dröhnte. Ein kleiner roter Tropfen platschte auf den grauen Boden. Mit meinem Handrücken wischte ich mir schnell durchs Gesicht, um jeglichen Beweis meines Zusammenbruchs auszuradieren.
Zeige deinen Feinden gegenüber niemals Schwäche.
Ich grinste frech zurück und reckte Faith mein Kinn entgegen. Für einen Schlagabtausch war ich immer zu haben und wenn es darauf ankam, war ich schneller wieder auf den Beinen, als man bis drei zählen konnte.
»Als wenn Sie wüssten wie sich eine Dame verhält.«
Der Hohn in meiner Stimme schwang deutlich mit.
Faith hob eine Augenbraue und verschränkte die Arme. Breitbeinig stand er vor mir.
»Ich habe wenigstens die Ausrede, dass ich ein Mann bin. Welche Ausrede hast du?«
Autsch! 1:0 für den selbstverliebten Muskelprotz.

Obwohl wir uns in unserem Team alle untereinander duzten, bevorzugte ich bei Faith die Sie-Form. Das hielt die nötige Distanz aufrecht.

Er war unser neuer Teamchef. Eigentlich war ich an der Reihe - schließlich war ich schon länger in dieser Einheit als er. Agent Sjuits hatte mein Gesuch abgelehnt. Seiner Meinung nach war ich zu jung und »unberechenbar« - was auch immer er damit meinte.

Ich hatte also allen Grund Faith nicht zu mögen. Er sollte ruhig merken, dass ich ihn nicht leiden konnte.

»Da urteilt der Richtige«, ich schnaufte herausfordernd, »Sie bieten mir ja noch nicht einmal die Hand an.«

Faith machte ein verdutztes Gesicht und stockte. Jetzt hatte ich ihn bei seiner männlichen Ehre gepackt - wenn er so etwas überhaupt besaß.

1:1 für Miss Nonchalent.

Plötzlich wandelte sich sein Gesichtsausdruck. Ich konnte sehen, dass er einen innerlichen Kampf mit sich austrug, ob er nachgeben oder mir die Zähne zeigen sollte. Offenbar hatte er es sich überlegt. Entschlossen streckte er mir die Hand entgegen, um mir auf zu helfen. Es war ein einseitiges, leicht frivoles Grinsen, das er mir dabei schenkte.

»Du hast Recht, Bergler. Wo bleiben meine Manieren.«

Ich zögerte und betrachtete ihn argwöhnisch. Vielleicht bluffte er auch nur.

Ich entschloss mich auf Nummer sicher zu gehen. Ich stützte mich leicht mit der Hand auf und kam mit einem eleganten Schwung auf die Füße. In meinem Kopf drehte sich alles, aber ich schaffte es nicht ins Wanken zu geraten. Demonstrativ klopfte ich mir den Dreck von der Kleidung. Ich schenkte ihm meinerseits ein unbeschwertes Lächeln. »Nein danke. Nicht nötig.«

Faith verengte die Augen. Er machte einen Schritt auf mich zu.

»Beim nächsten Mal wirst du meine Hilfe zu schätzen wissen, meine Liebe.« Sein Grinsen war mehr als anzüglich.

Was meinte er damit schon wieder? Eher würde die Hölle einfrieren, als dass ich seine Hilfe annehmen würde. Abhängigkeit stand auf meiner No-Go-Liste und Faith war bestimmt jemand, der für eine Gefälligkeit - war sie auch noch so klein - eine Gegenleistung verlangte.

»Eher werde ich zu einem Lakaien der Schatten«, fauchte ich.

Meine Reaktion war vielleicht ein bisschen heftig, aber er hatte mich auf dem falschen Fuß erwischt.

Seine Mimik verriet mir, dass er keinen Zweifel daran hatte, dass ich eines Tages um seinen Beistand betteln würde. Sein Lächeln wurde sogar noch breiter. Typisch Mutant - selbstherrlich und arrogant.

Angeblich war Faith außergewöhnlich stark und besaß auch auf geistiger Ebene einige besondere Talente. Auf mich wirkte er ziemlich gewöhnlich - wenn man von seinem attraktiven Äußeren absah.

Wut stieg in mir hoch und der einsetzende Adrenalinschub ließ mich schlagartig zu meiner gewohnten Form zurückkehren und meinen dröhnenden Kopfschmerz vergessen. Ich baute mich vor Faith auf und stemmte die Hände in die Hüften.

Ende des Geplänkels.

»Faith, lassen Sie mich einfach durch«, drohend blitzte ich ihn unter meinen Haaren hinweg an. Ich hatte keine Lust mehr zu spielen.

Ich hatte schon seit ich denken konnte Schwierigkeiten neuen Leuten zu vertrauen - nicht, dass es bei den alten anders wäre, aber Faith hatte etwas an sich, was bei mir die Alarmglocken auslöste.

Seine charmante, wenn auch nicht gerade feinfühlige Art und seine Fähigkeit Entscheidungen ohne große Umschweife fällen zu können, machten ihn zu einem idealen Anführer. Aber irgendwie passte seine Körpersprache nie wirklich zu dem, was er sagte.

Ich hatte über die Zeit hinweg gelernt, Körpersprache und die sogenannten verräterischen Mikroausdrücke - wahre Emotionen, die nicht überspielt werden konnten - zu deuten. Faith hatte etwas zu verbergen - alle Anzeichen sprachen dafür. Er trat sicher auf, keine Frage. Kam man ihm jedoch zu nahe, vier Augen unter sich, mied er den direkten Blickkontakt. Wurde das Gespräch auf bestimmte Themen gelenkt, so war sowohl seine Halspartie als auch die Muskelgruppe um seine Schultern und Hände herum deutlich angespannt. Ich hatte keine Ahnung, was für Leichen Faith im Keller hatte, aber ich würde es herausfinden.

Faith schien meinen stechenden Blick zu bemerken und konterte geschickt durch ein mitfühlendes Lächeln.

»Der Scanner hat nicht ohne Grund Alarm geschlagen.« Themenwechsel. Also gut.

Fragend blickte ich ihn an und musste mir eingestehen, dass der Flurfunk recht behielt - seine wasserblauen Augen waren wirklich hypnotisierend. Wie in jedem Büro, gab es eben auch bei der KWA Klatsch und Tratsch. Die Damen hatten sich schon im Vorfeld mächtig darüber ausgelassen, was wir für einen smarten Teamchef bekommen würden.

Ich hingegen war der Meinung, dass körperliche Anziehung völlig überbewertet wurde.

Mein kurz aufblitzendes Interesse war ganz einfach zu erklären: ich war einfach schon zu lange Single - eine selbsterfüllende Prophezeiung.
Ein Ertrinkender greift nach jedem Strohhalm.
Ich versuchte krampfhaft an etwas anderes zu denken.
Ich mag grüne Eiscreme aus der Tube. Ich mag grüne Eiscreme aus der Tube.
Faith machte einen Schritt auf mich zu und betrat dabei eindeutig einen Kreis, der außerhalb meines Wohlfühlbereichs lag. Er kam mir so nahe, dass ich seinen Atem auf meiner Haut spüren konnte, sein Blick jedoch blieb ausdruckslos. Er spitzte die Lippen...
Was hatte er vor? Besaß er etwa die Dreistigkeit mich küssen zu wollen?
Innerlich verkrampfte sich alles bei mir, doch äußerlich ließ ich mir wie immer nichts anmerken. Ich konnte fühlen wie mir die Hitze ins Gesicht schoss, sich in meinen Wangen bündelte und diese förmlich zu pochen begannen. Als hätten meine Wangen ein Eigenleben entwickelt - mit einem eigenen Herzschlag.
... und hauchte mir seinen heißen Atem ins Gesicht, so dass meine Brillengläser beschlugen. Meine Sicht war getrübt und klärte sich erst wieder, als er mit seinem Ärmel das rechte und dann das linke Glas poliert hatte.
»Du wirst ja rot, wie süß.«
Das »süß« zog er gekonnt in die Länge. Sein spöttischer Unterton machte die Sache nicht besser. Ich litt an Erythrophobie, der Angst vorm Rot-Werden. Spürte ich, dass mir die Hitze in die Wangen schoss, machte mich das nervös, so nervös, dass es den Effekt noch verstärkte. Meistens gelang es mir mich unter Kontrolle zu halten - der Kodex der KWA verlangte, dass ich in der Lage war, meine Gefühle zu be-

herrschen. Der Trick war, die Emotionen nicht völlig zu ignorieren oder zu verdrängen, sondern sie gezielt einzusetzen und zu dosieren. Nur wenn mir jemand zu nahe kam, in meinen Wohlfühlbereich eindrang, wurde es brenzlich. Ich hasste es, dass meine Sommersprossen, die sich über meinen Nasenrücken erstreckten, dann so richtig zum Vorschein kamen. Jeder hat sein Päckchen zu tragen. Meins war meine verkorkste Vergangenheit, dass ich auf meinem schwarzen Auge bei Tag fast nichts sah und meine Angst vorm Rotwerden - was im Vergleich zu beiden erst genannten wirklich lächerlich wirkte. Aber das subjektive Empfinden war letztendlich entscheidend. Das Leben ist eben kein Wunschkonzert.
»Geht dir jetzt ein Licht auf, was du vergessen haben könntest«, fragte Faith herausfordernd und unterbrach damit meinen gedanklichen Monolog.
Mir fiel es wie Schuppen von den Augen - meine Sonnenbrille. Daran hatte ich gewiss nicht gedacht. Ich hätte heute doch zu Hause bleiben sollen. Heute war einfach nicht mein Tag.
Erst letzte Woche war es einem menschlichen Lakaien gelungen bis ins Innere des KWA-Gebäudes vorzudringen. Die trügerischen Augen, die ein jeder zeigte, der unter dem Einfluss der Schatten stand, hatte er geschickt unter einer speziellen Sonnenbrille verborgen, die auch den Scanner mittels einer komplizierten Lichtspektralbrechung getäuscht hatte. Derrik schaffte es bis in die Lobby. Hätte Edna, unsere Empfangsdame, ihn nicht angesprochen und wäre auf sein seltsames Verhalten aufmerksam geworden - niemand mochte auch nur darüber nachdenken, wie die Sache dann ausgegangen wäre.
So hatten wir nur einen Verlust zu verzeichnen, wenn auch einen herben - Derrik, einer unserer besten und erfahrensten

Nahkämpfer, ein Mann, dem jeder mit Respekt entgegengetreten war und der so manches Team erfolgreich im Einsatz geleitet hatte. In seine Fußstapfen zu treten würde wahrlich nicht leicht werden, erst recht nicht für einen Möchtegern und Blender wie Faith. Seitdem waren die Sicherheitsbestimmungen verschärft worden. Sonnenbrillen mussten beim Eintreten ins Gebäude stets entfernt werden. Lediglich Custos war es gestattet mit Sonnenbrille in das KWA-Gebäude einzutreten - natürlich unter eingehender Prüfung versteht sich.

Custos war ein freiwilliger Lakai eines Schattens und vertrat ihre Interessen. Er trug wie alle Lakaien ausnahmslos eine schwarze Sonnenbrille, um auf der Straße nicht gleich als Gesandter der Schatten erkannt zu werden. Zwar sah er selbst beinahe nichts mehr, aber von ihm war ja auch nur noch die Hülle übrig. Ich war mir nicht mal sicher, ob er unter dem Namen Custos geboren worden war. Vielleicht war es auch nur der Name des Schattens, der ihn lenkte.

Ich schüttelte mich leicht. Eine unbewusste Bewegung, denn ich konnte es einfach nicht fassen, dass ich so etwas Elementares vergessen konnte. Das war so gar nicht meine Art. Normalerweise behielt ich immer einen klaren Kopf und war eher zu präzise als zu lasch. Ohne einen weiteren Kommentar nahm ich meine Brille ab, legte meinen Kopf zur Seite, so dass meine schwarze Strähne zur Seite fiel und blickte Faith direkt ins Gesicht.

Wirst du in die Ecke gedrängt, bleibt dir nur den Kopf in den Sand zu stecken oder die Krallen zu zeigen. Hatte ich die Wahl, entschied ich mich immer für letzteres.

Auch wenn Faith ein durchtrainierter, 1,90 m großer Kämpfer war, der stets ein Pokerface aufzusetzen vermochte, erkannte ich doch, dass er angesichts meines nachtschwarzen

Auges erschrak. Nur für den Bruchteil einer Sekunde hoben sich seine Augenbrauen, ehe sie sich wieder zu seinem stets gefestigten Gesichtsausdruck senkten. Er sollte schon sehen, dass er mit mir nicht solche Spielchen zu spielen brauchte.
Ich machte ihm Angst, gut so.
2:1 für Miss Nonchalant.
Ich trat einen Schritt zur Seite, so dass ich an Faith vorbeischreiten konnte. Ich streifte ihn dabei, achtete jedoch darauf, dass die Berührung nur leicht ausfiel. Es sollte nur ein angedeutetes Anrempeln sein - eine Warnung. Er verzog keine Miene, obwohl auch er die elektrische Spannung bei unserer flüchtigen Berührung gespürt haben musste.
Das blaue Licht des Scanners erfasste mich und tastete mich ein weiteres Mal ab. Das rote Licht an der dunklen Glastür wurde grün. Ohne mich umzudrehen setzte ich einen Fuß in die sogenannte Schleuse.
»Cassie.« Ich drehte mich um. Hatte Faith etwa immer noch nicht genug?
»Arbeite an deiner emotionalen Beherrschung. Du kannst es dir nicht leisten bei jeder Kleinigkeit rot zu werden.« Faith machte eine kurze Pause - sicherlich um meine Reaktion abzuwarten. Sein herrischer Ton war mir nicht entgangen. Am liebsten hätte ich meine Fäuste geballt bis das Weiße an den Knöcheln zum Vorschein kam, aber Faith wollte mich offensichtlich aus der Reserve locken. Den Gefallen würde ich ihm bestimmt nicht tun. Gelassen wandte ich ihm wieder meine Rückseite zu.
»Ich kann dir auch gerne dabei helfen.« Ich brauchte gar nicht hinzusehen. Sein süffisantes Grinsen war mir nicht entgangen. Ich wusste auch schon so, dass Faith wieder seinen Ich-bin-der-tollste-Hecht-der-Welt-Blick aufgesetzt hatte. Wenn er nicht mein Vorgesetzter wäre, hätte ich ihn

verbal längst zur Schnecke gemacht. Stattdessen lief ich schnurstracks weiter. Ich wollte ihm nicht noch einen Anlass geben, in meinen Schwächen herumzustochern. Ansonsten würde er mich mal von einer ganz anderen Seite kennenlernen - und das wollte sicherlich keiner von uns beiden.
In der Schleuse angekommen, nickte ich dem Sicherheitspersonal zu, das mich streng musterte und legte meine Hand in das dafür vorgesehene Feld. Mittlerweile machten mir die routinemäßigen Überprüfungen beim Passieren der Schleuse nichts mehr aus - der Mensch ist eben ein Gewohnheitstier.
Bei der KWA wurde nicht nur gescannt und die DNS eines Menschen überprüft, es wurde bei jedem Identifizieren auch Blut abgenommen. Ein kleiner Piks, der den Laborratten Aufschluss über Ernährungszustand, Gemütslage und mögliche Krankheiten gab.
Auch wenn wir die Kittelträger in unserem Kellerlabor scherzeshalber auch mal gerne Laborratten nannten, waren in diesem Fall echte gemeint. Mittels Genmanipulation und einer aufwendigen Konditionierung war es gelungen, Ratten als Spürhunde für Krankheiten im Blut zu sensibilisieren. Erst war diese Aufgabe Hunden zugedacht worden, aber die zeigten eine - nennen wir es mal - bestimmte Anfälligkeit für frisches Blut. Da man in Zeiten wie diesen sowieso eher Tieren als Menschen vertraute, weil diese weitaus schwieriger zu manipulieren waren, fiel die Wahl auf die resistenten kleinen Biester.
Ich selbst dachte immer, dass, wenn es zu einer Katastrophe weltweiten Ausmaßes kommen würde, die Insekten die Nase vorn haben und jedweder Veränderung trotzen würden. Aber wie sich herausstellte, war die Kälte, die die Staubwolke für einige Jahre mitbrachte, ein wunder Punkt für alles, was kreucht und fleucht.

Ratten hingegen fraßen nahezu alles, vermehrten sich bei guten Bedingungen explosionsartig und waren zudem noch intelligent - jedenfalls intelligenter als so manches andere Tier und vielleicht auch so mancher Mensch.
War ein Mensch mit was auch immer infiziert, so schlugen die kleinen Nager sofort Alarm. Umgehend wurde derjenige dann isoliert und auf unbestimmte Zeit in Quarantäne genommen. Eine Seuche konnte und wollte sich einfach niemand leisten. Medikamente waren teuer und mussten weitestgehend synthetisch hergestellt werden, da pflanzliche Bestandteile schwer zu beschaffen waren.

Ich sah zu, wie der kleine Tropfen Blut aus meinem Zeigefinger gesogen und durch einen Schlauch ins Innere der silbergrauen Analysestation befördert wurde.
Ich fand den Kontrast zwischen meinem roten Blut, der Transparenz der Schläuche und der Sterilität der Sammelstation immer wieder aufs Neue faszinierend. Auch, wenn mein Vermögen Farben wahrzunehmen vermindert war, konnte ich mir doch ausmalen, wie frisches rosiges Blut leuchtete.
Gefesselt starrte ich auf den wandernden Tropfen Lebenssaft und fühlte mich urplötzlich in meine Kindheit zurückversetzt. Es war kein angenehmes Gefühl und obwohl ich versuchte, es abzuschütteln, ließ es mich einfach nicht los. Ich war wohl so tief in meine Gedanken versunken, dass ich beinahe meinen Einsatz verpasst hätte, als sich die Schleuse für mich öffnete.
Edna winkte mir von ihrem Arbeitsplatz in der Lobby aus zu. Das letzte Stück der Schleuse - unser sogenannter Runway - hasste ich besonders. Wie ein High-Fashion-Model auf Pfennigabsätzen musste man den weißen Steg entlang stolzieren und sich dabei drehen. Netter Weise war die Ummantelung

des Stegs schlauchförmig und durchsichtig, so dass Fremdschämen für die Außenstehenden vorprogrammiert war. Aber mittlerweile scherte das wohl kaum jemanden mehr. Unter den Augen des Sicherheitspersonals vollzog ich routiniert meine Pirouetten, ließ mich brav von den umhersurrenden Scannern auf Waffen hin abtasten und genoss das Quietschen meiner Sohlen auf dem frisch polierten Boden. Die Sensoren arbeiteten sich von unten nach oben, also von meinen Stiefeln bis über meinen lässig um die Hüften geschlungenen Gürtel... Weiter kamen sie nicht. Ich erschrak, als der warnende Ton und das Kreiseln der roten Warnleuchte losgingen.

Ein durch die Lobby gehender Botenjunge ließ vor Schreck seine Habseligkeiten fallen und warf mir einen entsetzten Blick zu.

Binnen Sekunden stand ich von in schwarz gekleideten Sicherheitskräften mit erhobenen Waffen umringt da. Ich lächelte zaghaft und streckte beide Arme in die Luft.

Was hatte ich jetzt schon wieder vergessen? Bei meinem Glück heute, hatte meine Blutwerte ergeben, dass ich die Pest hatte - die schon, mal ganz nebenbei bemerkt, seit einigen Jahrhunderten als ausgerottet galt.

Edna schenkte mir nur ein müdes Lächeln und winkte beschwichtigend mit ihrer runzeligen Hand. Sie konnte nichts mehr schocken, schließlich war sie Dienstälteste hier. Sie war das Urgestein der KWA.

»Nun beruhigt euch wieder Jungs.« Zielsicher steuerte sie auf die schwarz gekleideten Einsatzkräfte zu. »Das ist Cassandra Bergler«, sagte sie beschwichtigend, »die hat so etwas wie eine Sondergenehmigung für ihre gezüngelte Viper.«

Einer der Einsatzkräfte, ein Mann mit kräftiger Statur, zögerte. »Wiederholen Sie.« Die Stimme des offensichtlichen Teamführers hörte sich unter seiner Maske blechern an. Irgendwie fühlte ich mich an eine Kultfilmreihe aus dem 20. bzw. 21. Jahrhundert erinnert. Darth Vader wurde der Typ genannt. Vielleicht irrte ich mich aber auch.

»Ihre gezüngelte Viper?« Er sprach die Bezeichnung die Edna für meine Peitsche benutzte wie ein Fremdwort aus einer Enzyklopädie aus und betonte jeden Buchstaben einzeln. Offensichtlich hatte er keine Ahnung.

»Na ihre Bullenpeitsche.« Edna rollte mit den Augen und zeigte auf meine Lederpeitsche. »Also wirklich«, fügte sie rügend hinzu. »Hat sich das noch nicht bis zu ihrer Abteilung herumgesprochen?« Edna starrte den Mann in Schwarz an. Wenn Edna wollte, strahlte sie genauso viel Autorität aus wie ein ganzes Rudel Alphamännchen. Darth Vader hielt inne und blickte zwischen mir und Edna hin und her. Edna trippelte unter strengem Blick mit verschränkten Armen mit ihrem rechten Fuß auf den Boden, ich machte ein Engelsgesicht, das vermitteln sollte: ich tue keiner Fliege etwas zuleide. Darth Vader wirkte immer noch unentschlossen. Ein weiteres Mal blickte er zwischen Edna und mir hin und her, dann fasste er an seinen Kommunikator und nuschelte etwas. Keine Sekunde später nickte er seinen Leuten zu, die daraufhin die Waffen herunternahmen. Ohne ein weiteres Wort zogen sie im Gleichmarsch davon. Nur die Frau unter ihnen, der Figur nach ein echtes Vollweib, schenkte mir aus dem Augenwinkel heraus noch einen mehr als verächtlichen Blick. Da war wohl jemand stutenbissig.

Entschuldigend blickte ich zu Edna herüber. Ich wusste schon, was mir jetzt blühen würde - eine Moralpredigt à la Edna.

»Mädchen, Mädchen. Wann wirst du es endlich lernen.« Leicht gequält blickte Sie mich über ihre Brille hinweg an und schüttelte den Kopf.

»Tse, tse, tse. Kannst du deine Peitsche nicht einmal zu Hause lassen, wie jede andere auch?« Geübt bediente sie das Tastenfeld am Ende des Tunnels und die Alarmsirenen erloschen. »Das Sicherheitsprotokoll wurde doch nach Derriks Besuch komplett überarbeitet.« Ein deutlicher Vorwurf schwang in ihrer Stimme mit.

Deshalb also wurde der Alarm ausgelöst. Eigentlich musste ich wie jeder andere auch beim Betreten des Gebäudes meine Waffen abgeben. Erst bei eindeutiger Identifizierung und erfolgreicher Passierung der Schleuse erhielt man sie wieder. Warum? Vorschriften über Vorschriften - das Sicherheitsprotokoll wurde akribisch befolgt. Bürokratie wurde wie in jeder Behörde auch in der KWA groß geschrieben.

Ich weigerte mich schon seit meinem Beitritt in die KWA meine Peitsche auch nur für eine Sekunde abzulegen - ein Mädchen wie ich hatte seine Gründe. Waffen mussten vor der Schleuse abgegeben werden und wurden in einer separaten Anlage gescannt und untersucht.

Mit viel Hartnäckig- und Widerspenstigkeit und ein bisschen handfester Überzeugungskraft hatte ich es geschafft, dass bei mir eine Ausnahme gemacht wurde. Der diensthabende Offizier, der mir damals meine Peitsche abnehmen wollte, würde es kein zweites Mal versuchen. Niemand würde sich so leicht wieder versuchen uns beide zu trennen. Wo sie hinging, da war auch ich. Agent Sjuits hatte sich geweigert für mir eine Sondergenehmigung zu erteilen. Die Sirene ging Tag für Tag jedesmal aufs neue wieder los. Auge um Auge, Zahn um Zahn - ich und die Sirene. Lange Rede, kurzer Sinn: ich gewann. Agent Sjuits stellte seine Disziplinierungsversuche

60

ein. Ich erhielt meine Extrawurst. Immerhin handelte es sich bei meiner Bullenpeitsche um keine Schusswaffe, die strengstens auf Modifizierungen untersucht werden musste. Zu meiner Verteidigung sei gesagt, dass ich jung und sehr dickköpfig war - nicht, dass sich daran etwas geändert hätte.
»Ach Edna, wie lange kennst du mich schon? Du weißt doch, ich bin beratungsresistent. Wo ich hingehe, da geht auch sie hin.« Liebevoll tätschelte ich meine bessere Hälfte und grinste. »Außerdem«, fügte ich mit einem Augenzwinkern hinzu, »ist mir zu Ohren gekommen, dass du auch ganz gern mal die Peitsche schwingst.«
Edna kam einen Schritt auf mich zu und beäugte mich kurz kritisch. Dann beugte sie sich zu mir und flüsterte mir hinter vorgehaltener Hand etwas zu. Ihr nach Inhaletten riechender Atem schlug mir dabei mit voller Wucht ins Gesicht. »Aber nur zu Hause. Das bringt Edgar so richtig auf Touren.«
Mit einem Hüftschwung, der sie mindestens 10 Jahre jünger wirken ließ, und dem Oldie »Sex Bomb« auf den Lippen, ließ Edna mich aus der Schleuse. Ihre Bewegungen hätten dabei beinahe als professionelle Choreografie durchgehen können, wäre da nicht der leicht übertriebene Abschluss - Edna führte kurz Zeige- und Mittelfinger an ihre Lippen und dann zu ihrem Po, wobei sie einen langgezogenen Zischlaut von sich gab und so tat als hätte sie sich die Hand verbrannt.
Ich schüttelte fassungslos den Kopf. Wer hätte das gedacht? Die alte Edna hatte es wirklich faustdick hinter den Ohren. Doch ihr Sinneswandel währte nur kurz.
»Naja, Kindchen, du hast eben deinen eigenen Kopf und ziehst dein Ding durch«, seufzte sie. Da war sie wieder - die Edna, wie ich sie kannte und liebte. Mütterlich klopfte sie mir auf die Schulter und schlurfte dann wieder hinter den langen stählernen Tresen mit einem Visier aus Panzerglas.

Als ich die Treppe zu der ersten Etage hinaufging, blickte ich den Aufgang hinauf und konnte gerade noch erkennen, wie Agent Sjuits hinter der Brüstung verschwand. Er war mein direkter Vorgesetzter, hatte einen Doktor in angewandter Materie- und Dimensionsanalyse, einen messerscharfen Verstand, trug ausnahmslos Anzug und Krawatte - Sjuits suits a suit well, hahaha - und besaß leider das Einfühlungsvermögen eines Betonklotzes. Sein analytisches Kombinationsgeschick lag bei 120, seine Empathie bei -1 Prozent. Seine Freizeit verbrachte er damit mathematische Paradoxe zu lösen - das sagt doch alles.

Ich mochte ihn nicht besonders, obwohl ich das Gefühl hatte, dass er auf eine abstruse Art und Weise mich nur zu fördern versuchte. Permanent führte er mich vor und zeigte mir meine Schwächen auf.

Ich zog mir einen Wake-Up am Automaten und ging den Korridor entlang zu meinem Büro - ich nahm einen kräftigen Schluck. Manche Dinge musste man genießen, solange sie noch heiß waren.

Meine Gedanken kreisten immer noch um meine beiden mehr als peinlichen Auftritte. Schlimmer konnte es nun wirklicher nicht mehr kommen.

Fast hätte ich mich verbrannt als ein grauenhaft schrilles »Juhuu« hinter mir erklang. Ich verschluckte mich und musste laut prusten - kleine braune Tröpfchen verteilten sich in einem feinen Sprühnebel auf dem hellen Boden. Eine zierliche Hand tätschelte mir - klopfen konnte man das wirklich nicht nennen - auf den Rücken.

»Alles okay, Cassie?« Es war Sandy mit ihrer übertrieben freundlichen Art. Hätte Künstlichkeit einen Namen, er wäre Sandy. Immer, wenn du denkst es geht nicht schlimmer, kommt eine Sandy in dein Zimmer – Reimen gehörte nicht gerade zu meinen Stärken.

»Alles okay, Sandy«, brachte ich krächzend hervor.

Sie musterte mich kurz, entweder um festzustellen, ob mit mir wirklich alles in Ordnung war oder um herauszubekommen, wer von uns beiden attraktiver war.

Sie grinste selbstzufrieden und legte den Kopf zur Seite. Offensichtlich traf die zweite Variante zu.

»Sehr gut.« Sie griff in ihre kleine Tasche, die sie an einem breiten braunen Hüftgürtel zu ihrem beigefarbenen Kostüm trug und holte einen Bonbon hervor. »Hier, nimm.« Sie streckte mir den Bonbon in der glänzend silbernen Verpackung entgegen. Ich sah sie fragend an.

Sie zuckte unschuldig mit den Achseln. »Damit du mir alles haarklein über dein Zusammentreffen mit Faith erzählen kannst.« Ich verdrehte die Augen im Kopf und ließ die Schultern hängen.

War ja klar. Hätte mich auch gewundert, wenn Miss Everybodies-Darling etwas anderes gewollt hätte.

Ein wirklich plumper Versuch mich auszuhorchen. Sie wusste, dass ich für Klatsch nicht zu haben war. So etwas ging immer nach hinten los. Erst recht, wenn über dich und einen Kollegen getuschelt wurde. Die beste Möglichkeit Gerüchte zu zerstreuen, war immer die richtige Version zu wiederholen oder sie zu ignorieren. Für ersteres hatte ich heute keine Geduld mehr - die hatte ich bereits restlos verbraucht.

Ich würde bestimmt nicht in ihre Falle tappen. Zwar blieb alles, was in der KWA passierte auch in der KWA, aber man konnte nie vorsichtig genug sein.

Genervt schob ich sie mit meinem Arm beiseite.

»Dafür habe ich jetzt nun wirklich keine Zeit.«

»Aber Cassie«, vorwurfsvoll starrte Sandy mir hinterher.

Als sie merkte, dass ich meinen Weg unbeirrt fortsetzte, rief sie mir in ihrer höchsten Tonlage hinterher:
»Das war sehr unhöflich von dir, Cassandra.«
Ich hob meine rechte Hand und winkte ihr leicht zu, ohne mich dabei umzudrehen. Allein um mein Gehör zu schonen, versuchte ich so viel Distanz wie möglich zwischen uns zu bringen - von meinen Nerven mal ganz abgesehen.
Ich marschierte stramm auf das Ende des Ganges zu. Meine Bürotür war schon zum Greifen nahe, als die Nachbartür aufgerissen wurde.
Paul Paul - glaubt mir, das war wirklich sein Name - stolperte mir entgegen und wäre beinahe in mich hineingelaufen, wenn ich nicht geistesgegenwärtig einen Schritt zur Seite gemacht hätte. Pauls Eltern mochten ihn wohl nicht so besonders oder hatten Schwierigkeiten sich seinen Vornamen zu merken. Deshalb - der einfacher halt halber - hatten sie seinen Nach- zum Vornamen gemacht. Paul hatte sich damit abgefunden. Bizarrer Weise schien er seinen Namen sogar irgendwie zu mögen. Einfach zu behalten war er ja.
Wie nicht anders zu erwarten war, hatte er eine Dose Hummus in der Hand und schmatzte genüsslich. Paul war gertenschlank, hager und klein. Sein Temperament war jedoch das eines sehr gemächlichen und gesetzten Mannes. Was sein Essverhalten anbelangte, so war er wie ein Durchlauferhitzer und brauchte ständig Nachschub. Als waschechter Bayer hatte seine Familie über Generationen hinweg Weißwurst, Brezeln, Bier und Obatzda zu sich genommen. Leider gab es diese Kostbarkeiten seit geraumer Zeit kaum noch oder nur gegen Unmengen von Geld auf dem Schwarzmarkt zu erwerben. Paul hatte vor ca. einem halben Jahr einen Schatten bis in die Gewölbe eines verlassenen Fabrikgeländes verfolgt. Den Schatten hatte er zwar nicht erwischt, dafür aber

hatte er ein Untergrundlager mit Konserven entdeckt. Wie die Schneekönige hatten wir uns gefreut endlich mal etwas aus der Zeit vor der Katastrophe zu essen. Leider erwies sich das Zeug mit der Aufschrift Hummus als wenig delikat und genießbar. Allein Paul schien irgendwie Gefallen an der bräunlich, breiigen Substanz zu finden. Er ließ es sich jedenfalls munden. Wo Paul war, da war auch immer eine Dose Hummus.

»Hey Paule, schmeckts?« Diese Anspielung konnte ich mir einfach nicht verkneifen, denn allein vom Geruch und vom Anblick her wurde mir schon ganz anders.

»Hmm, ja, hmmm, mir mundets ganz außerordentlich. Hmmm, wie immer halt, gell. Ich kann einfach nicht ohne«, nuschelte mir Paul mit vollem Mund als Antwort entgegen. Dabei hüpften munter kleine Hummus-Spucke-Tröpfchen aus seinem stets kauenden Mund, dessen Bewegungen durch den derben bayerischen Akzent noch verstärkt wurden.

Ich rümpfte die Nase und wischte mir eins der braunen Tröpfchen von meiner Brust.

Immer, wenn Paul Hummus in sich hineinschaufelte, verfiel er in den urigen Akzent.

»Paul, wenn du schon beim Sprechen essen musst, wäre es doch zumindest nur höflich, wenn du mir dabei in die Augen sehen würdest.«

Paul hob das Kinn uns grinste unschuldig. Ich mahnte ihn mit einem vorwurfsvollen Blick ab, konnte ihm aber nie lange böse sein. Sein Hundeblick ließ beinahe jeden dahinschmelzen - eine Stärke, die Paul gut einzusetzen wusste. Er war nun einmal ein hoffnungsloser Sexist, den noch nicht einmal meine legendäre Hartnäckigkeit bekehren konnte.

»Was liegt denn für heute an? Hat Sjuits schon wieder eine Gemeinheit parat? Und bitte, schluck den Kram erst runter

bevor du mit mir sprichst.« Ich warf Paul einen strengen Blick zu und hoffte, dass er wenigstens diesmal meiner Aufforderung nachkommen würde.
»Ah Schmarn, Cassi. Geh´s langsam an. In einer Stund ist bei Faith im Büro Besprechung.«
Ich runzelte die Stirn. Bei Faith im Büro, war ja klar. Mampfend und vor sich hinkauend nahm Paul seinen Weg wieder auf und ich setzte meinen zu meinem Büro fort.
Mein Büro befand sich am äußersten Ende des Flurs. Zwar musste ich einen etwas längeren Fußweg als manch anderer, dessen Büro im Kern lag, in Kauf nehmen, dafür hatte ich die beste Aussicht nach draußen. Durch die verspiegelte Fassade war es uns möglich einen Blick auf die Außenwelt zu werfen. Stand jemand vor dem Gebäude, so nahm er nur die graue Front war, ohne sich gewahr zu sein, wer ihn vielleicht beobachtete. Der Ausblick von meinem Arbeitsplatz aus war eine willkommene Abwechslung zu meiner eingeschränkten Sicht in meinem Apartment. Trotzdem war auch ich froh, dass sich die Scheiben bei einbrechender Dunkelheit den Gegebenheiten anpassten und nur noch auf Knopfdruck die Sicht nach draußen möglich war. Zwar gehörte es zu unserem Job das nächtliche Treiben im Auge zu behalten, aber auch ein Sondereinsatzkommando wie wir es waren, musste seinen Augen und seinem Geist ab und zu ein bisschen Ruhe gönnen.
Bei Vorkommnissen der speziellen Art wurden wir sowieso binnen Sekunden mittels des Kommunikators in unserem Ohr verständigt. Überall in der Stadt waren Überwachungssensoren installiert, die ein Eingreifen der Schatten an unsere Zentrale meldeten. Oft genug kamen wir zu spät und durften nur noch Aufräumarbeiten leisten - wenig angenehm, aber notwendig.

In meinem Büro angekommen, ließ ich mich auf meinen ergonomisch geformten Bürostuhl nieder und legte erst einmal die Füße auf den Tisch. Meinen Wake-Up stellte ich neben dem Vorrat an Powerriegeln auf dem L-förmigen Schreibtisch ab.

Ich liebte es eher unkonventionell. Zwar hatte alles in meinem Büro seinen Platz und seine Ordnung, aber ich hasste es, mich nur allzu genau an die Hausordnung zu halten. Ein bisschen Freiraum musste schließlich gestattet sein.

Die Sonne schien wohltuend in mein Gesicht, auch wenn die Scheiben nicht wirklich viel von ihr bis ins Innere des Gebäudes vordringen ließen - zu unserem eigenen Besten. Zum Sonnenuntergang hin nahmen die Strahlenwerte zwar üblicherweise ab, da die Verschmutzungen der Atmosphäre weniger Strahlung hindurchließ, aber gefährlich waren sie dennoch.

Ein Blick über meinen Schreibtisch hinweg ließ nichts Gutes erahnen. Mein Anrufbeantworter blinkte hektisch in Signalrot, so dass ich Angst haben musste, er würde explodieren, wenn ich nicht sofort meine Nachrichten in Empfang nahm.

Der Kommunikator in unseren Ohren ermöglichte es uns zwar, ubiquitär, das heißt überall erreichbar zu sein, aber wie in fast jedem Fall von technischer Revolution war auch diese Erfindung sowohl Fluch als auch Segen. Um wenigstens ein paar Stunden ungestört schlafen zu können, war es erlaubt, für fünf Stunden am Tag bzw. in der Nacht Nachrichten auf einen AB in der Zentrale umzuleiten - Notfälle exklusive. Das rächte sich leider bitterlich, wenn man sein Büro betrat. Liegengebliebene Arbeit - und sei es auch nur in Form von Anrufen - war wie ein Fluch, der einen immer wieder einzuholen drohte. Man musste Zeit aufholen, wo einfach keine war.

Ich drückte auf den aufdringlich blinkenden Knopf an der schwarzen Konsole. Der AB speicherte die Nachrichten inklusive Emotionen des Anrufers und leitete diese bei Abruf direkt an den Kommunikator weiter. So war auch eine Fernabfrage möglich.

In jedem AB »lebte« eine biologische Einheit: ein kleiner Mann im Ohr - wenn man so will. Ein kleines Geißeltierchen, das genetisch so manipuliert worden war, dass es Emotionen wie eine Batterie speichern konnte.

Erste Nachricht: »Cassi, ich bin´s, Hexe, ich komm nachher noch bei dir vorbei. Ich muss dir unbedingt etwas erzählen.« Sie schloss die Bandansage mit einem quiekenden Jauchzen, das normalerweise nur alberne Comicfiguren aus dem Kinderkanal von sich gaben, wenn sie zum Ausdruck bringen wollten, wie glücklich sie waren. Mit einem Runzeln auf der Stirn drückte ich auf den Knopf mit dem X - Nachricht gelöscht. Ich hatte deutlich Hexes Unterton und Gefühlslage wahrgenommen. Entweder hatte sie ein Honigkuchenpferd geschenkt bekommen oder es steckte mal wieder ein Mann dahinter.

Zweite Nachricht: »Hier spricht Faith.« Der schon wieder. »Um Zeiteinheit Achthundert ist Treffen bei mir im Büro. Pünktlichkeit wird vorausgesetzt.«

Klugscheißer, natürlich würde jeder von uns pünktlich sein. Wir nahmen unseren Job schließlich ernst. Insgeheim ärgerte ich mich schon wieder, dass es Faith jedes Mal schaffte, mich wütend zu machen. Meine Konditionierung, Gefühle in den Griff zu bekommen, müsste mich eigentlich eines Besseren belehren, aber ich befand mich ja nicht in einem Einsatz.

Dritte Nachricht: »Cassi, hier Eugen aus der Buchhaltung. In Ihrem Bericht gibt es Unstimmigkeiten. Bitte rufen Sie mich zurück.«

Auch das noch. Eugen war der geborene Aktenwälzer - ruhig, zurückhaltend, pedantisch und verbissen. Diesmal hatte ich Igor den Bericht anfertigen lassen - eine Routine- und damit die geborene Anfängeraufgabe. Er war unser jüngster Teamanwärter und noch mehr als grün hinter den Ohren - sich selbst hielt er aber schon für den Allergrößten. Deshalb hatte ich ihm den Spitznamen »Impi« (imperitus - unerfahren) gegeben. Ich war dazu verdonnert worden ihn beim letzten Mal mit auf Streife zu nehmen - was mich daran erinnerte, niemals wieder mit Forrest um etwas zu pokern. Entweder konnte Impi es nicht besser oder er wollte sich mit mir anlegen. Zu letzterem würde ich ihm wirklich nicht raten. Man hatte nur Ärger mit dem jungen Gemüse. Ich schmunzelte, weil ich mich durch seine Unbelehrbarkeit an mich selbst erinnert fühlte. Ich würde den Stier schon bei den Hörnern packen.

Ein statisches Geräusch drang an mein Ohr. Mein Kommunikator meldete sich zu Wort. Ich drückte den Knopf am silbernen Bügel und meldete mich: »Cassandra Bergler, KWA-Einsatzkommando.«

Stille. Vielleicht hatte die Technik mal wieder ihren Geist aufgegeben, obwohl nein, da war etwas. Ich lauschte, konzentrierte mich. Ich konnte die Angst spüren - so deutlich, dass sich die feinen blonden Härchen auf meinen Armen sträubten.

Ich presste den Kommunikator mit meiner Hand ganz tief in meine Ohrmuschel. Nicht, dass diese Handlung auch tatsächlich einen Effekt hatte, aber ich bildete mir ein, die Geräusche nun noch klarer wahrnehmen zu können. Da war etwas im Hintergrund. Ich meinte ganz deutlich, das Rauschen von Wasser zu hören. Fast war es so, als flüsterte es meinen Namen. Ein Schiffshorn. Dann ein markerschütternder Schrei. Ein Aufprall. Nichts.

Mit schmerzverzerrtem Gesicht drückte ich mir die Hände an die Ohren.

Ich hatte Glück, dass die Verbindung meines Kommunikators zu meinem Gehirn schmerzlos gelegt werden konnte. Ich war mit einer präaurikulären Fistel an beiden Ohrmuscheln geboren worden, durch die die Sonde direkt vom Ohr zum Hirn gelegt werden konnte, ohne weitere operative Eingriffe. Ein Überbleibsel der Evolution, aber in diesem Fall sehr nützlich.

Meine Kollegen hatten es weniger gut getroffen. Bei ihnen musste die Sonde regelmäßig neu gelegt werden, da das Implantat immer wieder zu Entzündungen führte. Versuche mit zelleigenem Material waren gescheitert, da es mit dem umliegenden Gewebe verwuchs. Für eine einwandfreie Weiterleitung der Emotionen war es aber unerlässlich, dass der Leiter nicht vollkommen mit dem eigenen Gewebe verschmolz. Andernfalls riskierte man einen wilden Mix aus eigenen und fremden Gefühlen, der einen buchstäblich aus den Latschen hauen konnte. Im besten Fall wurden Kommunikator und Träger so etwas wie Symbionten. Sie profitierten voneinander. Lebten in Wechselbeziehung. Angetrieben wurde der Kommunikator durch die Energie, die jeder menschliche Körper produziert: Wärme, Gedankenimpulse etc. Wie genau er funktionierte, hatte ich nie begriffen. Aber ich wusste, dass ein Kommunikator an seinen Träger gebunden war.

Bei mir hingegen verlief die Weiterleitung von Emotionen problemlos. Furcht wurde direkt zu meinem Amygdala und positive Gefühle wie Glück und Freude direkt zum Nucleus accumbens geleitet - meiner genetischen Besonderheit sei Dank.

Mit zittrigen Fingern schaltete ich meinen Kommunikator aus. Kurzatmig wartete ich auf eine Erleichterung, aber das Gefühlsecho hatte mich noch fest in seinen Klauen. Übertragene Emotionen hallten im Körper des Empfängers nach - ähnlich wie Schallwellen. Es würde noch eine Weile dauern bis der Schmerz nachließ.

In einem Fall wie diesem hatte ich wirklich Pech - meine Reizweiterleitung war durch meine angeborene Anomalie einfach zu gut.

Aber ich wäre nicht bei der KWA, wenn ich nicht auch mit so einem Zwischenfall umzugehen wüsste. Schritt 1: Ich atmete bewusst ruhig ein und aus. Schritt 2: Ich drängte die Verzweiflung und die Angst gepaart mit dem markerschütternden Schrei weitestgehend aus meinem Bewusstsein zurück. Spezielle Meditationstechniken, die wir bei der KWA erlernt hatten, halfen mir dabei.

Nur die Einsatzkräfte der KWA besaßen einen solch einmaligen Kommunikator. Der Otto-Normal-Verbraucher musste sich mit der abgespeckten emotionsfreien Version zufrieden geben.

Ich atmete ein paar Mal tief durch und versuchte meinen Geist an einen anderen Ort zu katapultieren - Esoterik war zwar nicht gerade mein Ding, half aber in Situationen wie diesen. Rhythmisch klopfte ich mit meiner Rechten auf meine Brust...

und fand mich in den dunklen Gassen des Schwarzmarktareals, regiert vom kleinen Napoleon, wieder, wo ich groß geworden war. Außenstehende mieden diese Gegend, in der

sich Gesindel jeglicher Art und jeglichen Gewaltpotenzials tummelte. Wer etwas Illegales plante und sich für die Umsetzung zu fein war, würde hier sicherlich jemanden für die Drecksarbeit finden, egal wie heimtückisch und krank das Vorhaben auch sein mochte.
Mörder, Auftragskiller, Gauner, Betrüger, Diebe, Flüchtige, Prostituierte, Menschenhändler, Pädophile, Perverse und Händler der besonderen Art schlichen durch die Gassen - und die Liste war in Wahrheit noch viel länger. Nicht, dass man bei ihrem Anblick etwas von ihren Neigungen und Taten erahnen konnte - im Gegenteil, viele von ihnen waren peinlichst darauf bedacht ein möglichst unauffälliges und unscheinbares Äußeres an den Tag zu legen. Einige übertrieben es dabei vielleicht ein bisschen zu sehr. Sie versuchten so akribisch einen typischen Otto-Normalo zu imitieren, dass allein die Pedanterie des Versuchs förmlich nach Aufgesetztheit stank.
Für mich war die Umgebung das beste Lehr- und Versuchsfeld, das ich mir nur wünschen konnte. Ich lernte, dass hinter der Fassade eines Gesichts nicht immer das steckte, was man vermutete. Angesehene Mitbürger, die einem geregelten Berufs- und Privatleben nachgingen, hatten meiner Erfahrung nach mehr Leichen im Keller als ein offensichtlicher Ex-Knasti mit Ankertätowierung auf dem Arm. Häufig waren diese Schwindler, die nur allzu oft ein Doppel- oder Dreifachleben führten, nur zu enttarnen, indem man sie aus der Reserve lockte. Nur durch gezielte Fragen waren die feinen und flüchtigen Ausdrücke in ihren Gesichtern und in ihrer Gestik zu erkennen, die den wahren Kern ihrer Natur enthüllten.
Ich gebe zu, auch ich musste den harten Weg gehen, eh ich verstand, mich unter ihnen zu behaupten. Mehrmals war ich

von einem der Straßengauner übers Ohr gehauen worden, hatte beim Pokern all mein Geld - was nicht viel war - verloren oder war bei den illegalen Veranenkämpfen mit manipulierten Wetten geblendet worden. Prügeleien waren an der Tagesordnung und leider scheuten viele Männer nicht davor ein Kind oder eine Frau zu schlagen.
Aber ich hatte meine Hausaufgaben gemacht. So leicht würde mich heute niemand mehr übers Ohr hauen. Die Straße hatte Naivität und Gutmütigkeit schmerzhaft aus mir herausgeprügelt - dafür war ich ihr heute dankbar.

An meine frühe Kindheit konnte ich mich kaum noch erinnern. Manchmal kam es mir vor, als würden wie durch eine dichte Nebelwand hindurch schleierhafte Erinnerungen und Bilder den Weg durch die Schwaden hindurch suchen. Aber die Erinnerungen und Bilder waren lückenhaft und bisher hatte ich noch nicht das Verlangen, meine ohnehin schon verkorkste Vergangenheit aufzuarbeiten. Wie ich in der Schwarzen Gasse (so wurde die Straße von Außenstehenden genannt) gelandet war, wusste ich jedoch noch genau.
Ich war umhergeirrt und mir war schon ganz schlecht vor Hunger und Durst. Die Nächte hatte ich in den öffentlichen Tunnelsystemen verbracht. In dieser Zeit hatte ich auch gelernt an jeglichen Orten Schlaf zu finden. Es gab kaum etwas, was ich noch nicht gesehen hatte. Ich wusste damals nichts von der Schwarzen Gasse, sondern war lediglich einem Jungen gefolgt, der mit einer Tüte, die dem Duft nach einen wirklich schmackhaften Inhalt versprach, umherlief. Mir widerstrebte es innerlich zu stehlen, allerdings heiligt bekanntlich der Zweck die Mittel und so tat ich mein Handeln als Mundraub ab. Ich wusste nicht, woher meine Be-

denken rührten, schließlich taten tausende andere jeden Tag das gleiche. Trotzdem war mir nicht wohl bei meinem Tun. Insgeheim ärgerten mich meine Bedenken. Ich hatte oft genug die Erfahrung machen müssen, dass ein Zögern oder ein Handeln wider den persönlichen Vorteil nur den anderen etwas brachte. Man selbst blieb auf der Strecke. Die, die nicht an ihre Mitmenschen dachten und die dabei kein schlechtes Gewissen plagte, waren eindeutig besser dran. Ich war schon immer der Überzeugung gewesen, Schuld und Reue waren Erfindungen der Reichen und Mächtigen, um die Mehrheit in ihre Schranken zu weisen. So konnten sie Macht ausüben, ohne dass jemand hinter ihr Geheimnis kam. Jedoch war es sehr schwer, Herr seiner Gewissensbisse zu werden, wenn man sie nun einmal hatte.

Ich folgte dem Jungen bis in einen schmalen Seitenarm der Schwarzen Gasse, der in einen Hinterhof von drei mehrstöckigen Bauwerken mündete. Der Junge verschwand in einem der drei Wohnhäuser und ich tat es ihm gleich. Noch heute konnte ich mich leibhaftig daran erinnern, wie ich lauernd und abwartend hinter der Etagentür wartete, in der der Junge verschwunden war. Überall im Treppenhaus roch es nach Urin und Fäkalien. Die Wände waren beschmutzt und zeugten davon, wie egal den Menschen, die diese Baracke ihr Zuhause nannten, ihr Zustand war. Schwarze krümelige Gebilde, die sich über dem gesamten Boden verteilt befanden, ließen vermuten, dass außer zweibeinigen auch vierbeinige Bewohner hier einen Platz zum Leben gefunden hatten. Noch heute bekam ich einen Kloß im Hals, wenn ich an den beißenden Gestank erinnert wurde. Ich wusste noch, dass ich dort kauerte und ein Quietschen der Tür vernahm...

Das nächste, woran ich mich erinnerte, war ein dröhnender Schmerz in meinem Hinterkopf und Schwärze, nichts als Schwärze.

Die darauf folgenden Wochen verbrachte ich damit, möglichst nichts zu empfinden, nichts zu denken, mich nur noch aufs Überleben und die Flucht zu konzentrieren. Ich war einem Schlepper gefolgt, einem Köder für Umherstreuner wie mich. Der Junge hatte mich in eine Falle gelockt. War ich noch so überzeugt davon gewesen, ihm heimlich und unbemerkt gefolgt zu sein, so holte mich die bittere Realität nur allzu brutal ein. Ich war in die Hände eines Menschenhändlers geraten, einem, der Kinder und ihre Dienste verschacherte. Tagelang versuchte er mich durch Essens- und Wasserentzug gefügig zu machen. Aber ich widerstand all seinen widerlichen und ekelerregenden Annäherungsversuchen. Eines Tages biss ich ihn so stark in seinen Hals, den er mir leichtsinniger Weise zur Liebkosung darbot, dass er die Blutung kaum stoppen konnte. Außer sich vor Wut schlug er taumelnd und besinnungslos auf mich ein. Als er mich halbtot geprügelt hatte und ich regungslos dalag, machte er eine Verschnaufpause. Sein Fehler - meine Chance. Er sollte wissen, dass ich nicht der Typ für Kurzschlusshandlungen war. Ich ergriff die Bullenpeitsche, die ich zuvor aus seiner Folterkammer entwendet hatte und schlug zu. Damals war ich körperlich noch schwach - kaum in der Lage, das schwere Folterinstrument zu schwingen. Aber irgendwie wickelte sie sich um seinen Hals, strangulierte ihn, bändigte ihn. Ich sah zu wie er blau anlief und verzweifelt nach Atem rang. Seine Augen quollen hervor und wie ein Irrer krallte er seine wulstigen, kurzen Finger um die Bullenpeitsche in der Hoffnung ein paar Zentimeter zwischen seine Peinigerin und seinen Hals bringen zu können. Ich spürte einen Funken der

Genugtuung und zog die Schlinge noch fester. Nie wieder würde er mich anfassen.

An diesem Tag jedoch wurde ich nicht zur Mörderin, obwohl ich der Welt vielleicht sogar einen Gefallen getan hätte - ich konnte es einfach nicht.

Fast blind und mit von den Attacken zugeschwollenen Augen konnte ich fliehen. Zitternd und nur vom Adrenalin geputscht, schaffte ich es bis zur Ecke der Hauptstraße, nur um dort dem nächsten Missetäter in die Arme zu laufen. Ich war an einen von Napoleons Späher geraten, der auf der Suche nach potentiellen Neulingen für Napoleons Gefolgschaft war. Etwas schien er in meinem deformierten Gesicht gesehen zu haben. Ich versuchte meine Muskeln für einen letzten Sprint in die Freiheit zu spannen, aber alles, was mir blieb, war erschöpft in die Arme des Spähers zu fallen. Er nahm mich mit und sperrte mich zusammen mit einem Dutzend anderer Kinder in eine Art Verschlag. Ich wehrte mich mit Händen und Füßen aus Angst durch meine Flucht einem viel schlimmeren Schicksal in die Arme gelaufen zu sein, bis mir etwas zu essen unter die Nase gehalten wurde.

Wir erhielten alle etwas Anzuziehen, wurden verarztet und gebadet bis wir einigermaßen annehmbar aussahen. Wir wurden sogar unterrichtet und durften uns in verschiedenen Lehrfeldern ausprobieren - darunter Technik, Wirtschaft, Architektur, Psychologie und Quantenphysik. Selbstverteidigung und Nahkampf standen ebenfalls auf dem Programm. In Zweikämpfen mussten wir uns beweisen - egal, ob gegen Feind oder Freund.

Ich sog das Wissen, das mir angeboten wurde, auf wie ein Schwamm - mit Sicherheit konnte ich es eines Tages gebrauchen. Besonders die Psychologie hatte es mir angetan. Fast glaubte ich schon, ich wäre an einen geheimen Wohltäter geraten, schwärmte insgeheim sogar für den gütigen Samariter ohne Gesicht, der uns nur als Napoleon bekannt war - bis zu dem Tag, als der Unbekannte uns seine Gestalt offenbarte. Aufgeregt wie ein Kind vor seiner lang herbeigesehnten Geburtstagsfeier wartete ich mit den anderen Kindern zusammen auf seine Ankunft. Schweißnass waren meine Hände und sie zitterten vor freudiger Erwartung. Als die Tür sich öffnete, sah ich zuerst nur einen Schatten, eine Silhouette, geblendet von dem hereinfallenden Licht. Groß kam mir die Gestalt vor, fast gewaltig und übermächtig. Doch mit jedem Schritt, den die Gestalt auf uns zu machte, schien sie kleiner, schmächtiger und weniger beeindruckend. Als meine Augen sich an die Helligkeit gewöhnt hatten, stand ein kleiner, drahtiger Mann mit störrischem Blick vor mir, die Arme wie ein Admiral hinter seinem Rücken verschränkt. Was Napoleon jedoch an Körpergröße fehlte, machte er durch Gemeinheit, Wahnsinn und Niederträchtigkeit wieder wett.

Es war seltsam, aber er schaffte es irgendwie, dass wir ihn hassten und zugleich liebten. Jedes Lob, jeder feste Händedruck eines stolzen Schöpfers ließ uns nach mehr lechzen. Wir buhlten um seine Gunst - um jeden Preis.

Ich hingegen erkannte schon recht früh, welches Spiel er spielte. Ich fühlte es und entzog mich ihm instinktiv. Tat desinteressiert. Je mehr ich mich zurückzog, desto mehr erregte ich seine Aufmerksamkeit. Er versuchte mich zu manipulieren, die anderen gegen mich aufzuhetzen und uns gegeneinander auszuspielen. Ohne Erfolg.

Trotzdem gingen die Machtkämpfe nicht spurlos an mir vorbei. Einzig ein Rückzugsort blieb mir: der kleine Laden von Tante Cula, die ihren Spitznamen ihrem außergewöhnlich groß geratenem Hinterteil zu verdanken hatte. In Gedanken kehrte ich an diesen modrigen, alten und muffigen

Kramladen zurück, der so manche Überraschung in petto hatte. Der vertraute Geruch von Tante Culas Laden beruhigte mich, gab mir Sicherheit.
Ich war gerade einmal sieben Jahre alt als Napoleon mich zu seiner rechten Hand erklärte.

Ich atmete noch einmal tief durch. Einmal, zweimal, dreimal...
Besser. Der Schmerz ließ nach. Das Gefühlschaos in meinem Kopf lichtete sich.
Verzweiflung. Verwirrung. Panik. Todesangst.
Ich hatte ein ungutes Gefühl im Magen. Irgendetwas wollte der Anrufer mir mitteilen. Woher hatte er überhaupt meine Nummer? Der Anruf ging direkt an mich. Nicht wie üblich an die Zentrale. Auch wenn sich unserer Kommunikator in Off-Modus befand, wurden Anrufe doch auf ihre Dringlichkeit hin überprüft. Es musste schließlich gewährleistet sein, dass jeder Notfall auch bearbeitet wurde. Ich musste dem sofort auf den Grund gehen. Ich sendete einen gedanklichen Impuls an meinen Kommunikator. Der Rückruf wurde aufgebaut. Wer auch immer mich angerufen hatte, musste eine Signatur hinterlassen haben. Ich wartete. Die Leitung knackte.
»Der Teilnehmer ist vorübergehend nicht erreichbar. Bitte versuchen Sie es zu einem späteren Zeitpunkt noch einmal.«
Ich durchforstete die Datenbank um zumindest herauszufinden, zu wem die Verbindung gehörte. Etliche Zahlen und Daten rauschten über das Display an meinem Unterarm. Analyse: »No Match found. Verbindung zu Implantat nicht möglich.«
Die Wahrscheinlichkeit stieg, dass ich meinen Anrufer nicht lebend antreffen würde. Zumindest wusste ich, dass sein

Kommunikator keine Verbindung mehr zu seinem Träger hatte: entweder, weil er tot war oder weil der Kommunikator entfernt wurde. Beide Möglichkeiten schienen mir nicht besonders verlockend - jedenfalls für den Anrufer.

Eine letzte Möglichkeit blieb mir noch. Ich versuchte den Kommunikator des Anrufers zu lokalisieren und stellte eine weitere Verbindung zu meiner Konsole an meinem Handgelenk her.

Eine Karte von Lumen-City erschien auf dem grünen Display. Ein roter Punkt leuchtete in Bezirk 6 auf. Der alte Port. Ich stellte den Modus auf 3-D und zoomte näher heran. Der alte Port war sehr verschachtelt. Wie in einem Labyrinth steuerte ich auf den gesuchten Punkt zu. Häuser, Winkel, Gassen zogen an mir vorbei. Dann plötzlich war die virtuelle Rundfahrt beendet. Hier endete das Signal. Eine genauere Bestimmung war aus welchen Gründen auch immer nicht möglich. Vielleicht war das Signal absichtlich unterbrochen worden. Vielleicht war dem Kommunikator der Saft ausgegangen. Getrennt von seinem Träger war das durchaus denkbar. Die meisten organischen Verbindungen überlebten nicht lange ohne ihren Wirt.

Ich hatte einen Entschluss gefasst. Ich würde allein gehen. Ich hatte keine Zeit für große Erklärungen – geschweige denn für eine Einsatzplanung, die Agent Sjuits ohne Zweifel anordnen würde. Ich hatte keinen eindeutigen Hilferuf, den ich vorweisen konnte. Nur die Geräusche und Gefühle, die an mich übermittelt worden waren. Außerdem hatte es sich angefühlt, als wäre der Anrufer freiwillig gesprungen. Andererseits hatte der Anrufer eine Heidenangst - das hatte ich deutlich gespürt. Vielleicht weilte er schon nicht mehr unter uns. Vielleicht war es auch nur ein schlechter Scherz. Vielleicht hatte er im letzten Moment einen Rückzieher gemacht. Zu viele Vielleichts. Ich brauchte Gewissheit.

Agent Sjuits würde kein unnötiges Risiko angesichts der bevorstehenden Dunkelheit eingehen. Doch jeder gute Ermittler wusste: je länger man wartete, desto weniger Anhaltspunkte oder Beweise würde man finden. Vielleicht konnte ich den Anrufer noch retten. Zumindest musste ich in Erfahrung bringen, was passiert war und wie zum Teufel er an meine Nummer gekommen war.

Ich schnappte mein Back-Pack und stieß mit meinem Ellenbogen gegen meinen Wake-Up. Eine milchig-braune Lache ergoss sich über meinen Schreibtisch und tropfte auf den blanken Boden. Ich verharrte kurz und sah den Tropfen zu, wie sie am Boden zerschellten und langsam zu einer Pfütze verschmolzen. Die Sauerei musste warten, genauso wie das Training und Faith.

Ich schaltete meinen Kommunikator ein.

»Paul? Paaaul!!!«

Ich hörte Kaugeräusche.

»Ja, was gibts denn?«

Das gabs doch nicht. Der Mann aß immer noch.

»Paul, ich bin weg. Notfall.«

»Aber Cassi...«

Ich legte auf.

Für Erklärungen hatte ich jetzt keine Nerven.

07:11 Uhr. Ich hatte noch gute zwei Stunden bis Sonnenuntergang und eine knappe bis zur Besprechung.

Was nicht passt, wird eben passend gemacht.

Mit einem Ruck riss ich die Tür auf.

Meine Nase prallte gegen eine harte Brust.

»Wo wollen Sie denn hin, Bergler?«

Ich hob das Kinn. Der hatte mir gerade noch gefehlt.

»Zu einem Notfall, Agent Sjuits. Höchste Dringlichkeitsstufe.«

»Notfall? Mir ist kein Notfall bekannt. Erst recht nicht einer der Stufe Doppel-D.«

Wir unterteilten Notfälle in vier Dringlichkeitsstufen:

A wie **A**ch, kann warten!
B wie **B**eeil dich bloß nicht!
C wie **C**afeteria ich komme!
Doppel-D wie **D**ie Kacke ist am **D**ampfen!

Wahrscheinlich war das nur für uns Interne witzig...

Ich wies mit dem Zeigefinger hinter mich und versuchte mich an Agent Sjuits vorbeizuschlängeln: »Auf meinem AB.«

Irritiert blickte Sjuits zu meinem Schreibtisch, auf dem der AB stand.

»Ich muss los.«

»Sie gehen nirgendwo hin! Der Einsatz muss erst besprochen werden. Denken Sie an das Protokoll.« Entrüstung schwang in Sjuits Stimme mit und er stemmte die Hände in die Hüften, was ihn eher lächerlich als autoritär wirken ließ.

»Das Protokoll kann mich mal kreuzweise!«

Sjuits Oberlippe fing an zu beben.

Ups, das musste ich wohl laut gesagt haben.

Jetzt würde er gleich explodieren: eins, zwei, drei...

Nichts wie weg.

»Bergleeeer!« Sjuits saugte die Luft ein, als wäre er der Dudelsack eines rocktragenden Schotten, der mit Luft gefüllt werden musste. »Hier geblieben!«

Ich sputete mich, nahm den Flur im Galopp, griff mit einer Hand nach dem Treppengeländer, um mich schneller durch die Kurve ziehen zu können, und zischte die Treppe nach unten.

Ich rannte vorbei an den Schaulustigen und hörte noch ein »Das wird ein Nachspiel haben!« ehe sich die Türen hinter mir schlossen.

Ins KWA-Hauptquartier hineinzugelangen war schwer, hinaus dagegen leicht. Mit einem lässigen Schwung beförderte ich meine Panoramasonnenbrille wieder dahin, wo sie sich wohlfühlte - auf meine Nase.

Draußen angekommen prüfte ich erst einmal die Strahlung. Der Zeiger konnte sich nicht entscheiden und schwankte zittrig zwischen Warnstufe Gelb und Orange hin und her.
Was soll's. Mein Anzug würde sich schon anpassen.
Ich rannte los.
Der Port lag im Bezirk 6 an der Grenze zu B7, dem Periculum.

An die Bezeichnungen der Straßen und Orte musste ich mich erst noch gewöhnen. Der Retter hatte sie mit Beginn seiner Amtsperiode eingeführt, sie sollten an das glorreiche Rom, an alte Zeiten und Werte erinnern.
Mist, verdammter!
Ich blieb abrupt stehen, klatschte mir mit der flachen Hand vor die Stirn und mahnte mich innerlich ab.
Erst denken, dann handeln. In letzter Zeit bist du so schusselig!
Ich hatte ein sehr enges Zeitfenster. Bis zum Port musste ich durch drei Bezirke. Das würde ich niemals ohne Gefährt schaffen.
Den Mitgliedern der KWA standen motorisierte Hybrid-Vehikel mit Solarantrieb zur Verfügung. Bei der derzeitigen Strahlung der Sonne würde ich im Nu am Ziel sein.
Mein Vehikel stand noch in der Tiefgarage des KWA-Hauptquartiers. Mittels meines Senders könnte ich es »ru-

fen«. Ein Autopilot machte diese Art Fernsteuerung möglich. Mit etwas Glück hatte Agent Sjuits meih Vehikel noch nicht gesperrt. Nach meinem Abgang wäre das das Erste, was ich an seiner Stelle tun würde.

Ich musste es einfach probieren. Ich drückte auf den Knopf an meiner Ferseninnenseite.

Die meisten meiner Kollegen trugen ihren Sender am Oberarm oder an einer Kette um den Hals. Kein besonders geeigneter Ort, wenn man mich fragte. Sollte ich einmal in die Verlegenheit geraten, mit Händen und Füßen aneinander gefesselt zu werden, konnte ich den Sender immer noch gut erreichen.

Das gelbe Lämpchen leuchtete auf. Würde es grün werden, hatte Sjuits mein Vehikel noch nicht sperren lassen.

Angespannt wartete ich. Das Lämpchen flackerte unruhig.

Oh, oh, kein gutes Zeichen...

Es flackerte noch einmal. Rot, grün, rot...

Grün.

Yeah, er hatte noch nicht den Buzzer gedrückt.

Nicht, dass es mich stören würde. Tuner hatte mir gezeigt, wie ich die Zentralsperre umgehen konnte. Aber es würde mich Zeit kosten. Zeit, die ich nicht hatte.

Keine Sekunde später hörte ich auch schon das satte Röhren des Motors.

Obwohl auch mein Vehikel mit einem Hybridmotor und Solarantrieb ausgestattet war, hatte ich sagen wir mal auf eine Sonderausstattung gepocht - Tuner sei Dank.

Die Optik erinnerte zwar eher an ein Spaceshuttle, dafür sagte der Sound eindeutig: da steht eine Ducati vor mir. Wie fast alle, war auch ich ein Fan der guten alten Zeit.

Ich nahm Anlauf und schwang mich mit einem Satz auf meine Ducati und gab ihr die Sporen.

Sie dankte es mir mit einem lauten Aufheulen und einem satten Sound.
Ich liebte die Geschwindigkeit.
Der Wind brauste mir durchs Haar und die Häuser verschwammen zu einem langen Farbband, das nur durch abwechselnde Lichter oder das Ende eines Häuserblocks unterbrochen wurde. Hier war ich frei. Das Adrenalin in meinen Adern ließ mich alles um mich herum vergessen. Wie ein wildes Tier, das nur seinen Instinkten folgt.
Meinen Kommunikator versetzte ich in den Ruhemodus und schaltete den Vibrationsalarm ein. Ich würde informiert werden, wer anruft, ohne dass der Anrufer direkt durchgeschaltet werden würde. Ich wusste auch so, dass Agent Sjuits oder Faith es probieren würden. Ein Vibrieren bestätigte meine Vermutung.
Wenn man vom Teufel spricht.
Ich ging nicht ran, hörte aber wie Faith auf den AB fluchte.
»Verflucht nochmal, Cassi. Sjuits ist auf 180. Wenn ich ihm jetzt noch erzähle, dass du keine Anrufe entgegennimmst, dann rastet er völlig aus. Schwing deinen Hintern sofort hierher zurück, das ist ein Befehl!«
Ich klinkte mich ein. »Dann erzählen Sie es ihm nicht«, und unterbrach die Verbindung.
Sie würden mir schon rechtzeitig folgen können. Immerhin konnten Sie mein Signal aufspüren. Allerdings würden die Einsatzplanung und die Analyse des Anrufs sicherlich einiges an Zeit verschlingen. So bald rechnete ich also nicht mit Verstärkung – die Sicherheit des Teams ging vor. Ich würde das Ding schon schaukeln. Immerhin hatte ich die ungeteilte Aufmerksamkeit von Agent Sjuits und Faith, wenn auch im negativen Sinne. Aber sie interessierten sich zumindest für den Fall oder vielmehr für mein eigenmächtiges Handeln.

Ein Piepen, das von dem Display an meinem Handgelenk ausging, lenkte meine Aufmerksamkeit erneut weg von der Straße.
Was wollte Faith denn noch?
Auf dem Display leuchte eine Kurznachricht auf. Sie stammte von Paul.
»Mensch, Cassi. Was veranstaltest du jetzt schon wieder? Alle drehen am Rad. Sie zu, dass du pünktlich zur Besprechung wieder hier bist. Ich versuche, dir den Rücken freizuhalten.«
Man konnte über Paul sagen, was man wollte, ein Kameradenschwein war er nicht.
Ungehindert setzte ich meinen Weg fort.

Die Straßen waren leer. Die meisten Menschen hatten sich schon wieder in ihre Wohnungen zurückgezogen oder sie erst gar nicht verlassen. Vereinzelt sah man einige Berufspendler - zweifellos an ihren Aktentaschen und prall gefüllten Back-Packs zu erkennen. So konnte ich wenigstens ungestört Gas geben.
Je näher die Dunkelheit rückte, desto weniger Verkehr herrschte auf den Straßen. Bei Tage wurden alle Fahrzeuge mit Hilfe von Solar angetrieben. Bei Nacht jedoch musste man entweder auf Akkubetrieb umsteigen (nur bei den neuesten Fahrzeugmodellen eine einigermaßen sichere Angelegenheit) oder auf die Antriebsmittel des 20. Jahrhunderts zurückgreifen.
Benzin und Diesel waren schwer zu beschaffen. Beim Abbau kam es immer wieder zu Zwischenfällen, zumal viele Ölquellen schon versiegt waren, obwohl durch die Katastrophe und ihre Folgen die Ressourcen lange Zeit geschont worden waren. Raffinerien oder Pipelines waren sehr störanfällig,

besonders da nicht nur die teils extreme Witterung ihnen zusetzte, sondern auch Banden gerne das schwarze Gold auf dem Schwarzmarkt zu Höchstpreisen anboten. Die meisten Einwohner von Lumen-City verzichteten daher ganz auf einen fahrbaren Untersatz. Den Weg zur Arbeit konnten viele mit der Straßenbahn zurücklegen und des Nachts wollte sowieso keiner sein Haus freiwillig verlassen. Reisen außerhalb von Lumen-City konnten nur mit dem AGMEN bewältigt werden. Dazu wurden die Gesuche der Bürger für eine Auswärtsfahrt von einer Sammelstelle entgegengenommen und koordiniert. Der AGMEN fuhr nur, wenn sich genügend Fahrgäste fanden. Zu gefährlich war die Fahrt durch das verseuchte Gebiet, das sich direkt vor dem Periculum befand. Dicke Mauern schützten Lumen-City vor der Strahlung.

Trotzdem gab es auch einige Menschen und Mutanten, die sich bewusst für ein Leben außerhalb der Stadtmauern entschieden. Nur durften sie niemals zurückkehren ...

Ich bremste abrupt ab. Mein Ducati-Imitat gehorchte und knatterte bis zum nächsten Blitzstart bereit leise vor sich hin.
Ich nahm meine Brille ab. Die Sonne hatte an Strahlungsintensität verloren. Die Abenddämmerung kündigte sich an. Mein Blick auf die Uhr verriet mir: 07:23 Uhr. Ich hatte schlappe zehn Minuten bis zum Dock gebraucht. Das könnte knapp werden - also nichts, was ich vorher nicht schon gewusst hätte.
Ich ließ meinen Blick über den alten Hafen schweifen. Hier sah alles noch aus wie vor 150 Jahren, bevor der Meteorit eingeschlagen hatte.
Lumen-City war ursprünglich an und um den alten Port herumgebaut worden. Nachdem viele Städte durch Meteoritenschauer zerstört worden waren, hatten die Überlebenden

beschlossen, sichere, geschützte Städte zu errichten. Durch die weitgehende atomare Verstrahlung war das nicht so ohne weiteres überall möglich.

Der alte Port erstreckte sich vom Süden bis in den Südwesten und Südosten von Lumen-City. Einst verband er die ursprüngliche Stadt mit dem Meer. Heute musste das Meerwasser erst durch ein spezielles Verfahren gereinigt werden, eh es durch die Schleusen in den alten Port geleitet werden konnte. Der Hafen wurde derzeit nur noch zum Transport und der Einlagerung von Waren innerhalb von Lumen-City genutzt. Spezielle Güter von außerhalb wurden via Luftweg transportiert. Nördlich des Hafengeländes erstreckten sich die großen Fabriken und Gewächshausplantagen. So konnten die Waren schnell über den Hafen in den Westen und Osten und von dort aus mit Transportern in den Norden gebracht werden.

Am Dock selbst lagen viele kleine Boote – die meisten von ihnen verwittert und offensichtlich seit Jahren nicht mehr in Gebrauch. Das alte Holz knatschte und knirschte im Wasser und irgendwo quietschte ein rostiges Metallschild im Wind. Die ganze Atmosphäre hatte etwas Ausgestorbenes, fast Fossiles an sich.

Der alte Port war groß - sehr groß, um genau zu sein. Ich musste mir meinen nächsten Schritt genau überlegen.

Auf dem AB hatte ich einen Aufprall ins Wasser gehört.

Ich versuchte gedanklich die Nachricht zu rekapitulieren.

Schritt für Schritt ging ich jeden Laut, jede Emotion noch einmal genau durch.

Zwischen Schrei und Aufprall im Wasser lagen geschätzte zwei, vielleicht zweieinhalb Sekunden.

Ich erinnerte mich dunkel an die Formel zur Berechnung der Fallgeschwindigkeit:

$$s(t) = |h(t) - h_0| = \frac{1}{2}gt^2$$

Bei normalem, durchschnittlichem Gewicht müsste der Körper also aus einer Höhe von mindestens 30 Metern gefallen sein.

Zum Glück hatte ich bei der Formellehre aufgepasst, obwohl Mathe noch nie mein Ding war.

Drei Handgriffe und ich scannte den alten Port nach Objekten, die hoch genug waren, um in Frage zu kommen. So ein Navi am Handgelenk konnte schon sehr praktisch sein.

Suche beendet. Match found: 15 Objekte.

Das waren zu viele.

Ich brauchte weitere Variablen, um die Suche einzugrenzen.

Das Tuten eines Schiffshorns war auf dem AB. Das eines Dampfers.

Es gab nur einen Dampfer, der meines Wissens noch in Betrieb war. Der Tractar, der die Arbeiter in den Hafenhallen vom einen zum anderen Ufer brachte.

Ich gab die Zusatzinfo in mein Navi ein.

»1 Match found.«

Die unverwüstliche Exostra.

Natürlich!

Ich ließ den Motor von meiner Ducati aufheulen und brauste los.

Die steinerne Brücke hatte ihre Stützfeiler teils in den Docks des alten Ports und teils außerhalb der Stadtmauer. Sie war schon sehr alt und verband früher einmal den Port mit einer im Meer liegenden Plattform. So konnte bei Bedarf ein Containerschiff auch außerhalb des Hauptports be- oder entladen

und die Güter leicht über die massive Brücke transportiert werden. Aber heute wurde sie dafür nicht mehr gebraucht. Der Handel über die Weltmeere war fast zum Erliegen gekommen. Unberechenbare Strömungen machten den Seefahrern zu schaffen.
Gewaltig lag die unverwüstliche Exostra wie ein zu Fall gebrachter Riese vor mir.
Ich warf meinen Kopf in den Nacken und ließ meinen Blick über das imposante Bauwerk in seiner gesamten Länge wandern.
Massive Träger gaben den alten Steinen ihre Stabilität. Zusätzlich wurde sie über die Jahre hinweg mit weiteren schrägen Stützpfeilern gesichert. Mein Kompliment an den Architekten - weder Wind noch Wetter konnten ihr etwas anhaben. Selbst den extremen Wetterumschwüngen trotzte die alte Exostra ohne einen Kratzer abzubekommen.
Der steile Anstieg der Brücke zauberte mir nur ein leichtes Lächeln auf die Lippen. Ich gab Gas. Am höchsten Punkt der Exorsta bremste ich, meine Ducati drehte sich um 90 Grad und kam mit einem lauten Quietschen zum Stehen. Den Gashebel immer noch fest in der Hand und mit einem Bein am Boden ließ ich meinen Blick schweifen. Der alte Port war mir nicht geheuer. Es war zu still, zu ruhig. Zwar war vor Einbruch der Dunkelheit nur wenig in diesem Teil von Lumen-City los, aber auch hier gab es Containerschiffe, die be- und entladen werden wollten. Nichts. Hier war etwas ganz und gar nicht in Ordnung. Der bittersüße Geruch eines Hinterhalts lag in der Luft.
Doch ich hatte jetzt keine Zeit für übertriebene Vorsicht. Die Uhr tickte. Ich ließ den Motor laufen und stieg ab. Wenn jemand von der Exostra gestürzt war, musste es auch eine

Leiche geben. Ich hatte deutlich die Todesangst des Anrufers gespürt. Hatte gefühlt, wie das Leben langsam aus ihm wich. Ich beugte mich über den Rand der Brücke und blickte nach unten. Tief unter mir lag das Hafenbecken in seiner vollen schwarz-braun-grauen Pracht. Hier würde nichts und niemand überleben. An einigen Stellen blubberten Gase an die Oberfläche und verströmten einen fauligen Geruch, der mir beinahe den Atem raubte. Tränen schossen mir in die Augen. Doch außer dem penetranten Fäkalgeruch und dem trüben Wasser war nichts zu erkennen. Angewidert vom Gestank lehnte ich mich wieder zurück, um nicht das Bewusstsein zu verlieren.

Trotz der Filteranlagen blieb noch eine Menge Dreck über. Die Gase aus den Erdspalten am Grund des Bodens taten ihr Übriges. Ich wunderte mich über den Zustand des Wassers. Schmierige, glänzende Filme von Substanzen, die ich auf den ersten Blick nicht zuzuordnen wusste, schlängelten sich wie Reptilien an der Wasseroberfläche entlang.

Hier wurden illegale Abfälle ins Wasser geleitet - das sagte mir mein Instinkt. Ich würde wohl ein Team rausschicken müssen, das die Angelegenheit mal unter die Lupe nahm und Proben sicherstellte.

Aus meinem Kit zauberte ich eine Tube klarer Paste, die ich mir unter die Nase schmierte. Seit wir bei einem Einsatz ein paar Wasserleichen geborgen hatten, trug ich die Wundersalbe immer bei mir. Sie verlieh ihrem Träger eine beachtliche Resistenz gegen Gerüche, die die Grenze zum Erträglichen schon längst überschritten hatten. Erleichtert atmete ich als stolzer Träger eines neuen weißen Schnäuzers auf.

Schon besser.

Vor Jahren waren mehrere Arbeiter im alten Port zu Tode gekommen, weil ein marodes Beiboot gekentert war. Den

Sturz ins Wasser überlebte die Besatzung nicht. Allein der Kontakt mit der giftigen Brühe konnte tödlich enden. Seitdem waren die Kontrollen verstärkt und die Filteranlagen feiner eingestellt worden. Trotzdem fanden sich weiterhin ätzende Substanzen, radioaktive Strahlung, Schwefelverbindungen und Chemikalien jeglicher Art im Hafenwasser wieder. Hier sammelte sich aller Abfall, den das Meer, die Menschen und eine Katastrophe globalen Ausmaßes hervorgebracht hatten: nicht nur den, den man einsammeln konnte, sondern auch der menschliche.

Verstoßene, Kranke und Obdachlose fanden hier ein Zuhause. Zwar immer noch von den schützenden Mauern der Stadt umgeben, aber fern von den Siedlungen und Gehässigkeiten der Normalbürger. Wer einmal hier gelandet war, für den gab es kein zurück. Wie in einer Kaste waren Eltern, Kinder und Kindeskinder dazu verflucht, hier zu leben.

Wer unzufrieden mit seinem Leben war, sich besser fühlen wollte, kam man zum alten Port. Das Dahinvegetieren der Menschen, die hier ihr Dasein fristeten, ließ selbst das ärmlichste Leben in den Randbezirken von Lumen-City glanzvoll erscheinen, wenn man denn lebend zurückkehrte ...

Resigniert senkte ich meine Fersen wieder zurück auf den Boden.

Was hatte ich auch erwartet? Dass ich den Anrufer hier finden würde? Ihn im letzten Moment retten und mit wehenden Fahnen Agent Sjuits von meinem erfolgreichen Alleingang berichten könnte?

Komm wieder runter auf den Boden der Tatsachen, Cassi.

Vielleicht irrte ich mich auch und ich suchte an der völlig falschen Stelle.

Ich ging noch einmal alle Fakten durch. Ich konnte keinen Fehler erkennen. Wenn ich an der richtigen Stelle suchte, musste es Anhaltspunkte geben. Zeugen.

07:29 Uhr. Ich musste mich schon sehr bald auf den Rückweg machen. Andernfalls würde ich nicht nur Faith einen Anlass geben, mich abzumahnen, sondern auch Agent Sjuits, mir ein Disziplinarverfahren anzuhängen - mal ganz davon abgesehen, dass die Nacht schon ihre Fühler ausstreckte.

Ich stützte mich mit beiden Händen auf das Geländer der Exostra. Die Steine waren durch die Sonnenstrahlen angenehm warm. Der Wind kitzelte mir in der Nase. Ich versuchte, mich in den Anrufer hineinzuversetzen. Zu fühlen, was er gefühlt hatte.

Ich strich mir durchs wehende Haar. Auch wenn es nicht meine Emotionen waren, die ich abrief, waren sie doch sehr real.

Mit geschlossenen Augen machte ich drei Schritte rückwärts. Genau hier musste der mysteriöse Anrufer gestanden haben - ich war mir ganz sicher. Er hatte Angst. Schreckliche Angst.

Mein Atem ging stoßartig. Kalter Schweiß rann mir den Nacken hinunter.

Mit zittrigen Händen fasste ich an meinen Kommunikator. Genau wie es der Anrufer getan hatte.

Dann verspürte ich eine Art Vorfreude.

Irritiert legte ich meine Stirn in Falten.

Seltsam.

Gleich würde es vorbei sein. Ich fühlte mich wie ferngelenkt. Ich lief auf das Brückengeländer zu. Die brodelnde Brühe vor Augen. Im letzten Moment kappte ich die Erinnerung an die Erlebnisse des Anrufers. Gerade noch rechtzeitig um nicht in die Tiefe zu stürzen.

Ich schüttelte mich, um wieder einen klaren Kopf zu bekommen.

Ein bisschen benommen kniete ich über dem Boden und versuchte mich zu sammeln. Den Würgereiz in meinem Hals unterdrückte ich gekonnt. Krampfhaft hielt ich mich am Boden fest und versuchte, einen Punkt zu fixieren, damit der Schwindel nachließ.

Ein heller Lichtstrahl blendete mich - etwas funkelte in der Sonne.

Was lag da am Rand des Geländers zwischen den Steinen?

Ich streckte meinen Arm aus, um es greifen zu können.

Ein Kommunikator!

Das kleine silberne Ding mit dem fleischfarbenen Einsatz war zerkratzt, an der Anschlussstelle klebte etwas Blut, aber er schien auf den ersten Blick noch funktionstüchtig zu sein.

Das musste der Kommunikator des Anrufers gewesen sein.

Ich drückte den kleinen seitlichen Knopf, den jeder Kommunikator hatte. Kein Saft. Deshalb hatte ich das Signal nicht bis hierher zurückverfolgen können.

Ich umschloss den Kommunikator mit meiner Hand.

Hier lag vermutlich das Geheimnis des mysteriösen Anrufers verborgen.

Es würde nicht leicht werden, den Kommunikator zu knacken, aber Tuner würde das schon hinbekommen.

Jeder Kommunikator war an seinen Träger gebunden. Auch die Sparversion der Normalbürger.

Er diente nicht nur zur Kommunikation, sondern konnte auch dazu genutzt werden, den Träger jederzeit orten zu können. Einmal eingesetzt, konnte er nur noch durch einen ambulanten Eingriff entfernt werden.

Entweder hatte der Unbekannte sich den Kommunikator selbst herausgerissen oder er war ihm mit Gewalt entfernt worden.
Gedankenversunken richtete ich mich auf.
»Na Sweetheart? Was hat denn so ein hübsches Ding wie dich hierher verschlagen?«
Blitzschnell wandte ich mich um. Meine Bullenpeitsche stets griffbereit.
Eine widerliche Fratze blickte mich lüstern und neckisch zugleich an.
Der Mann - oder vielmehr das, was von einem Menschen noch übrig war - war klein und untersetzt.
Er war in Lumpen gekleidet, die nach dem Gestank zu schließen direkt aus dem Müll stammen mussten.
Sein Gesicht war durch zahlreiche Narben und Wucherungen entstellt. Seine Haut lag wulstig darüber. So stellte ich mir die Oberfläche des Mondes vor.
Doch die klobige Gestalt täuschte: blitzschnell war der Lumpenmann mir näher gekommen, als mir lieb war. Er streckte seine dreckige Hand nach mir aus und wickelte sich eine meiner Haarsträhnen um einen seiner drei Finger. Die anderen mussten ihm wohl abhanden gekommen sein. Sein fauliger Atem strömte mir dabei ins Gesicht. Obwohl ich mehr als angeekelt war, verzog ich keine Miene.
»Hmm«, er ließ meine Haarsträhne leicht über seinen Finger gleiten, »du riechst aber gut.« Er leckte sich die aufgedunsenen Lippen, die geöffnet eine zahnlose Grotte offenbarten.
»Wir beide werden eine Menge Spaß miteinander haben. Lust auf ein kleines Abenteuer?« Wie eine Schlange züngelte seine wulstige Zunge aus seinem entstellten Mund.
Das war dann wohl eine rhetorische Frage.

Sein routinierter und vor Vorfreude glitzernder Blick verriet mir, dass er nicht das erste Mal seine Finger nach einer jungen Frau ausstreckte.

Widerlich!

Ich hatte nichts gegen die Menschen, die hier lebten. Im Gegenteil: ich versuchte, sie zu unterstützen. Auch wenn die Unterstützung seitens der Bevölkerung von Lumen-City gering war, so gab es doch einige, die sich organisiert hatten und sich einmal pro Woche hier hinauswagten, um den Ausgestoßenen Essen zu bringen. Das gab ihnen aber noch lange nicht das Recht, ihre neu gewonnene Kraft dazu zu missbrauchen, Frauen nachzustellen.

Plötzlich ging alles ganz schnell. Er versuchte nach mir zu greifen, mich festzuhalten. Ich duckte mich, so dass sein Griff ins Leere verlief. Dann stemmte ich mich hoch, so dass er bäuchlings auf meinem Rücken lag. Seine klumpigen Füße baumelten in der Luft, er verlor den Halt, gab einen erstickten Laut von sich und landete mit einem Krachen auf dem harten Boden. Dort blieb er liegen, überrascht und nach Atem ringend. Er hatte mich unterschätzt - sein Fehler.

Ich drückte ihm meinen Stiefel gegen die Kehle und beugte mich - mit dem Unterarm auf meinem Bein abgestützt - so weit zu ihm hinunter, dass er mich hören musste. Ich wollte nicht laut werden, aber er sollte jedes einzelne meiner Worte verstehen. Ich sprach mit Bedacht, legte aber umso mehr Nachdruck in meine Stimme. Ich senkte den Blick und schob meine schwarze Haarsträhne hinter mein Ohr. Als ich meine Augen auf ihn richtete, hörte ich, wie er geräuschvoll einen Kloß im Hals hinunterwürgte.

»Na, mein Guter«, säuselte ich, »mit so viel Widerstand hast du wohl nicht gerechnet. Dachtest, du hättest leichtes Spiel mit einem jungen Ding, das sich ganz schutzlos hierher ver-

irrt hat, hmm?« Ich grinste ihm unverhohlen in seine scheußliche Fratze.
»Oder dass ich gelangweilt vom tristen Alltag auf der Suche nach ein bisschen Nervenkitzel und Abwechslung bin?«
Ich verlagerte mein Gewicht. Mein Stiefel bohrte sich noch tiefer in die Mulde unter seinem Hals. Er konnte hörbar nur noch schwer schlucken und riss die Augen auf.
»Ich habe keine Lust, meine Zeit an Abschaum wie dich zu vergeuden. Hier ist heute etwas passiert. Jemand ist von dieser Brücke gestürzt und hat dabei diesen Kommunikator verloren.«
Ich hielt den Kommunikator hoch.
»Du hast nicht zufällig etwas gesehen?«
Ich verengte meine Augen und legte unterschwellig so viel Bedrohung in meinen Blick und meine Stimme, dass selbst ich Angst vor mir bekommen würde. Ich trat noch etwas fester zu. Er gab ein ersticktes Geräusch von sich und schüttelte hektisch den Kopf.
»Bist du dir ganz sicher?«
Ich holte mit der Hand aus und zückte meine Peitsche. Sie zischte wie auf Befehl durch die Luft und sauste mit einem markerschütternden Knall nur Millimeter vom Ohr des Lumpenmannes entfernt zu Boden.
»Jaaaa«, der Lumpenmann hustete und hielt die Hände schützend vor sein entstelltes Gesicht, »ja doch.«
Entweder hatte er wirklich nichts mitbekommen oder er war unerschrockener, als ich dachte.
»Noch mal frag ich dich nicht, verstanden?!«
Ich lockerte meinen Fuß etwas, so dass er wieder Luft bekam. Gierig schnappte er danach wie ein Karpfen auf dem Trockenen.

»Dir ist doch klar, dass ich dich mit einer Lüge nicht davonkommen lasse?«

Ich nahm meinen Fuß von seinem Hals und gab ihm einen Tritt in die Seite.

Ich studierte seine Mimik ganz genau. Es war aber nicht ganz leicht unter den Geschwülsten, die sein Gesicht entstellten, menschliche Gesichtszüge auszumachen.

Zu meinem Erstaunen sagte er offensichtlich die Wahrheit. Ich konnte kein Anzeichen für eine Lüge in seinem Mienenspiel und seiner Haltung erkennen.

»Jetzt steh auf!« befahl ich barsch.

Langsam drehte der Lumpenmann sich über die Seite zu mir um. Er grinste. »Ich würde mir an deiner Stelle eher Gedanken darüber machen, ob ich *dich* davonkommen lasse.«

Was meinte er damit? Hatte er etwa noch nicht genug?

»Na, Henk. Brauchst du Hilfe?«

Erschrocken drehte ich mich um.

Auch das noch. Verstärkung für den Lumpenmann auf 6 Uhr.

Sieben Gestalten kamen mit großen Schritten auf mich zu. Der, der gerufen hatte, schlug bedrohlich immer wieder mit einer Keule in seine offene Hand, die bei näherer Betrachtung erschreckend viel Ähnlichkeit mit einem menschlichen Oberschenkelknochen hatte. Zusammen erweckten sie fast den Eindruck einer einzigen gewaltigen Gestalt, aber mit siebenfacher Schlagkraft.

»Wirst du etwa alleine nicht mit der Kleinen fertig?«

Der Lumpenmann lachte und stützte sich siegessicher auf seinen Ellbogen ab.

»Na?« Herausfordernd gewährte er mir einen Blick auf seine gammeligen Zahnstümpfe. »Wer von uns beiden wird gleich wohl heulend nach seiner Mami schreien?«

Doch in meinem Kopf spielte sich längst ein festes Programm ab. Routiniert musterte ich meine Angreifer und wog meine Chancen ab. Stellte ich mich der Herausforderung, lag die Quote bei 1:4, dass ich alle ausschalten würde. Man durfte nicht vergessen, dass diese Gestalten vor nichts zurückschreckten - Regeln waren hier etwas für Idealisten.

Selbst wenn es mir gelang, alle kampfunfähig zu machen - wo die herkamen, gab es sicherlich noch mehr. Unterschätze niemals die Solidarität einer Minderheit!

Mein Auge einzusetzen kam nicht infrage. Ich bevorzugte ein Leben incognito. Ehe ich nicht selbst wusste, womit ich es zu tun hatte, würde ich bestimmt nicht die Aufmerksamkeit von Fremden auf mich ziehen.

Hochmut kommt vor dem Fall.

Ich war mir meiner Sache zu sicher gewesen. Die wichtigste Überlebensstrategie, die ich auf der Straße gelernt hatte, war: Erkenne deine Grenzen. Stolz war etwas für die, die es sich leisten konnten. Falscher Stolz war etwas für die, die nichts zu verlieren hatten.

Ich war weder in der Position, um mich stolz zu zeigen, noch hatte ich so wenig zu verlieren, dass ich sterben wollte. Zumal dieser Abschaum mir sicherlich keinen schnellen Tod bereiten würde. Jenseits des Vorstellbaren gab es noch viel schlimmere Dinge, die man einem Menschen antun konnte.

Die Entscheidung war gefällt: Flucht. Mir widerstrebte es zwar, diese Widerlinge ungeschoren davonkommen zu lassen, aber mir blieb keine andere Wahl. Ich prägte mir das Gesicht eines jeden einzelnen ein - ich würde wiederkommen.

Der Motor meines Vehikels lief noch. Ich machte einen Sprung zur Seite und bekam den Gashebel zu fassen. Ich drehte ihn mit aller Kraft und ließ mich mitziehen. Ich bemühte mich, mein Gewicht auf den Sitz zu stemmen und mich hochzuziehen, aber mein Bein wurde einige Meter über die nackten Steine geschleift - es brannte höllisch. Endlich schaffte ich es und saß nun fest auf meiner Ducati. Ich blickte mich um und sah geradewegs in die überraschten Gesichter der Meute. Der Lumpenmann hatte sich aufgerappelt. Alle acht rannten hinter mir her. Wohl in der Annahme, sie hätten eine Chance es mit den Pferdestärken meines Vehikels aufzunehmen.

Dummköpfe!

Ich konzentrierte mich wieder und richtete meinen Blick nach vorne. Jetzt zählte erst einmal, sich aus den Staub zu machen. Der Anrufer musste warten. Ich hatte dem Hauptquartier schon genug Fragen zu beantworten.

Ich war am Ende der Exostra angekommen und wollte gerade abbiegen, als ich mich noch einmal umschaute. Ich wollte sicher gehen, dass ich meine Verfolger abgehängt hatte - ein Fehler.

Das Letzte, was ich mitbekam, war ein harter Schlag, der mich geradewegs auf den harten Boden der Tatsachen beförderte.

Kapitel III - Böses Erwachen

Ich kam zu mir.
Mein Kopf fühlte sich an, als wäre eine Dampflok durch ihn hindurchgerast.
Mein Bein brannte immer noch wie Feuer dank meiner ungeplanten Stunteinlage.
Gedankenverloren wollte ich meine Schläfen massieren, um zumindest wieder etwas Ordnung in mein Kopfchaos zu bringen.
Was war nur passiert?
Halt. Ich war niedergeschlagen worden - soweit wusste ich wieder.
Der Geschmack von Blut lag noch immer auf meinen Lippen.
Der Sturz musste mich härter getroffen haben, als mir lieb war.
Den Impuls, meinen schmerzenden Kopf zu reiben, blockte ich abrupt ab. Wer auch immer das getan hatte, durfte nicht wissen, dass ich wach war.
Ich bemühte mich, meine Atmung möglichst regelmäßig und ruhig zu halten.
Umgebung sondieren - an meine Ausbildung konnte ich mich also noch erinnern.
So weit, so gut.
Ich lag auf dem harten Boden. Meine Hände auf meinem Rücken mit meinen Füßen zusammengebunden. Kleine Holzsplitter bohrten sich mir in die Seite und in mein Gesicht. Es war heiß. Unerträglich heiß - um genau zu sein. Irgendwo schien etwas förmlich zu kochen. Ich hörte es

blubbern und brodeln. Es roch nach faulen Eiern - Schwefelverbindungen. Der Boden unter mir schaukelte.

Entweder lag ich auf dem Grund einer Legebatterie, in der die Kühlung ausgefallen war und jemand wiegte mich sanft in den Schlaf oder jemand hatte mich auf ein Boot verschleppt, das dicht vor einer Gasblase im Hafenbecken Anker gelegt hatte.

Ohne eine Intelligenzbestie sein zu müssen, war die zweite Möglichkeit die wahrscheinlichere.

Ich wartete - Stimmen hörte ich keine.

Ich wagte mein Augenlid einen Millimeter anzuheben. Mein Blickfeld war klein, mehr als eingeschränkt, aber mein Verdacht bestätigte sich: ich lag auf den harten Planken eines Schiffsdecks. Es war dunkel. Nur am Rand nahm ich den schwach violetten Schein eines UV-Lichts wahr. Entweder brannte es immer oder es musste schon Nacht sein.

Um mich herum türmten sich Taue und Seile. Die Holzplanken sahen aus, als wären sie noch nie geschrubbt worden. Überall lagen Essensreste bestehend aus halb leeren Tuben herum. Tierkadaver von Fischen und kleinen Nagern klebten halb verwest am Holz. Den Würgereiz in meiner Kehle unterdrückte ich. Die Galle stieg mir trotzdem bis in den Hals und hinterließ einen bitteren Beigeschmack und ein unangenehmes Brennen.

Das kleine Kapitänshäuschen vor mir wirkte verlassen und verwittert. Die grüne Farbe war stellenweise abgeplatzt und rostige Nägel lugten aus der losen Vertäfelung hervor. Sowieso erweckte das ganze Boot den Eindruck, als wäre es leichte Beute für den nächsten Windstoß, der um die Ecke gefegt kam.

Apropos Wind - ich spürte kaum einen Luftzug.

Ich richtete meine Augen nach oben.

Das Boot befand sich einer Art Höhle. Ein graues Gewölbe tat sich vor mir auf. Unmengen von Stalaktiten hingen von der feuchten Steindecke. Wie das berühmte Schwert des Damocles schwebten sie über mir - jederzeit bereit, mich zu durchbohren.
Wo war ich nur gelandet?
Aber noch viel wichtiger:
Wer hatte mich hierher gebracht?
Was solls. Meine Fragen konnte ich auch später noch klären. Das, was zählte, war, dass ich so schnell wie möglich hier weg kam. Ich hatte keine Ahnung, wie lange ich schon ohne Bewusstsein hier herumlag. War es noch Tag oder war schon die Nacht hereingebrochen?
Ich musste mich aus meiner misslichen Lage befreien.
Ich lächelte.
Ich wusste doch, dass ich ihn eines Tages genau dort gebrauchen würde.
Wie schon erwähnt, trug ich meinen Sender für mein Vehikel nicht um den Hals wie viele meiner Kollegen, sondern an der Innenseite meiner Ferse. Situationen wie diese bestätigten meinen Eigensinn.
Meine Ducati wäre in Null-Komma-Nichts da. Die Fesseln machten mir keine Sorgen. Während meiner Ausbildung stand Befreien aus ausweglosen Situationen des Öfteren auf dem Tagesplan. Es würde etwas Zeit in Anspruch nehmen, aber es würde gehen. Wenn mein Vehikel erst einmal da war, dank meines Equipments sogar noch schneller.
Ich krümmte meinen Zeigefinger um den Knopf zu drücken.
»Das würde ich an deiner Stelle nicht tun, Blondi.«
Ich versteinerte. Blieb regungslos in meiner Bewegung hängen.
Blondi? Wie originell.

Ich hörte Fußtritte. Ein Schatten tauchte neben mir auf.
Ich hörte ein wildes Geflatter gepaart mit kurzen Lauten, als wenn ein ganzer Vogelschwarm auf mich zugeflogen käme. Dem Geräusch folgte Finsternis für den Bruchteil einer Sekunde. Ein riesiger Schwarm Fledermäuse zog über mich hinweg.
Jemand beugte sich zu mir hinunter. Sein Gesicht wurde klarer. Ein junger Mann mit rotbraunen Haaren und Sommersprossen lächelte hämisch auf mich herab.
Unterwürfigkeit und Vernunft gehörten nicht gerade zu meinen Stärken - zumal ich Ironie und Sarkasmus liebte.
Daher entgegnete ich frech: »Falls es dir entgangen sein sollte: ich bin nicht komplett blond.« Unter meiner schwarzen Strähne hinweg ließ ich mein Auge aufblitzen. Wie ein schwarzes Loch, indem jemand eine Kerze entzündet hatte, musste es auf ihn wirken.
Keine Reaktion - jedenfalls nicht die, die ich erwartet hatte. Stattdessen zeigte sich etwas in seinem schmalen Gesicht, das ich nur als Neugier beschreiben konnte.
Ich versuchte es mit etwas anderem. »Warum nicht?« fragte ich kokett. »Was willst du tun? Mir die Kehle aufschlitzen?«
Für einen Moment schien er zu überlegen, was er antworten sollte.
So ist es richtig, Cassi. Miss Nonchalent is back in town.
»Vielleicht. Ich kann hier mit dir tun und lassen, was ich will. Hier findet dich niemand. Nur du und ich.«
Er sprach die Wörter ganz leise aus - hauchte sie fast dahin. Eine schwer einzuschätzende Bedrohlichkeit schwang in seiner Stimme mit.
Gut. Immerhin wusste ich jetzt, dass er allein war.
Ich konnte nur lachen und musterte meinen Entführer.
Lang, dünn, schlaksig - beinahe schmächtig wirkte er.

Von seinen Bewegungen her war ich dazu geneigt, ihn als linkisch zu bezeichnen.
Selbst wenn ich nur einen meiner beiden Füße oder eine meiner Hände aus den Fesseln befreien konnte, würde er schneller am Boden liegen als er »Blondi« aussprechen konnte.
Seine Hände waren knochig und doch feingliedrig. Er sah mir nicht nach einem erprobten Kämpfer aus.
Seinen Mund zierten nur noch verfaulte braune Stummel.
Ich schätzte ihn auf Ende bis Mitte zwanzig, obwohl er nahezu kindliche Gesichtszüge hatte.
Na toll. Ich war in die Hände eines psychopathischen Milchbubis geraten.
Etwas irritiert fiel mein Blick auf seine Mundpartie: zwei feine perlmutt-farbene Haarlinien zogen sich von seinen Mundwinkeln über seine Wangen bis hin zu den Ohren. Sie machten seine untere Gesichtspartie markant, ließen sie weniger weich erscheinen.
Zotteliges braunes Haar stand wie Stroh von seinem Kopf ab.
Ein Dreitagebart legte sich um sein Kinn.
Insgesamt war seine Gestalt wenig bedrohlich, aber seine Augen erzählten mir etwas anderes.
Kalt, starr und verbissen stachen sie aus seinem Gesicht hervor.
Dieser Mann war gefährlicher als er aussah.
Skrupellosigkeit konnte selbst den Schwächsten zu einem gefährlichen Gegner machen.
Holzauge sei wachsam!
Ich musste ihn irgendwie ablenken, um mich von meinen Fesseln zu befreien.
Er trat näher an mich heran.
Selbstgefällig ging er in die Hocke und sah auf mich herab.

»Ich glaube, es gibt schlimmere Dinge, die ich mit dir anstellen könnte.«

Dito.

Grob griff er nach meiner schwarzen Strähne, packte sie und riss daran.

Autsch!

»Nettes Auge hast du da. Hat deine Mutter wohl ein bisschen zu viel mit einem Schatten rumgevögelt, was?«

Doppel-Autsch!

Jetzt wurde Milchbubi auch noch vulgär. »Und du hattest wohl keine Kinderstube«, zischte ich zurück.

Er lachte laut auf.

»Da musst du dir schon etwas Besseres einfallen lassen, Blondi, um mich aus der Reserve zu locken.«

Ich warf ihm ein diabolisches Lächeln zu.

Du willst mehr, dann kriegst du auch mehr.

Ich musterte ihn noch einmal eingehend. Der Körper, die Haltung, Mimik, Gestik verrieten viel über einen Menschen, seine Geschichte, sein Wesen - aber eben nicht alles. Jetzt ging das Fischen im Trüben los.

»Du bist wohl ganz allein hier? Lass mich raten. Du warst als Kind bestimmt ein ungeliebter Schreihals, ein Nimmersatt.«

Seine Augen verengten sich.

Bingo.

Ich hatte einen Nerv getroffen. Mal sehen, ob der Schuss auch ins Schwarze ging.

»Die Narben da in deinem Gesicht ...«

Mit dem Kinn deutete ich in Richtung seines Mundes.

Er zog die Augenbrauen zusammen. Wie um die Narben meinem kritischen Blick zu entziehen, zog er seine Hand schützend davor.

»... deine Mutter hat dir einen Sogu am Kopf festgebunden. Sicherlich konnte sie dein Geschrei nicht mehr ertragen. Hat dich angebettelt endlich aufzuhören bis sie dich nur noch angebrüllt hat. Bei euch gab es wohl nie viel zu Essen, oder?«
Er erwiderte nichts. Sein Mund war ein einziger Strich.
Ein Sugo war zwar verpönt, wurde aber immer wieder bei Säuglingen und kleinen Kindern eingesetzt. In der Zeit des Umbruchs, der Zeit nach dem Metoriteneinschlag, litten viele Menschen Hunger. Für die Kleinen war es besonders schlimm. Der Sugo linderte für einige Zeit die Qual. Stellte seinen Nutzer ruhig. Das organische Material aus dem der Sauger bestand, absorbierte den Speichel des Kindes, wandelte ihn in eine süße siruppartige Masse um. Ließ man den Sugo zu lange im Mund des Kindes, krallte sich die organische Komponente nicht selten ins Fleisch. Das Kind war zum Wirt, der Sugo zum Parasit geworden. Die Zähne des Kindes entwickelten sich kaum oder verfaulten. Der Sugo sorgte dafür, dass sein Wirt am Leben blieb, aber besonders viel auf die Rippen bekamen die Opfer nie. Nur mit Gewalt konnte man den Sugo von seinem Wirt lösen. Man musste ihn schwächen, ihn ersticken, um ihn dann von seinem Opfer lösen zu können. Ganz von dieser Verbindung erholten sich die Kinder allerdings in den seltensten Fällen.
»Du weißt gar nicht, wo sie jetzt ist, nicht wahr? Sie hat dich früh weggegeben.« Ich riet weiter kräftig drauf los. Natürlich half mir meine psychologische Erfahrung, aber sicher konnte ich mir mit meinem Verdacht erst sein, wenn ich seine Reaktion sah.
Zuckerbrot und Peitsche. Erst klein kriegen und dann wieder langsam aufbauen.

Ich setzte einen wissenden und zugleich verständnisvollen Blick auf.
»Halt den Mund, du blöde Schlampe. Du hast ja gar keine Ahnung.«
Oh ja. Ich hatte ihn gleich bei den Eiern.
Er wurde aggressiv. Ich hatte ihn in die Enge gedrängt.
Ich drehte mich auf die Seite, damit er meine Hände nicht mehr sehen konnte.
»Ach nein? Deinen Vater hast du nie kennengelernt. Die ersten Jahre hast du noch verzweifelt nach deiner Mutter gesucht. Doch eines Tages hast selbst du eingesehen, dass es zwecklos ist. Du bist bestimmt so manchem in die Falle gegangen. Hast an die Versprechungen der Leute geglaubt, sie würden dir helfen deine Mutter zu finden. Tja und dann warst du ganz allein. Hast dich von den Menschen abgewandt, missverstanden, gedemütigt ...« Ich machte eine Pause und wartete. »Habe ich recht?«
Mit offenem Mund und glitzernden Augen starrte er mich an. Resignierend ließ er die Hände kraftlos auf den Boden sinken. Immer noch hockend, senkte er seinen Kopf. Er musste sich sammeln. Ich hatte ins Schwarze getroffen. Aus Erfahrung wusste ich, dass jeder auch noch so abgebrühte Kerl einen wunden Punkt hatte. Er war eben doch nur ein einsamer Junge - wenngleich auch offensichtlich älter als ich, der aufgrund traumatischer Erlebnisse in seiner Kindheit zu dem geworden war, der er nun einmal war.
»Du hast ja keine Ahnung.«
»Das sagtest du schon«, erwähnte ich trocken.
Mühsam brachte er die Worte hervor, sichtlich um Fassung ringend.
Er ballte seine Fäuste und schlug mit seiner linken Hand auf die Planken ein.

Sein Schlag war hart. Die Haut an seinen Fingerknöcheln platzte auf. Blut quoll hervor.

»Ich bin kein schlechter Mensch. Ich habe versucht stark zu sein, mich anzupassen, aber sie haben mich immer wieder enttäuscht, mich getreten, wenn ich schon am Boden lag.«

»Ihr alle«, schrie er.

Er richtete sich auf und starrte mir geradewegs ins Gesicht.

Okay, dass er so aus sich rauskommen würde, hätte ich nicht gedacht.

Ich hatte seinen Panzer härter eingeschätzt.

Aber auch ich hatte die Weisheit schließlich nicht mit Löffeln gefressen.

»Wie heißt du?«

Kenne den Namen deines Gegners. So kannst du ihn leichter in die Pflicht nehmen. Namen geben dir Macht.

Ich musste ihn von seinem Gefühlschaos ablenken, ehe er noch völlig ausflippte. Unberechenbarkeit konnte ich gerade jetzt nicht gebrauchen.

»Was?« Er schien durch den plötzlichen Themenwechsel irritiert zu sein.

Ohne nachzudenken antwortete er: »Man nannte mich Peter als ich noch unter ihnen lebte.«

Mit ihnen meinte er wohl die Menschen.

»Aber ich selbst habe mir den Namen Contemtio gegeben.«

Latein war nicht gerade mein Spezialgebiet, aber dass contemtio Verachtung bedeutete, wusste ich.

»Gut Contemtio, warum hast du mich hierher gebracht? Und wie lange war ich außer Gefecht?«

Ich hatte genug gewartet. Ich wollte Antworten.

Nur noch ein paar Sekunden und ich hatte meine Hände und Beine befreit. Ich war nur überrascht, dass er nicht wissen wollte, wer ich war. Warum hatte er mich entführt?

Er sah auf seine Uhr.

»Etwa fünf Stunden. Ich hatte gesehen, dass du in Schwierigkeiten bist. Ich wollte helfen.«

Ich konnte es nicht fassen. Hinter dem abgedrehten Psychopathen sollte ein heiliger Samariter stecken?

Hinter dem Misan- sollte sich tatsächlich ein Philanthrop verbergen?

Ich traute dem Braten nicht.

»Das soll ich dir glauben? Du hast mich niedergeschlagen. Ich wäre mit der Situation allein fertig geworden.«

»Wärst du nicht!« Mit weit aufgerissenen Augen zischte er mich an und schnellte dabei wie eine Cobra nach vorne, so dass er nur noch Zentimeter von meinem Gesicht entfernt war. Wie um das Gesagte zu bekräftigen, hielt er mir die Faust geballt vor die Nase.

Dieser Junge neigte wirklich zu Stimmungsschwankungen.

»Sie hatten dir eine Falle gestellt. So machen sie es immer, wenn jemand in ihre Gegend kommt. Sie wissen ihre Gelegenheit zu nutzen.«

»Eine Falle?«

Ich guckte verdutzt.

»Wo und wie?«

Ich musste wissen wie glaubhaft er war.

»Sie gehen immer nach dem gleichen Muster vor. Einer spricht das Opfer an, wenn es Zicken macht, wartet schon Verstärkung. Auf der Brücke sind die Fluchtmöglichkeiten begrenzt. Nicht jeder hat so ein schnelles Gefährt wie du. Gelingt einem doch die Flucht, wartet ein weiteres Abfangkommando am Ende der Brücke.«

»Und was soll das Ganze? Nur damit sie ein bisschen Spaß haben können, gehen sie das Risiko ein, dass sich die KWA hier einmischt? Sie müssten doch wissen, dass das Ganze hier nur so lange funktioniert, wie sie toleriert werden. Und das wiederum funktioniert nur, wenn sie bleiben, wo sie sind und keinen Ärger machen.«

»Wozu das Ganze fragst du?« Verständnis- und Fassungslosigkeit rangen um die Vorherrschaft in Contemtios Gesicht. »Pah, so eine verwöhnte Zicke wie du hat sicherlich keinen Plan vom wahren Leben.«

Wenn du wüsstest...

Ich wusste nur zu gut, dass Menschen aus den niedersten und aberwitzigsten Motiven heraus die schrecklichsten Dinge taten. Gab es keine Regeln, gab es keine Menschlichkeit. Hier waren sie unter sich, fühlten sich im Recht zu tun, was auch immer sie wollten.

Ich wollte mehr über mein Gegenüber in Erfahrung bringen. Welche Motive hatte er?

»Wenn du meinst...« Ich warf ihm einen bedeutungsvollen Blick zu.

»Tse.« Er machte eine abfällige Geste. »Wir haben hier einfach nichts zu fressen, kapierst du es endlich? Was glaubst du, was die mit dir gemacht hätten?!« Er machte eine kurze Pause. Er wollte eine Reaktion von mir. Ich ließ ihn gewähren.

Ich hatte meine Fesseln gelöst.

»Ich kann es dir sagen. Erst hätten sie dich mit in ihren Unterschlupf geschleppt. Und glaub mir, dort fühlen sich noch nicht einmal die Ratten wohl. Dann hätten sie sich der Reihe nach an dir vergangen. Hätten deine Schreie genossen. Umso mehr du dich gewehrt hättest, umso mehr hätten sie dich gewollt. Und dann ...«

Er hielt inne. Anscheinend wollte er sicher gehen, dass er meine ungeteilte Aufmerksamkeit besaß. Also tat ich ihm den Gefallen.

»Was dann?«

Nichtsahnend und schockiert blickte ich ihn an.

Ihm gefiel es anscheinend, dass ich sein Spiel mitspielte. Mit Aufmerksamkeit konnte ich ihn also gefügig machen.

Er holte tief Luft. »Sie hätten dich gefressen. Über den Dämpfen des Hafenwassers gegart.« Er spuckte mir die Worte nahezu entgegen. Sein Gesicht verzog sich zu einer seltsam anmutenden Fratze. Ich wusste nicht genau, ob ihm die Vorstellung Vergnügen oder Ekel bereitete. Bei ihm waren diese beiden elementaren Emotionen offensichtlich stark miteinander verbunden.

»Du kennst dich aber gut aus«, stellte ich nüchtern fest.

Entweder wusste er so gut Bescheid, weil er selbst schon einmal mitgemacht hatte oder ...

»Du denkst ich hätte so etwas selbst schon einmal gemacht, oder?«

Der Junge war gut.

»Du denkst, ich wäre einer von ihnen?«

Ich war mir zumindest nicht ganz sicher.

»Naja, ich kann es dir nicht verübeln.« Er sah an sich hinunter. »Ich bin kein schlechter Mensch, ich mag die Menschen nur nicht besonders. Sie waren nicht gerade besonders nett zu mir.«

Ja ja, das Ich-bin-klein-mein-Herz-ist-rein-Gelaber.

Ich bin zu gut für diese Welt, deshalb habe ich ihr den Rücken gekehrt.

In Wirklichkeit war das nur ein Schutzschild - er hatte aufgegeben anstatt zu kämpfen. Verkroch sich lieber.

»Ich kann mich einfach nicht behaupten, kann mich nicht auf sie einlassen oder Dinge für gut befinden, die ich nun einmal verachte, nur um ihnen zu gefallen.«

Das machte ihn ja schon fast sympathisch. Ich mochte Menschen, die gegen den Strom schwammen.

»Ich habe es versucht, nur um dazu zu gehören. Habe ertragen, dass ich mir nicht mehr in die Augen sehen konnte ohne mich schmutzig zu fühlen.«

Bedeutungsschwer fasste er sich an die Brust.

»Irgendwann habe ich es nicht mehr ausgehalten. Ich bin freiwillig hier und nicht, weil ich ein Ausgestoßener bin. Das hier ist mein Wahlexil.«

Man konnte ihm ansehen, dass ihm das Thema nahe ging.

Warum erzählte er mir das alles? Wollte er, dass ich mich schuldig fühlte?

Ich schenkte ihm einen skeptischen Augenaufschlag.

Plötzlich veränderte sich sein Ausdruck. Er wurde wieder hart und undurchdringlich.

»Wegen Leuten wie dir, Leuten, die in Schubladen denken, bin ich hier gelandet.«

Er wollte tatsächlich, dass ich mich schuldig fühlte.

Das hast du dir so gedacht, mein Lieber.

Ich hatte genug gehört. Es war Zeit für Tacheles oder Zeit um das Weite zu suchen. Ich wollte nicht als Blitzableiter für etwas herhalten, für das ich nichts konnte. Ich wusste genau, wie Menschen sein konnten. Dazu brauchte ich keine Moralpredigt von einem dahergelaufenen Kidnapper.

»Ich würde vorschlagen, wir kürzen das ganze Blabla an dieser Stelle ab. Entweder du sagst mir jetzt, warum ich hier bin und was du von mir willst ...«

Er unterbrach mich: »... oder was? Vergiss nicht, ich bin hier derjenige, der die Fragen stellt. Ich entscheide, welche Antworten du bekommst. Du hast hier gar nichts zu melden. Wenn ich es will, lasse ich dich hier einfach verrecken oder werfe dich den Schatten zum Fraß vor. Mal sehen, was dann noch von deiner großen Klappen übrig bleibt.«

Ich konnte es nicht besonders gut leiden, wenn man mir drohte.

Mit einem Satz war ich auf den Beinen, zückte meine Peitsche und schlang sie ihm mit einem gezielten Wurf um den Hals.

Es war nicht besonders klug von dir mir die Waffen zu lassen.

Entsetzt riss er die Augen auf und klammerte sich an das Leder meiner Peitsche, die sich fest um seinen Hals gewickelt hatte.

Ja, zieh nur an meiner guten alten Freundin, umso fester schlingt sie sich um deinen Hals.

Er riss den Mund weit auf und schnappte nach Luft. Seine Gesichtsfarbe wechselte von einem Schweinchenrosa zu einem Hummerrot. An seinem Hals, da wo sich das Leder in sein Fleisch schnürte, zeigten sich rote Flecken.

»Ganz ruhig. Dann bleibt dir auch genug Luft zum Sprechen. Ich will nur Antworten auf meine Fragen.«

Er nickte kurz.

»Warum hast du mir geholfen?« Sarkastisch fügte ich noch hinzu: »Und jetzt erzähl mir nicht aus rein altruistischen Gründen.«

»Du musst mir glauben, ich bin kein schlechter Kerl«, stammelte er.

»Ja, ja, das sagtest du schon.« Genervt rollte ich mit den Augen. »Also raus damit.« Ich zog noch etwas fester an der Bullenpeitsche.

»Ich kann nicht!« Seine Kinnpartie zitterte. »Er wird mich töten.«

Hatte er es immer noch nicht geschnallt?

»Contemtio«, begann ich langsam, »ich weiß nicht, vor wem oder was du dich fürchtest, aber eines kann ich dir versprechen, ich bin hier und ich will Antworten. Unterschätze mich nicht, wenn ich etwas will, dann bekomme ich es auch.« Ich verstärkte meinen Griff. Contemtio röchelte und hustete, machte aber immer noch keine Anstalten mit der Sprache rauszurücken.
Na gut, dann musste ich härtere Geschütze auffahren.
Wir waren allein, also musste ich mir keine Sorgen machen, entdeckt zu werden.
Ich konzentrierte mich und setzte meinen Fokus auf Contemtios Augen.
Ich hatte nicht mehr besonders viel Übung im Einsatz meiner Fähigkeiten.
Zuerst spürte ich rein gar nichts, war schon in Sorge, dass ich zu lange gewartet hatte.
Ich hatte mein Auge die letzten Jahre immer verdeckt gehalten, es nach dem Unfall nicht wieder eingesetzt.
Ich haderte mit mir. Sollte ich meine Vorsätze wirklich brechen? Aber welche Wahl blieb mir schon?
Freiwillig würde Contemtio nicht mit der Sprache herausrücken. Ich selbst war aus unerklärlichen Gründen zum Entführungsopfer geworden und war rätselhaften Selbstmorden auf der Spur. Ich brauchte Informationen - sie waren lebenswichtig.
Ich fasste einen Entschluss - jetzt war es an der Zeit, es zum Leben zu erwecken. Niemand außer uns beiden würde es mitbekommen.
Es begann mit einem Kribbeln an meiner Stirn, das sich ausbreitete. Hitze strömte hinab über meine Schultern, meinen Rücken bis hin zu meinen Zehenspitzen. Ich fühlte mich wie elektrisiert, als hätte ich in eine Steckdose gefasst. Die

feinen Härchen an meinen Armen richteten sich auf. Berauschend war diese Erfahrung.
Wie hatte ich es nur so lange ohne aushalten können.
Ich drang in Contemtios Bewusstsein vor.
Ich spürte Trauer, Angst, Verzweiflung - schürte sie.
Wie in einem Labyrinth stolperte ich von Erinnerung zu Erinnerung. Öffnete Türen. Schloss sie wieder.
Holte Erinnerungen aus seiner Kindheit hervor. Erinnerungen, die seine Gefühle noch verstärkten. Jonglierte mit ihnen. Spielte sie wie einen Ball hin und her. Drehte sie.
Nein!
Ich musste die Kontrolle über mich zurückerlangen. Nochmal würde ich das nicht zulassen.
Macht heißt Verantwortung. Macht heißt Verantwortung.
Wie ein Mantra wiederholte ich den Satz innerlich immer wieder.
Ich kappte die Verbindung. Das Hochgefühl ließ nach. Auch wenn ich das Kribbeln noch spüren konnte, war der Unterschied deutlich. Der Strom floss jetzt gleichmäßiger, weniger chaotisch durch mich hindurch.
So war es gut.
Ich versuchte es erneut, bohrte meinen Blick in den seinen. Contemtio erstarrte. Er war kreidebleich, Schweiß rann von seinen Schläfen.
Ich gab einen kehligen Laut von mir. Ich war soweit. Ich bündelte das Kribbeln in meinen Gliedern und schoss es in einem geballten Strahl direkt in den Geist von Contemtio. Mein Auge diente mir dabei als eine Art Linse - ein natürlicher Verstärker. Ich drang in seinen Geist vor.
Puh, da war wirklich eine Menge Groll und Hass in ihm. Aber das hatte ich ja schon vorher gewusst. Ich musste zum Glück nicht tief in seine Psyche vordringen - daran war mir

auch nicht gelegen. Die Antwort, die ich suchte, musste sich noch an der Oberfläche befinden. Das Ereignis, nach dem ich suchte, konnte noch nicht lange her sein.

Ich durchforschte seine Erinnerungen Stück für Stück. Ich filetierte Contemtios Hyppocampus wie ein kostbares Stück Fleisch. Ich sah, wie er mir vor der Brücke aufgelauert hatte. Spürte seine Aufregung. Sah durch seine Augen hindurch, wie der Lumpenmann mich greifen wollte.

(Ich sollte mir mal wieder ein neues Outfit zulegen - ganz nebenbei bemerkt.)

Ich musste weiter zurückgehen. Ich strengte mich an.

Stimmen. Wortfetzen. Ich hörte genau hin.

Vor meinem geistigen Auge schwebten die Buchstaben, tanzten um meinen Kopf herum. Ich musste sie einfangen, extrahierte sie aus Contemtios Kopf. Ich selektierte jeden einzelnen Buchstaben, umschloss ihn mit einer glänzend-schwarzen Blase, spielte, balancierte sie hin und her. Drehte sie, verschob sie, tauschte sie. Jetzt ergab alles einen Sinn.

»Es wird eine junge Frau auf der Exostra nach etwas suchen. Sie ist blond. Du kannst sie nicht verfehlen. Sie trägt das Zeichen. Bring sie mir. Dann erlöse ich dich von deinen Qualen.«

Die Stimme musste zu jemandem gehören. Dem Auftraggeber von Contemtio. Er hatte gelogen.

Da war etwas. Eine Gestalt. Verschwommen. Dunkel. Ich konnte kein Gesicht erkennen. Ich versuchte meinen Blick schärfer zu stellen. Vergeblich.

Wie kann das sein?

Mir fiel es wie Schuppen von den Augen. Es war keine Gestalt. Es war lediglich ihr Abbild. Man hatte nicht direkt zu Contemtio Kontakt aufgenommen. Man hatte sich in seinen Geist geschlichen, so wie ich es jetzt tat. Mir waren nur zwei

Spezies bekannt, denen diese Art der Kommunikation möglich war: Mutanten - genauer gesagt mit telepathischer Modifikation und Schatten.

Aber das konnte nicht sein. Contemtio war kein Lakai der Schatten. Seine Augen waren braun, nicht schwarz.

Contemtio begann zu zittern. Blut tropfte ihm aus Augen, Ohren und Nase.

Ich musste mein kleines Kunststück umgehend beenden.

Ich wollte mich gerade aus Contemtios Geist zurückziehen, als ...

Schwarze Augen rasten auf mich zu. Nein, eigentlich war es nur eins. Ein schwarzes Auge in dem verzerrt wirkenden Gesicht eines Mädchens. Oder war es das einer alten Greisin? Ich konnte es nicht sagen. Das Gesicht sagte mir, sie war ein Mädchen, doch trug sie den Körper einer alten Frau.

Mir stockte der Atem. Ich hatte noch nie jemanden mit nur einem schwarzen Auge gesehen - jemanden wie mich.

Abrupt zog ich mich zurück. Contemtio und ich taumelten, gingen beide zu Boden. Ich kämpfte gegen die Übelkeit an.

Warum sollte mich jemand entführen wollen? Was war so Besonderes an mir? Nun gut, mein Auge und dass ich Gedanken aus den Köpfen anderer Menschen extrahieren konnte, aber das konnten viele Telepathen auch? Warum also?

Ich konnte mir nicht vorstellen, dass Contemtio eine Antwort darauf hatte.

Es war nicht besonders angenehm, in den Hirnwindungen von einem verwirrten Geist wie dem von Contemtio herumzuwühlen, aber ich konnte keine Arglist, keinen tieferen Sinn in seiner Handlung erspüren.

Contemtio sah ebenfalls wenig begeistert aus. Die Blutungen hatten zwar aufgehört, aber er schien verstört. Lediglich aus seiner Nase floss noch ein feiner Rinnsal Blut.

Welch Wunder. Wer rechnete schon damit, seinen Kopf mit einem ungebetenen Gast teilen zu müssen.
Blutverschmiert war sein Gesicht - als hätte er sich mit einem Schlägertrupp angelegt, der ordentlich zugelangt hatte.
Aber er atmete immerhin noch. Stumm und regungslos lag er mit dem Rücken auf den Planken, die Arme weit von sich gestreckt und starrte in die Luft.
Ich gewährte ihm eine Verschnaufpause - ich konnte selbst eine gebrauchen. Ich setzte mich auf den Boden, die Beine angewinkelt und legte meinen Kopf auf meine verschränkten Arme. Contemtio ließ ich nicht aus den Augen.

Eine gefühlte Ewigkeit später rappelte er sich auf - sichtlich geschwächt.
»Was hast du mit mir gemacht«, stöhnte er. Noch sehr wackelig auf den Beinen begutachtete er ausführlich das Blut, das aus seiner Nase tropfte.
»Das tut nichts zur Sache. Es wird dir bald wieder besser gehen.«
Hoffentlich.
»Ich weiß, dass du angeheuert wurdest, um mir aufzulauern.«
Comtentios Gesicht spiegelte Überraschung, Zweifel und Irritation wider.
»Ich verstehe nur nicht, was dir der Unbekannte im Gegenzug geben wollte? Was meinte er mit: »Sie trägt das Zeichen« und »Ich erlöse dich von deinen Qualen«?«
Contemtio schüttelte den Kopf.
Er hielt kurz inne, dann ließ er seine Schultern fallen.
Resignation. Gut.
»Ich weiß es nicht. Ich weiß es wirklich nicht. Er hat nur in meinen Gedanken zu mir Kontakt aufgenommen. Und das auch nur einmal. Das, was du in meinen Gedanken gehört

hast, stimmt. Aber ich habe keine Ahnung, was er mit »Zeichen« gemeint hat.«
Er sagte die Wahrheit. Ich konnte es in seinem Gesicht lesen.
»Aber du kannst mir doch sicherlich sagen, welche Belohnung dich erwartet.«
»Erwartet hätte. Ich habe dich schließlich nicht wie vereinbart abgeliefert. Mich wundert, dass er noch keinen Kontakt zu mir aufgenommen hat.«
»Wovon sprichst du?«
»Ich habe dich schließlich nicht ausgeliefert. Oder was glaubst du, warum du immer noch hier bist? Ich hätte dich kurz vor Einbruch der Dunkelheit im Crepers abliefern sollen.«
Im Crepers?
Das Crepers befand sich in der Schwarzen Gasse. Menschen und Mutanten, die auf der Suche nach einem Abenteuer waren, suchten das Crepers auf. Ich selbst war nie dort gewesen, aber Gerüchten zufolge ließen sich dort Menschen auf Schatten ein. Als ich unter Napoleon gearbeitet hatte, war ich noch zu jung. Und auch heute zog mich nichts wieder in die Schwarze Gasse zurück. Die KWA hielt sich aus den Angelegenheiten des Crepers heraus. Napoleons Einfluss war auch in den oberen Reihen nicht zu unterschätzen.
»Warum hast du es nicht getan?«
»Ich wollte es. Ich hatte Angst vor der Bestrafung, wenn ich es nicht tun würde.«
»Die habe ich immer noch«, fügte er kleinlaut hinzu und senkte seinen Blick zu Boden.
»Ich wusste nicht, wie mir geschah, als er Kontakt zu mir aufnahm. Sein Angebot war verlockend. Du musst verstehen. Du hattest recht mit deiner Vermutung, was meine Narben in meinem Gesicht angeht. Sie stammen von einem Sogu. Ich

war fünf Jahre alt, als er mir entfernt wurde. Seitdem kann ich kaum etwas bei mir behalten. Seit die Helfer der Subsidi nicht mehr kommen, habe ich mich nur von Resten ernährt, musste stehlen und mich unter Menschen begeben, um nicht zu verhungern. Sie haben immer darauf geachtet, dass ich nur Dattelpaste vertrage. Er wollte mich von meinem Leid befreien.«

Eine der Nebenwirkungen eines Sogus. Der Darm der Kinder, die mit einem Sogu groß geworden waren, hatte nie gelernt selbst die nötigen Enzyme zur Nahrungsaufspaltung zu bilden - der Parasit tat das für sie. Einige stellten sich nach der Entfernung des Sogus schnell auf die neue Situation ein, andere nicht. Ihre Körper bildeten eine Art Autoimmunschwäche. Sie reagierten mir Übelkeit und Erbrechen auf Nahrungsmittel. Nur einige wenige Lebensmittel waren für sie verdaulich. Datteln enthielten viele Nährstoffe. Waren zudem süß wie der Saft, den der Parasit absonderte. Mit ihnen konnte ein Mensch überleben, sie wurden nicht umsonst das Brot der Wüste genannt. Sie galten als Hauptzuchtpflanzen für die Gewächshäuser, weil sie verhältnismäßig pflegeleicht und anspruchslos waren. In fast allen Essen aus der Tube waren Zusätze der Dattel zu finden.

Aber Moment mal...

»Die Subsidi kommt nicht mehr hierher?«

Deshalb waren die Individuen, die hier lebten zu Kannibalen geworden. Aber warum kam die Subsidi nicht mehr? Und wohin waren dann meine ganzen Spendengelder gewandert? - nicht dass es viele waren.

Contemtio machte ein abfälliges Geräusch. »Wo lebst du? Die kommen schon seit Monaten nicht mehr raus. Seit dem Zwischenfall ...«

»Seit dem Zwischenfall, was? Nun lass dir nicht alles aus der Nase ziehen.«

Langsam wurde ich ärgerlich.

»Einer der Subsidi-Mitarbeiter - Klaus haben sie ihn genannt, wenn ich mich recht erinnere - hat sich seltsam verhalten. Lethargisch - irgendwie nicht anwesend. Keiner hat sich großartig darum gekümmert, weil das unter den Umständen ja nichts Ungewöhnliches ist.«

Oh ja, wenn man täglich so viel Armut und Elend sah, konnte einem selbst ganz anders ums Herz werden.

»Dann, eines Tages, kam er nicht zur Essensausgabe. Man fand ihn wohl an einer der heißen Stellen, vornübergebeugt, das Gesicht völlig verätzt von den Dämpfen. Trotzdem soll ein Lächeln auf seinen Lippen gewesen sein.«

Höchst bizarr!

»Das Gerücht hält sich hartnäckig, dass ihn jemand oder etwas in den Selbstmord getrieben hat. Er hinterlässt drei Kinder. Seitdem kommt keiner der Subisidi-Helfer mehr hierher.«

Selbstmord?

In meinem Kopf begann es zu rattern. Wenn der dubiose Anrufer auch Selbstmord begangen hatte, wären es schon zwei Fälle. Es war nicht ungewöhnlich, dass die KWA sich nicht sehr lange mit Todesfällen, in denen die Ursache Selbstmord war, aufhielt. Zu lang war die Liste derer, die sich täglich für den Freitod entschieden. Aber irgendwo in den Akten wusste ein Vermerk gemacht worden sein. Ich musste dem auf den Grund gehen und zurück ins Hauptquartier um den anderen davon zu berichten. Vielleicht gab es noch mehr solcher »Zufälle«.

Ich war hier vorerst fertig. Ich würde Contemtio einen Sender verpassen, damit ich ihn jederzeit aufspüren konnte.

Einen Kommunikator trug er nicht - wie alle, die abseits der Gesellschaft lebten.

»Eins noch.« Ich war im Begriff zu gehen. Contemtio würde ich mir ein anderes Mal zur Brust nehmen. »Warum hast du mich nicht ausgeliefert?«

»Ich weiß nicht ...«

»Du weißt es nicht?« Ungläubig starrte ich ihn an. »Du kannst die Menschen nicht leiden. Ich bin ein Mensch und du willst mir erzählen, du hättest aus einer Laune heraus den Groll eines unbekannten, aber offenbar mächtigen Individuums auf dich gezogen?«

»Nein, natürlich nicht. Abe r... es ist nicht so leicht zu erklären.«

»Dann fang an!« Ich trommelte mit den Fingern auf meinen Oberarm zum unmissverständlichen Zeichen meiner Ungeduld.

»Ich hatte vor dich auszuliefern, das ist nicht zu leugnen. Aber als ich dich gesehen habe, deine Aufmachung, dein Vehikel, war mir klar, dass du für KWA arbeiten musstest.«

War das wirklich so offensichtlich?

»Niemand sonst ist so gut ausgerüstet. Ich habe Hunger, schrecklichen Hunger. Ich wollte dich retten, damit du mir einen Gefallen schuldest.«

Ich lachte laut auf. »Einen Gefallen? Um mal eins klar zu stellen, ohne dich wäre ich gar nicht in dieser Situation!«

Er schnellte nach vorn und blitzte mich an. »Nein, ohne mich wärest du tot. Du hast Glück, dass ich derjenige war, der den Auftrag erhalten hat, dich zu entführen. Jemand anders hätte sicherlich nicht gezögert.«

Naja, so ganz konnte ich diesen Aspekt nicht von der Hand weisen.

»Was willst du?«

Ich reichte ihm den kleinen Finger. Mal sehen, ob er versuchen würde mir den ganzen Arm auszureißen.
»Ich brauche Essen. Du hast Kontakte zur KWA. Klär den Fall auf, dann kommen die Subsidi-Helfer wieder hierher. Ich habe etwas zu Essen, du hast einen gelösten Fall. Alle sind zufrieden. Bis dahin bringst *du* mir die Dattelpaste.«
»Und was, wenn ich das nicht tue?«
Ich verschränkte die Arme.
»Dann wirst du nie erfahren, warum ich gerade dich kidnappen sollte. Ich bin dein einziger Anhaltspunkt. Dein einziger Kontakt zu dem Auftraggeber.«
Da war was dran.
Ich legte eine kurze Denkpause ein und ließ ihn zappeln.
»Einverstanden.«
Er schien über meine Antwort sichtlich erleichtert.
Aber eine Frage blieb noch offen. »Warum hast du nicht auf die Belohnung des Fremden gehofft? Vielleicht hätte er dich von deinem Leiden befreit - wie versprochen. Ich kann dir nur Essen bringen, aber keine Heilung.«
Er grinste. »Besser den Spatz in der Hand, als die Taube auf dem Dach.«
Ich nickte kurz.
Ich wollte ihm gerade den Rücken zukehren als etwas in seinem Gesicht aufblitzte.
Nur für den Bruchteil einer Sekunde war es zu sehen, aber meinem geschulten Auge war es nicht entgangen.
»Das war nicht der einzige Grund.«
Er erstarrte. Mit schräg zur Seite gelegtem Kopf war er in seiner Bewegung eingefroren. Sein Gesicht noch fahler und blasser als zuvor.
Ich entließ ihn nicht aus meinem stahlharten Blick.

Erst langsam schien er sich aus seiner Benommenheit zu lösen.

»Wie kommst du darauf«, brachte er schließlich mühsam hervor und wich meinem Blick aus.

»Willst du die harte oder die leichte Tour? Entweder durchwühle ich noch einmal deinen Kopf und dieses Mal bin ich nicht so vorsichtig oder du rückst lieber gleich mit der Sprache raus.«

Es war seine Entscheidung. Ich ließ ihm immerhin die Wahl, auf welche Weise ich an die Informationen gelangen würde.

Contemtio schluckte.

»Schon gut, schon gut!« Er wedelte mit den Händen.

»Du hast recht, da ist noch etwas.«

Na also.

»Du hast mich an jemanden erinnert.« Seine Pupillen wanderten zur Seite. Sein Gedächtnis holte offenbar eine Erinnerung hervor. Seine Augen wurden glasig.

»Er ist schon lange her und sie ist auch schon lange tot, aber sie hatte das gleiche schwarze Auge wie du«, begann er.

Das gleiche schwarze Auge wie ich?

Noch nie hatte ich von jemandem gehört, der wie ich ein pechschwarzes Auge hatte. Die, die im Besitz und unter dem Einfluss der Schatten standen hatten zwei. Aber das war nicht dasselbe. Ich hatte nur eins und stand nicht unter der Fuchtel eines Schattens.

»Wa...«, weiter kam ich nicht. Contemtio hob die Hand als Zeichen, dass er noch nicht fertig war.

»Sie war fast wie eine Schwester für mich.« Er atmete kurz durch. »Ja, ja, ich weiß, was jetzt kommt. Der Menschenfeind kann doch gar keine Nähe zu jemandem aufbauen. Aber sie war anders. Wir waren so etwas wie Seelenverwandte. Sie hasste die Menschen genauso wie ich es tue. Vielleicht sogar noch mehr.«

Jetzt ging das schon wieder los. Ich rollte mit den Augen. Ich interessierte mich für etwas ganz anderes. Meine Neugier war geweckt.

Jedoch musste ich zugeben, dass ich einigermaßen verwundert darüber war, dass er wusste, was in mir vorging. Für jemanden, der sich mit Menschen nicht gerne umgab, wusste er sehr gut über ihre Psyche Bescheid. Wahrscheinlich war das der Grund, warum er sie nicht mochte.

»War sie genau wie ich?«

»Nein. Nicht so. Sie hatte keine besonderen Talente. Nur manchmal war es, als ob sie die Gegenwart der Schatten spüren konnte. Sie wusste, wann sie kamen und aus welcher Richtung. Nicht immer, aber manchmal. Als wenn sie eine Verbindung zu ihnen hätte.« Er schwieg. Legte eine Pause ein, als wenn er noch einmal über das eben Gesagte nachdenken müsste. »Sie war oft verwirrt,« fuhr er fort, »hatte immer häufiger diese furchtbaren Albträume von maskierten Wesen und immer wieder schrie sie, dass das Licht viel zu hell sei. Wurde sie wach, konnte sie sich an nichts mehr erinnern.«

Albträume. Schon zwei Dinge, die wir gemeinsam hatten.

»Warum ist sie tot?«

»Sie litt an einem seltenen Gendefekt. Progerie oder so ähnlich. Sie war noch sehr jung, ein Kind und steckte schon in dem Körper einer alten Frau. Du hast mich an sie erinnert.«

Wohl hoffentlich nicht, weil ich schon so alt aussah. Zu einer anderen Zeit, an einem anderen Ort hätte er sich jetzt einen bissigen Kommentar eingefangen. Aber für Eitelkeiten war jetzt der falsche Zeitpunkt. Es steckte wohl doch noch mehr

Menschlichkeit in Contemtio als ich auf den ersten Blick erkennen konnte. Trotzdem blieb ich misstrauisch.
Traue niemandem. Mit dieser goldenen Regel war ich bisher immer gut gefahren.
»Weißt du mehr über sie? Ihren richtigen Namen? Woher sie kam?«
Wenn etwas an seiner Geschichte dran war, musste ich es wissen.
»Nein, wir haben uns nie bei unserem richtigen Namen genannt. Die Vergangenheit haben wir hinter uns gelassen. Nur so konnte es funktionieren. Sie hat sich selbst den Namen Pandora gegeben.«
Wie passend.
Der hoffnungslose Irre und die Büchse des Verderbens. Da hatten sich zwei gesucht und gefunden.
Hier und jetzt würde ich nicht mehr in Erfahrung bringen, das wusste ich instinktiv.
»Ich muss jetzt los.« Ohne ein weiteres Wort drehte ich mich um.
»Du willst jetzt da rausgehen?« Entsetzen schwang in Contemtions Stimme mit - ohne Zweifel.
Besser als mit ihm die Nacht zu verbringen. Draußen wusste ich, was mich erwartete. Hier drinnen wusste ich es nicht.
»Es ist stockfinstere Nacht da draußen!« Er fuchtelte wild mit den Armen.
Ich runzelte die Stirn. Für jemanden, der sich angeblich nicht für andere interessierte, machte er sich sehr viele Gedanken um sie.
Contemtio war selbst für mich noch ein Buch mit zwar nicht mehr sieben Siegeln, aber zumindest fünf.
Zwiespältiger Typ.

»Kümmer dich um deinen eigenen Kram. Ich werde dir deine Mahlzeiten rechtzeitig bringen. Falls dein Auftraggeber sich meldet, sagst du ihm, ich hätte dich überrumpelt. Lass dir etwas einfallen. Du würdest dein Versagen wieder gut machen wollen und bittest um eine zweite Chance. Ich werde dich kontaktieren, sobald ich alles Nötige abgeklärt habe. Wir stellen deinem Auftraggeber eine Falle und dich unter unseren Schutz.«

»Schutz? Ich werde meine Höhle nicht verlassen. Ich will keine Menschen um mich herum.« Seine Stimme war um einige Oktaven nach oben gerutscht - Hysterie.

»Wenn du leben willst, wird dir nichts anderes übrig bleiben. Schluck die hier.« Ich reichte ihm eine glänzend schwarze Pille, die ich aus meinem Kit hervorgeholt hatte. »Damit kann ich dich jederzeit finden.«

Contemtio schwieg und ließ resignierend seine Hände fallen. Ich sah ihm dabei zu wie er die Pille hinunterschluckte. Als ich ihn bat den Mund zu öffnen und seine Zunge anzuheben, leistete er keinen Widerstand. Mit einem Satz hielt ich mich an einem der Stalaktiten fest. Den Rufknopf für meine Ducati hatte ich schon längst gedrückt.

Kapitel IV - Schwarz, Schwärzer, am Schwärzesten

Mein treues Vehikel brauste heran. Es würde mich hier herausbringen, auch wenn ich keine Ahnung hatte, wo genau ich war. Mein Navi zeigte die Höhle nicht an. Sie war anscheinend auf den gängigen Karten nicht verzeichnet. Dass mein Rufsignal es überhaupt nach draußen geschafft hatte, wunderte mich, aber einem geschenkten Gaul schaute man ja bekanntlich nicht ins Maul.

Ich hatte mich mit einem Seil an einem der Stalaktiten gesichert. Ich schwang an dem Seil hin und her, ließ es pendeln. Noch einmal. Vor und zurück.

Jetzt war der richtige Moment. Ich ließ los und landete punktgenau auf meinem Ducati-Imitat. Ich gab meinem treuen Vehikel die Sporen. Der Motor heulte auf und ich heizte davon.

Ich wusste, welche Gefahren bei Nacht lauerten. Es gab zwei Regeln, die man auf keinen Fall missachten durfte: erstens, sei schnell und halte niemals an, egal, was du siehst; zweitens, zeige keine Angst, egal, was oder wen du vor Augen hast.

Ich hielt mich an die Regeln. Deshalb war ich noch am Leben.

Ich hatte mein Vehikel auf Reverse-Autopilot eingestellt, in der Gewissheit, es würde mich zu seinem letzten Standort zurückbringen, auch wenn der am Ende der Brücke war, wo ich niedergeschlagen wurde. Aber selbst der Lumpenmann würde sich bei Einbruch der Nacht nicht ins Freie wagen.

Wow!

Beinahe hätte es mich erwischt. Nicht nur Stalaktiten hingen in diesem Teil der Höhle von der Decke auch Stalagmiten

ragten aus dem grauen Fels empor. Ich musste mich ducken. Lenkte seitwärts. Gekonnt schlängelte ich mich im Slalom um sie herum. Ich durfte mir keinen Fehler erlauben.
Wo war ich hier nur gelandet?
Da vorne wurde es heller.
Teile des Hafens wurden auch des Nachts mit UV-Licht ausgestrahlt.
Ich gab Gas. Der Auspuff röhrte. Etwas flog über meinen Kopf hinweg.
Fledermäuse - Geschöpfe der Nacht. Ich musste sie aufgeschreckt haben, so wie Contemtio zuvor.
Ich fuhr unbeeindruckt weiter. Die Wände schienen immer näher zu kommen. Würde ich an Klaustrophobie leiden, hätte ich jetzt ein Problem.
Je heller es wurde, desto mehr musste ich befürchten in dem Gang stecken zu bleiben. Ich machte mich so klein es ging, legte die Ellenbogen dicht an meine Seiten. Der Gang führte steil nach oben. Ich musste nochmal eine Schippe zulegen, um die Steigung überhaupt schaffen zu können.
»Irgendwie muss mein Vehikel hier ja auch rein gekommen sein«, sagte ich mir im Stillen. Damit meine wehenden Haare nicht in den rauen Felsen verfingen, zog ich schnell meine Kapuze über den Kopf. Gleich hatte ich es geschafft.
Ich musste dem Ausgang schon ganz nahe sein. Plötzlich machte der Tunnel einen Knick, um geschätzte 40°. Meine Ducati hob vom Boden ab und setzte nach einem Flug ohne Bodenhaftung mit einem Knall wieder auf.
Zum Glück ist sie nicht aus Zucker.
Ich tätschelte meine Ducati symbolisch und konnte mir trotz der angespannten Situation ein Lächeln nicht verkneifen.
Halt! Was war das?

Ich wurde abrupt aus meinem Anflug von Sentimentalität gerissen.

Ich legte eine Vollbremsung hin, die sich gewaschen hatte und mir einige zusätzliche Schürfwunden an den Oberschenkeln einbrachte. Ich stand vor dem Ausgang - eine dichte Wand aus Wasser vor mir. Das Wasser erstrahlte - von UV-Licht durchflutet.

Kein Wunder, dass die Höhle auf keiner Karte verzeichnet war. Wahrscheinlich hatte sie bis auf Contemtio noch niemand entdeckt. Und ich konnte wetten, dass er alles tun würde, damit das auch so bliebe.

Das Wasser rauschte an mir vorbei. Es erweckte fast den Eindruck, als könnte ich es wie einen Duschvorhang beiseite schieben. Aber ich musste den Wasserfall-Duschvorhang erst näher untersuchen. Vielleicht war es eine Falle. Das Wasser stand womöglich unter Strom.

Ich schaffte es an mein Kit heran und holte meine UV-Lampe hervor – so viel Platz ließ mir der Höhlenein- bzw. ausgang gerade noch. Ich baute den Akku aus meiner UV-Lampe aus und hielt die leistungsstarke Glühbirne in den Wasserstrom. Nichts geschah.

Unter Strom stand das Wasser nicht. Sonst konnte ich auch nichts Verdächtiges erkennen.

Also gut, wer nicht wagt, der nicht gewinnt.

Ich schloss die Augen und fuhr los. Das Wasser war kalt, als ich es durchbrach. Wie kleine eiskalte Nadelspitzen bohrte es sich in meine Haut und floss dann angewärmt von meinem Körper an dem selbigen hinunter. Dieses Wasser konnte nicht aus dem Hafenbecken stammen. Es roch frisch, unbelastet, rein. Schier endlos schien die Wasserwand zu sein. Erst als ich sie atemlos hinter mir gelassen hatte, wurde mir bewusst, wie lang sie tatsächlich war. Ich fand mich in einem

Spalt in der meterdicken Stadtmauer wieder. Über mir die Brücke.

Wo hatte ich mich nur befunden? War ich außerhalb von Lumen-City gewesen?

Ich wusste es nicht. Aber mir blieb nicht genügend Zeit darüber nachzudenken. Ich musste hier weg.

Ich fuhr an dem schmalen Steg an der Unterseite der gewaltigen Mauer entlang, denn von hier unten konnte ich nicht auf die Brücke, die an diesem Ende in der Stadtmauer endete, gelangen. Der schmale Steg brachte mich zu den Docks, das wusste ich, weil ich zuvor das Areal unter die Lupe genommen hatte. Ich schaltete den Autopilot aus. Von hier aus würde ich den Weg allein finden.

Der Steg verlief einige hundert Meter an der Stadtmauer entlang. Gut, dass ich mit unwegsamem Gelände schon so meine Erfahrungen hatte. Hier und da war der Beton, aus dem die Außenschicht der Mauer bestand, schon der Witterung und der stetig nagenden Zeit zum Opfer gefallen. Lange Risse ließen die äußere Fassade bröckeln.

Die gut 50 Meter hohe Mauer erinnerte an einen riesigen Staudamm. Ich wusste, dass auf der obersten Kante Kameras installiert waren, die das Periculum überwachten. Bei Bedarf standen auch UV-Geschosse zur Verfügung - soweit ich wusste. Ich selbst war noch nie auf der Mauer gewesen. Noch nie konnte ich einen Blick auf das Periculum erhaschen, das von da oben aus mehr als imposant sein musste. Ich wusste, dass nur Befugte der höchsten Sicherheitsstufe Zutritt zur Stadtmauer hatten.

Die Nacht lag wie ein dicker grauer Schleier über dem Hafen, was das Manövrieren auf dem 60 Zentimeter breiten Steg nicht gerade einfacher machte. Das Hafenwasser unter

mir brodelte stellenweise bedrohlich. Ich verschwendete lieber keinen Gedanken daran, was darin alles lauern könnte.
Obwohl im Hafen selbst nur sporadisch UV-Lichter angebracht waren, schaltete ich meine UV-Lampe nicht ein. Auch die Scheinwerfer meines Vehikels dimmte ich soweit, dass es gerade noch reichte, den Weg zu finden. Ich wollte kein Aufsehen erregen.
Ein Blick auf die Uhr verriet mir, dass es 13:51 Uhr war. Wann die Sonne wieder aufgehen würde? Ich hatte keine Ahnung.
Ich fuhr die Piers entlang und erreichte Minuten später eine der vier Hauptstraßen, die Lumen-City verbanden. Als ich wieder festen Boden unter den Füßen bzw. Rädern hatte, konnte ich ein erleichtertes Seufzen nicht unterdrücken - ich war heilfroh.
Ich versuchte via Kommunikator Edna in der Hauptzentrale zu erreichen, um ihr Bescheid zu geben, dass alles in Ordnung war und sie darüber in Kenntnis zu setzen, was ich bezüglich des Anrufers herausgefunden hatte. Ich fuhr mit der Hand an mein Ohr. Ich hörte ein Knacken. Die Leitung war tot. Kein Empfang. Entweder war hier ein Funkloch oder es gab wieder Störungen durch Strahlung in den oberen Sphären.
Was auch immer der Grund war - ich musste zugeben, dass ich beunruhigt war.
Ich verließ den Hafen und brauste die Hauptstraße entlang. Wie nicht anders zu erwarten, war keine Menschenseele zu sehen. Selbst die abscheulichen Kreaturen, die hier hausten, zogen sich bei Dunkelheit zurück. Nur ab und zu zierte die lange wie breite Straße, die vor mir lag, ein geparktes Auto oder das vergessene Spielzeug eines Kindes.

Die Häuserblocks erstrahlten größtenteils in dem blauvioletten Licht. Ich setzte vorsichtshalber meine Sonnenbrille wieder auf. Der Anzug und die PSR schützten zwar vor dem Hautkrebsrisiko, aber die Augen waren um Längen empfindlicher als der Rest des Körpers. Besonders mein schwarzes Auge pflegte bei zu viel Lichteinstrahlung zu tränen. Das brachte mir den heimlichen Spitznamen »Suse« (Kurzform von Heulsuse) ein - einer von vielen. Leider glaubte einem Niemand, wenn man als Antwort auf die Frage »Warum weinst du denn« »ich hab da was im Auge« antwortete. Mir sollte es egal sein. Sollten sie denken, was sie wollten. Jeder, der mich näher kannte, wusste, dass schon ganz andere Geschütze aufgefahren werden mussten, um mich zum Flennen zu bringen.

Ich mochte die Stadt, wenn sie so einsam dalag. Im Mondlicht hatte sie etwas gespenstisch Schönes an sich. Aber ich wusste aus Erfahrung, dass man der Stille nicht trauen durfte. Vielleicht verging sich hinter der nächsten Straßenecke schon ein Schatten an einer unschuldigen Seele. Vielleicht prostituierte sich gerade ein hilfloses Mädchen nur für eine schöne Illusion, die sie für einen kurzen Moment aus ihrem Elend holte und sie dem Alltag entfliehen ließ.
Ich bog links ab. Ich war nur noch wenige Minuten vom Hauptquartier entfernt. Für kurze Zeit spürte ich ein Kribbeln unter der Haut. Meine Haare richteten sich wie elektrisiert auf. Ein letztes Aufflackern. Das UV-Licht, das die Straße in ein immer währendes Sonnenbad verwandelte, leuchtete kurzzeitig noch intensiver als zuvor, bevor es unter einem Surren nur noch Schwärze zurückließ.
Ich hielt an. Mitten auf der Straße riss ich mir die Sonnenbrille von den Augen und hielt sie mit Daumen und Zeige-

finger meiner rechten Hand für einige Sekunden geschlossen. Ein Moment, in dem ich angreifbar war, aber ohne mein Augenlicht war ich hilflos. Meine Augen gewöhnten sich glücklicherweise sehr schnell an die Dunkelheit. Ich konnte bei Nacht sogar relativ gut sehen, was ich wohl dem Umstand zu verdanken hatte, dass meine Augen das Restlicht verstärkten. Kein Problem. Ich würde mich selbst in der schwärzesten Nacht zurechtfinden - zumal der Mond seinen milchigen Schein jetzt über alles legte. Trotzdem sollte ich zusehen, dass ich hier weg kam. Vielleicht würde der Strom für längere Zeit ausfallen. Vielleicht hatten die Schatten sich an einige Leitungen zu schaffen gemacht. Vielleicht war es auch wieder zu Schwankungen gekommen. Ich wusste es nicht.

Ich blickte mich um. Ein Schatten lenkte meine Aufmerksamkeit auf sich. In der Gasse zwischen den beiden Häuserblocks, die sich genau vor mir befanden, bewegte sich etwas. Vielleicht war es auch nur ein Tier oder ein Mensch, der sich irrtümlicher Weise noch draußen befand. Mein Körper begann zu Summen, als würde jeder einzelne meiner Knochen eine Stimmgabel in sich tragen. Ich schenkte dem unbekannten Gefühl keine weitere Beachtung. Sicherlich waren das die Nachwirkungen von meinem Schlag auf den Kopf.

Trotzdem war jetzt genau der richtige Zeitpunkt sich vom Acker zu machen.

Ich drehte den Gashebel bis zum Anschlag. Nichts geschah. Der Motor war tot.

Okay, jetzt hatte ich ein Problem.

Sjuits hatte wohl doch den Buzzer gedrückt.

Warum gerade jetzt, war mir ein Rätsel, aber es war müßig darüber nachzudenken. Zeit, die Sperre herauszunehmen blieb mir nicht.

Ich stieg ab. Mein UV-Licht an meinem Gürtel erhellte einen Radius von gut einem Meter um mich herum. Das musste genügen. Ich warf einen Blick auf mein Navi und stellte den Modus »per Vehikel« auf »per pedes« um - Basiseinstellung: Nachtmodus. Mein Navi funktionierte zum Glück auch ohne Netz, die Karten waren gespeichert. Die Route änderte sich. Der schnellste Weg führte ausgerechnet durch das Tunnelsystem unterhalb der Schwarzen Gasse, da wo sich auch bei Dunkelheit die bösen Buben gerne herumtrieben.

Auch wenn ich freiwillig nahe der Schwarzen Gasse wohnte, suchte ich meine alte Heimat nie auf. Es war wie ein Fluch: ich konnte nicht mit ihr und ich konnte nicht ohne sie. Es war Jahre her, dass ich Napoleon das letzte Mal gesehen hatte - und soweit ich mich erinnern konnte, war der Abschied kein freundschaftlicher.

Napoleon war ein gefährlicher Mann. Gefährlich deshalb, weil er leicht unterschätzt wurde.

Als unter einer besonders stark ausgeprägten Form des Nanismus leidender Mann, der bei einem Gespräch egal, ob mit einem Mann oder einer Frau - selbst die meisten Kinder waren größer als er - es stets gewohnt war, den Kopf in den Nacken legen zu müssen, hatte er sich eine gewisse Beharrlichkeit und einen beängstigend autoritären Ton zugelegt. Er war ein kleiner, machtbesessener Stratege, der sich nicht umsonst seinen Spitznamen verdient hatte und ein Meister der Manipulation. Wie er wirklich hieß, war längst in Vergessenheit geraten. Ich hingegen kannte seinen Namen.

Als ich in seinen Diensten stand, gehörte es zu meinen Aufgaben im Auftrag des kleinen Napoleons andere zu bespitzeln. Damit verdiente ich mir ein nettes Zubrot und erwarb mir die Gunst des zwielichtigen Mannes. Mein spezielles

Talent war mir dabei von großem Nutzen. Napoleon gegenüber hielt ich es strikt unter Verschluss. Während dieses Abschnitts meines Lebens feilte ich daran Mikroausdrücke und Körpersprache von Menschen lesen zu können. So hatte ich Napoleon gegenüber eine Erklärung, warum ich so leicht an Informationen meiner Zielobjekte gelangte. Napoleon behielt wie alle Bürger dieses Zeitalters Persönliches streng für sich. Jedoch hatte er scheinbar einen Narren an mir gefressen, sah mich vielleicht als eine Art potentielle Nachfolgerin, für den Fall, dass ihn jemand eiskalt aus dem Weg räumen würde - die Wahrscheinlichkeit dafür war recht hoch. Er vertraute mir dann und wann - erst recht, wenn er einen über den Durst getrunken hatte - ein Geheimnis an.

Napoleon hatte hart für seinen derzeitigen Posten als einflussreichster Mann des Schwarzmarktes gekämpft. Trotz oder gerade wegen seiner Körpergröße war ihm dieser Aufstieg mit viel Härte und Erbarmungslosigkeit gelungen. Ich hingegen wusste, dass er gut bürgerlich neben Mutter, Vater und einer Schwester aufgewachsen war. Sein bürgerlicher Name war Hänschen Klein, eigentlich Hans Klein und das war kein Scherz, seine Eltern hatten ihn so genannt, sicherlich unwissend, dass er kleinwüchsig werden würde.

Wie vielen Menschen, die nahezu alles besitzen, was sie eigentlich zum Glücklichsein benötigen, war Hans es eines Tages leid, immer nur das kleine Hänschen zu sein, das zwar eine nette Familie, ein schönes Haus, einen niedlichen Hund und sogar ein Stipendium besaß, aber mit all dem nichts anzufangen wusste. Daher beschloss er scheinbar aus dem Nichts heraus, Drogendealer, Auftragskiller und gefürchteter Schwarzmarktboss zu werden. Wie er genau diese Karriere als Quereinsteiger ohne Vorqualifikationen hingelegt hatte, war mir schleierhaft - vielleicht wollte ich es aber auch lieber nicht wissen. Jedenfalls zierten seinen kindlichen Körper unzählige Narben und Verstümmelungen, die auf eine wirklich grausame Vergangenheit schließen ließen.

Ich hatte keine Angst vor großen, ungehobelten Schlägertypen. Ich wusste, dass die wirklich gefährlichen die kleinen fiesen waren. Ähnlich wie Flatulenzen: Die, die man hörte, bestanden buchstäblich aus heißer Luft, völlig geruchsarm, die machten viel Wirbel um nichts. Hinterhältig und schleichend hingegen waren die, die man nicht hörte.

(Der Vergleich ist an dieser Stelle vielleicht wenig fein, aber dafür passend.)

Mit 14 entdeckte mich Mattheus auf den Straßen des Schwarzmarktes. Ich war gerade dabei einige Fälscher und Betrüger aufs Korn zu nehmen, als er mich ansprach. Er fragte mich, ob ich ein besseres Leben haben wollte, ob ich mit ihm gehen würde. Ich hielt ihn für einen Freier mit einer leicht pädophilen Vorliebe. Ich konnte ja damals noch nicht ahnen, dass er als Talentscout für die KWA arbeitete, gesegnet als Mutant mit der Gabe der Intuition - seinem sechsten Sinn, wie er ihn gerne zu nennen pflegte. Ich trat ihm in seine Kronjuwelen und lief davon. Ich war wendig und schnell. Ein alter Mann mit Rauschebart hätte mich niemals einholen dürfen. Matthäus schaffte es. Wie sehr ich mich auch wehrte, er schaffte es mit spielerischer Leichtigkeit und viel Geduld mich in meine Schranken zu weisen. Erschöpft gab ich auf. Er nahm mich mit. Erst viel später erfuhr ich, dass ich seinen kleinen Test mit Bravour bestanden hatte.

Aber auch ohne Matthäus wäre ich nicht mehr lange bei Napoleon geblieben - ich hatte nur auf eine Gelegenheit gewartet. Napoleon hatte sich verändert. Er betrachtete mich nicht mehr mit der gewohnten Distanz in seinen Augen. Er behandelte mich nicht mehr wie ein Kind, das zwar sehr nützlich, aber eben immer noch ein Kind war. Er begann etwas anderes in mir zu sehen - suchte meine Nähe, lud mich zum Abendessen ein und kaufte mir schicke Kleider. Man muss wissen, wann es Zeit ist zu gehen. Ich wusste immer, wann es soweit war.

Nachdem Mattheus mich als Talent entdeckt hatte, kam ich zur KWA. Ich war damals 14 Jahre alt. Ich war schon immer anders: helle Haut, helles Haar, ein Auge hell, das andere schwarz wie die Nacht, aber ich hatte gelernt, damit umzugehen. Ich konnte schon immer gut in meinen Mitmenschen lesen, wusste, wenn sie die Unwahrheit sagten oder etwas verheimlichten. Aber unter besondere Fähigkeiten hatte ich das nie verbucht, eher unter Talent und Lebenserfahrung.

Ich erinnerte mich noch genau daran mit welch argwöhnischen Blicken ich bei der KWA bedacht wurde, welch Hohn in den Gesichtern der anderen lag. Die KWA wählte ihre Mitarbeiter schon früh aus. Meistens schon im Alter von fünf oder sechs. Viele Eltern waren froh, ihren Kindern eine andere Zukunft, weg von Elend oder Armut, geben zu können. Die KWA genoss unter den Bürgern von Lumen-City ein hohes Ansehen. Die Anwärter wurden in Trainingscamps ausgebildet, getestet und begutachtet. Nur wenige schafften es bis in die Spezialeinheiten der KWA - viele blieben Fußvolk, Büroakrobaten und Bleistiftjongleure. Die, die es nicht schafften, hatten zumindest in ihrem zarten Alter schon gute Referenzen.

Mit 14 war ich schon ein Urgestein, als ich zu den anderen stieß. Kein Wunder, dass sie mich wie eine Außenseiterin behandelten. Die Übungen fielen mir anfangs nicht gerade leicht. Ich hatte zwar auf der Straße gelernt mich zu behaupten, aber meine Technik war trotz der Zeit bei Napoleon eher unter »Hau drauf, wenn du die Gelegenheit dazu bekommst«

zu verbuchen, als unter echter Strategie. Es ist nicht leicht von Null anzufangen, wenn man denkt, man könnte schon eine ganze Menge. Ich musste ständig einstecken.

In der Trainingsarena vollzogen wir unsere Schaukämpfe. Von einer gläsernen Tribüne aus beobachteten uns die Ranghöchsten der KWA - damals begegnete ich das erste Mal Agent Sjuits.

Er schien intuitiv zu spüren, dass ich anders war und dass er mich nicht mochte. Nicht, dass ich es ihm leicht machte mich zu mögen. Ich hasste Autorität und forderte ihn heraus, wo immer ich konnte. Er wiederum stellt mich auf die Probe, wann immer er Gelegenheit dazu bekam.

Damals erkannte ich, dass ich neben meinem Talent bei Menschen Stimmungen zu erzeugen und ihre Gedanken extrahieren zu können, noch etwas anderes in mir schlummerte. Etwas, das ich nicht kontrollieren konnte. Ich wusste ja noch nicht einmal, wie ich es benennen sollte. Ich wusste nur, dass es dunkel war und eins der wenigen Dinge, die mir Angst bereiteten. Seitdem hatte ich meine Kräfte nicht mehr eingesetzt.

Die Route unterhalb des Schwarzmarktviertels war zwar eine Abkürzung, aber nur, wenn keine weiteren Unwegsamkeiten auf mich warteten. Der Einstieg ins Tunnelsystem lag nur 100 Meter von mir entfernt. Zu Fuß an der Oberfläche war bei stockfinsterer Nacht keine gute Idee, jedenfalls nicht allein und ohne Verstärkung. Ich musste mich beeilen.

Ich lief los. Den Schatten in der Gasse hatte ich nicht vergessen, aber meine Konditionierung ließ keine Angst in mir aufkommen - meine PSR konnte ich getrost steckenlassen. Ein Schrei, der mir durch Mark und Bein ging, brachte mich abrupt zum Stoppen. Der Schrei kam aus der Gasse, da, wo ich den Schatten gesehen hatte.

Ich versuchte erneut mit der Hauptzentrale der KWA Kontakt aufzunehmen - immer noch keine Verbindung. Hin- und hergerissen überlegte ich, was zu tun war. Es war gegen das Protokoll alleine und ohne Unterstützung angefordert zu haben, einem Schatten oder was auch immer zu folgen. Aber gegen das Protokoll hatte ich ohnehin schon verstoßen. Vielleicht brauchte jemand Hilfe. Ich griff nach meiner Peitsche und löste sie mit einem gekonnten Handgriff von meinem Gürtel. Sie hatte sich der Dunkelheit schon angepasst und schimmerte blass. Die Schatten sollten nur kommen.

Ich machte auf dem Absatz kehrt und ging langsam zurück zur Gasse. Eng drückte ich mich an die Mauer. Die Straße knatschte unter meinen Stiefeln. Ein kalter Windhauch fegte mir durchs Haar. Vorsichtig lehnte ich meinen Kopf vor und blickte um die Ecke in die Gasse hinein. Das kalte Gemäuer scheuerte über meinen Anzug hinweg und hinterließ ein klammes Gefühl auf meiner Haut. Zuerst konnte ich nichts erkennen. Nur Schwärze lag vor mir. Das Mondlicht drang nicht bis in die Gasse vor. Seit der Meteoritenkatastrophe erschien der Mond viel größer. Wie ein überdimensionaler Scheinwerfer aus alten Batman-Filmen wachte er in Nächten wie diesen über Lumen-City. Nur leider hielt das die Schatten nicht zurück.

Ich versuchte genauer hinzusehen. Ich konnte Umrisse von Mülltonnen erkennen. Hinten wurde die Gasse schmaler. Etwas flog über mich hinweg. Was genau, konnte ich nicht sagen. Erst, als dem Flügelschlag ein Krächzen folgte, hatte ich Gewissheit: eine Krähe, ein Vorbote der Schatten - kein gutes Zeichen. Das Summen in meinen Knochen wurde stärker.

Warum die Schatten von Krähen begleitet wurden, war ein bisher ungelöstes Rätsel. Einige sahen die Begründung in der Mythologie und der Bedeutung der Krähe als Vorbote und Begleiter der Mächtigen. Andere vermuteten, dass die Schatten sich ihre Intelligenz und Ausdauer zu Nutze machten. Einige behaupteten sogar steif und fest, sie hätten beobachtet, wie Krähen die Augen von potentiellen Opfern der Schatten herausgepickt hätten, um den Schatten das Tor zur Seele zu öffnen. Wie auch immer - ich gab nicht viel auf Geschwätz. Die KWA vertrat den zweiten Standpunkt und auch ich konnte nur bestätigen, wie schlau die geheimnisvollen Tiere waren.

Ich setzte einen Fuß vor den anderen und wagte mich in die schmale Gasse vor. Meine Augen hatten sich mittlerweile an die (fehlenden) Lichtverhältnisse gewöhnt. Ich lauschte: Totenstille. Ich machte noch eine Schritt und noch einen. Die Anspannung wuchs. Es war keine Angst, die in mir aufkeimte, vielmehr rauschte das Adrenalin in voller Erwartung durch meine Adern. Mein Herzschlag ging schneller. Ich war für einen Kampf bereit.

Plötzlich ging alles ganz schnell. Ein schriller Schrei durchbrach die Stille, versengte jeden Hauch von Ruhe in dieser Vollmondnacht. Ich war bei dem großen Müllcontainer angekommen. Etwas raschelte in seinem Inneren. Es musste hier vor Ratten nur so wimmeln. Meine Bullenpeitsche fest im Griff beugte ich mich vor, um hinter den Container sehen zu können. Es war lange her, dass ich einem von ihnen so nahe gekommen war.

Ich war bei vielen Einsätzen dabei gewesen, in denen Code Black (KWA Code für Angriff durch Schatten) ausgerufen worden war.

Aber bis auf einmal waren wir zu spät, durften nur noch die Aufräumarbeiten leisten. Ich hatte zwar von anderen Teams gehört, die den Lightener erfolgreich getestet hatten und einen Schatten von seinem Opfer ferngehalten hatten, aber ich selbst war nie mit von der Partie gewesen. Bei dem einen Mal, bei dem ich einem Schatten begegnet war, konnten wir ihn mit Hilfe von UV-Licht verscheuchen. Es war nur ein kurzer Augenblick, in dem ich ihn zu Gesicht bekommen hatte. Er hatte die Gestalt meines Vaters angenommen. Ich war wie gebannt. Fühlte nichts, hörte nichts, sondern hatte ihn einfach nur angestarrt. Paul hatte den Schatten mit seinem UV-Licht verscheucht. Bis heute konnte ich mir nicht erklären, warum er mich hatte davonkommen lassen. Es hatte lange gedauert, die Fassung nach diesem Vorfall wiederzuerlangen.

Aber damals war damals und heute war heute. Der Schatten registrierte mich gar nicht. Er hatte sein Opfer völlig umhüllt. Wie ein Kokon hatte er sich um sie gelegt. Die Luft um mich herum fühlte sich an wie statisch geladen. Die Härchen an meinen Armen richteten sich auf. Der Mund der jungen Frau stand offen, ihre Augen waren milchig und leblos. Das rote Haar floss in langen Wellen über ihren Rücken. Die Hände hingen schlaff herunter. Bizarr mutete sich das Bild, das sich mit bot, an. Fast wirkte es, als würde die junge Frau in einer schwarzen Wolke schweben - entgegen der Gesetze der Physik. Der Schatten hatte keinen Lakai aus ihr machen wollen. Sie hatte ihre Angst nicht überlebt. Was auch immer sie hier draußen gesucht hatte, es war ihr zum Verhängnis geworden. Ich war zu spät gekommen.

Ich drückte noch einmal meinen Kommunikator. Diesmal wurde ich durchgestellt. Monoton machte ich Meldung: »Cassandra Bergler. Code Black. Ecke Dienergasse.« Der

Schatten ließ von dem Körper der Frau ab. Meine Peitsche leuchtete auf - ihr warmes Licht erhellte die Gasse. Diesmal würde ich nicht fliehen. Die finstere Wolke, die jegliches Licht in sich aufzusaugen schien, verdichtete sich und nahm Gestalt an. Da war es wieder - das Summen in meinem Körper. Alles in mir vibrierte, wie lose Teile in einem Motorengehäuse. Das Lid über meinem schwarzen Auge begann nervös zu zucken.
Hatte ich mir etwa einen neuen Tick zugelegt?
Ein Körper formte sich vor meinen Augen aus dem grauen Dunst. Ich machte mich auf eine Konfrontation mit meinem Vater gefasst, von dem ich nur wusste, dass er mich hatte erschießen wollen - das hatte man mir jedenfalls erzählt. Manchmal träumte ich davon - vage Bilder tanzten durch meinen Kopf. Aber es waren nur Bilder, keine vollständigen Erinnerungen. Trotzdem beunruhigte mich der Gedanke daran, was sein Gesicht damals in mir hervorgerufen hatte.
Jeder sah in den Schatten etwas anderes. Sie nahmen die Gestalt an, die einem am meisten Angst einjagte oder die meisten schlechten Erinnerungen weckte. Trugbilder, man konnte ihnen nicht trauen, aber am wenigstens konnte man sich selbst vertrauen.
Diesmal würde ich standhaft bleiben. Ich würde ihm schon zeigen, dass ich keine Angst verspürte. Erst recht nicht vor einem Geist, den ich nur vom Hören sagen her kannte.
Ich schwang meine Peitsche durch die Luft und ließ sie mit einem lauten Knall durch die Luft gleiten. Die Wolke teilte sich an der Stelle, wo ich sie buchstäblich in der Luft zerschnitten hatte - allerdings nur, um sich binnen Bruchteilen von einer Sekunde wieder neu formen zu können. Die Gestalt nahm klarere Formen an.
Hallo Papa. Lang nicht gesehen.

Ein Körper, ein Gesicht bildeten sich wie aus dem Nichts. Aber es war nicht das Antlitz, das ich erwartet hatte...
Ich streckte fasziniert und schockiert zugleich wie in Trance meine Hand aus. Meine Kampfeslust hatte ich völlig vergessen. Meine einzige Waffe hing nutzlos in meiner Hand. Die Gestalt tat es mir gleich. Ich berührte sie an der Wange - sie fühlte sich echt und warm an.
Ich stand mir selbst gegenüber - in Lebensgröße. Ich schluckte laut. Was hatte das zu bedeuten?
Als wenn mein Gegenüber meine Gedanken gelesen hätte, antwortete das Cassi-Double: »Ich zeige dir nur, wovor du dich am meisten fürchtest.«
Ich lachte auf. Dann fügte ich bestimmt hinzu: »Ich kenne keine Furcht und erst recht nicht vor mir selbst.«
Ich hätte es besser wissen müssen. Mein vorlautes Mundwerk sollte mich Lügen strafen lehren.
Die schwarze Strähne meiner Doppelgängerin wurde wie aus Geisterhand beiseite geweht. Wie eine Furie stand sie mir mit wild umherwehenden Haaren gegenüber. Ihr schwarzes Auge funkelte.
Ich schnaufte verächtlich. Ich würde ihr einen Kampf bieten, den sie nicht vergessen würde. Niemand kopierte mich ungestraft.
Ich lehnte mich zur Seite, um meinen Schwerpunkt verlagern zu können, holte aus und landete einen gezielten Tritt in ihre Seite. Mein Double stöhnte und hielt sich die Rippen. Der Schatten hatte zwar mein Aussehen, aber meine Kampferfahrung hatte er offenbar nicht. Er war nicht ich, nur ein Abbild.
Ich ließ meiner Doppelgängerin keine Verschnaufpause, sondern drehte mich auf der Stelle und landete eine erneuten Treffer, diesmal in die Magengegend. Ich setzte gleich noch einen drauf und schickte einen niederschmetternden Kinnha-

ken hinterher. Sie ging ächzend zu Boden. Sie wehrte sich nicht. Das war leichter als gedacht - zu leicht. Ich war fast schon ein bisschen enttäuscht. Mein Team, inklusive Faith würde gleich hier sein. Ich hatte einen Schatten zur Strecke gebracht - ich musste ihnen ja keine unliebsamen Details erzählen. Das würde meinen Fauxpas von heute Morgen wieder gut machen. Ich hob meine Bullenpeitsche an, die vor UV-Licht nur so glühte und hielt sie drohend in meiner Hand.

»Ich sagte doch: du machst mir keine Angst. Niemals wieder wirst du jemandem Schaden zufügen.« Ich nickte in Richtung der jungen Frau, deren Körper zusammengesunken auf dem Boden lag.

Das Cassi-Double sah mich vielsagend an. Dann lachte es, lachte so laut und eindringlich, dass mir das Blut in den Adern gefror.

Wie ein Bösewicht, der siegessicher zum finalen Schlag ausholen wollte, warf sie ihren Kopf in den Nacken und ergoss sich in einem unheilvollen Gelächter. Urplötzlich schwieg sie, richtete sich auf ihre Ellenbogen gestützt auf, schwang ihre Beine in die Luft und kam geschmeidig wie eine Katze zum Stehen.

»Du dachtest doch nicht wirklich, dass es so leicht werden würde«, bemerkte sie süffisant. Sie machte eine einladende Geste, winkte mich mit ausgestrecktem Arm heran.

Ich wusste, dass dies eine Falle war, aber welche Wahl blieb mir schon. All meine Kräfte sammelnd sprintete ich nach vorn. Ich würde es mit blinder Wut und waghalsiger Taktik probieren, in der stillen Hoffnung auf den besagten Überraschungseffekt. Ich schrie aus Leibeskräften und rammte sie mit meiner Stirn in die Brust (aus Erfahrung wusste ich, dass dies eine sehr empfindliche Stelle war - zumindest bei Frau-

en). Sie taumelte, schien das Gleichgewicht erneut zu verlieren. Ich machte einen Ausfallschritt um ihr ein Bein zu stellen, den Weg auf die harten Steine ein bisschen zu verkürzen. Sie strauchelte, fing sich aber im letzten Moment und packte mich mit beiden Händen an den Ohren. Wie ein Schellenäffchen presste sie ihre Hände als Pfannen auf meine Ohren. Mein Kopf saß in einem unnachgiebigen Schraubstock fest und genauso fühlte es sich auch an.
»Grober Fehler«, schimpfte ich mich innerlich.
Ich hatte meinen Gegner unterschätzt, allen Vorsätzen zum Trotz.
Wie eine Kokosnuss, die man zum Bersten bringen wollte, um an ihr köstliches Inneres zu gelangen, steckte ich fest. Lange würde mein Schädel diesen Belastungen nicht standhalten. Mit was auch immer ich es zu tun hatte, ob nun Schatten, Cassi-Double, Monster oder einer Chimäre aus allem, mein Gegner war stark, stärker als ich. Aber auch Cassi II musste eine Schwachstelle haben. Ich legte beide Unterarme aneinander und faltete meine Hände. Wie ein überdimensionaler menschlicher Hammer ließ ich sie nach oben schnellen, nur um sie in der Mitte des Schraubstocks blitzschnell zu öffnen. Ich stemmte mich mit aller Kraft, die mir zu Verfügung stand, gegen die Schellen des Schattenäffchens. Ohne Erfolg. Ich musste es mit anderen Mitteln probieren, mit unfairen.
»Siehst du, du hast keine Chance.« Die Stimme meines Doubles hörte sich nach mir an, aber doch anders. Irgendwie falsch.
»Ich kenne dich. Gib auf und schließ dich mir an.«
Das war ein Befehl. Ich konnte Befehle noch nie leiden.
Ich hatte die Zeit auf der Straße, die Zeit bei Napoleon weitestgehend verdrängt, wie so vieles in meinem Leben, aber

das Kämpfen hatte ich nicht vergessen. Motorische Fähigkeiten vergisst man nicht so leicht. Ich krallte meine Finger wie Raubkatzen es tun, wenn sie ihre Tatzen in das Fleisch ihrer Beute schlagen und schlug zu - direkt in die falschen Cassiaugen.

Cassi II schrie auf und lockerte ihren Griff. Ich entwand mich aus dem Schraubstock, ohne meine Finger auch nur einen Zentimeter von ihr zu lösen. Ihre Knie beugten sich und sie hielt sich krampfhaft an meinen Unterarmen fest.

»Damit hast du wohl nicht gerechnet«, stellte ich selbstzufrieden fest. Vielleicht kannte der Schatten mein Vorgehen, woher auch immer, aber das Leben bestand nun einmal aus der Summe der Entscheidungen, die man fällte. Ich konnte meine jederzeit ändern - unberechenbar werden.

Ich holte mit der Stirn aus, um ihr einen Schlag mitten ins Gesicht zu verpassen.

Ein grelles Licht blendete mich. Ich kniff die Augen zusammen, blind und orientierungslos. Die Helligkeit verschwand genauso schnell wie sie gekommen war. Meine Finger verloren den Halt und griffen ins Leere. Plötzlich war da ein Widerstand. Meine Handgelenke wurden festgehalten und ich verspürte meinerseits einem kräftigen Tritt in den Magen, so dass ich mich vor Schmerzen krümmen musste. Sie nutzte ihre Chance und packte mich. Im nächsten Moment lag ich unter ihr. Mit ihrem Unterarm schnürte sie mir die Kehle zu.

»Schmerz ist doch eine so wundervolle Emotion«, säuselte sie und sog die Luft durch ihren leicht geöffneten Mund, als würde sie einen edlen Wein kosten. Ihr schwarzes Auge blitzte auf und ich fühlte, wie etwas versuchte, in meine Gedanken einzudringen. Der Schatten wollte mich manipulieren, mich dazu missbrauchen ihn an meinen süßen Qualen teilhaben zu lassen. Ich versuchte ihn mit aller Kraft zurückzudrängen, bildete in meinem Geist eine Mauer, durch die er nicht dringen konnte. Aber ich hatte keine Chance. Er verschmolz mit meinem Geist, wir wurden eins.

Doch zu meinem Entsetzen erschrak ich nicht. Seine Präsenz fühlte sich nicht fremd an. Im Gegenteil: Es fühlte sich vertraut an, wie Zuhause. Ich fühlte mich mächtig, dunkel und stark. Ich wollte mir ein Opfer suchen. Mich gierte nach Angst, nach Lust, nach Emotionen im Überfluss. Mein Herz raste, Speichel lief mir im Mund zusammen - meine Sinne bis zum Anschlag geschärft. Jeder Zentimeter meines Körpers stand unter Spannung, elektrisiert, zu jeder Schandtat bereit. Es war ein unbeschreiblich gutes Gefühl. Besser als alles, was ich bisher gefühlt hatte. Ich war wie betrunken, wahnsinnig vor Ekstase.

Ich wollte in die Nacht stürmen, um sie mir zu eigen zu machen. Ich spürte den schnellen Herzschlag der Ratten, wie sie im Müll herumkrochen und sich an ihm labten. Und ich fühlte die Krähe, die ich zuvor gesehen hatte, wie sie mit leichten Flügelschlägen durch die Luft segelte - frei, ungebunden, allwissend. Es war unbeschreiblich.

Ich atmete tief durch von den Eindrücken berauscht und kostete den Moment aus. Nie wieder wollte nicht zurück.

Ich wandte mich ab, bereit in die Nacht zu stürmen, als ich für einen Moment inne hielt und mich besann - nur für einen Atemzug. Das genügte. Ich blickte meinem Double, meinem Spiegelbild, in die Augen. Da war kein Grün mehr zu sehen, kein unberührtes Lagunengrün, das mein linkes Auge noch zierte. Sie waren beide nachtschwarz. Geifer träufte meiner Doppelgängerin aus dem Mund. Ihr Gesicht hatte sich verzogen. Ihre Grimasse erinnerte mich an einen Hund, der einen Knochen verteidigen wollte. Ich hörte ein Knurren. Zu spät erkannte ich, dass nicht sie es war, die knurrte, sondern ich.

Jetzt erschrak ich. Eine beklemmende Angst machte sich in mir breit, die mir die Adern gefrieren ließ. Ein Gefühl, das ich so lange nicht mehr hatte, dass es mir völlig fremd und falsch erschien. Ich zitterte und mir wurde kalt.

Ich sah mich selbst, wie ich durch die nächtlichen Straßen zog, auf der Suche nach einem geeigneten Opfer. Ich lauerte, ich pirschte mich an, ich war auf der Jagd. Ich drohte mich zu verlieren und wusste nicht, was ich dagegen tun sollte. Hin- und hergerissen war ich zwischen Panik und Neugier. Ich war wie sie, wie ein Schatten. Es war zu spät, ich war verloren. Um mich herum wurde es dunkel...

Durch meine Benommenheit drang ein Licht. Ein Licht, unendlich hell, so wie das, das mich geblendet hatte. Wie die Sonne, nur viel samtener. Worte, die wie Salven abgefeuert wurden, drangen an mein Ohr. Mein Körper machte schlapp, ich brach zusammen.

Jemand hob mich auf. Starke Arme hielten mich. Ich fühlte mich warm, beschützt und geborgen. Ich konnte nichts sehen, aber ein würziger, männlicher Duft stieg mir in die Nase. Der Duft war angenehm und erweckte Erinnerungen in mir. Erinnerungen an eine bessere Zeit, voller Licht, voller Freude, voller Hoffnung.

Kapitel V - Wenn du glaubst, es geht nicht mehr, kommt von irgendwo ein Lichtlein her

Ich erwachte. Zum zweiten Mal innerhalb weniger Stunden war ich ausgeknockt worden, hatte Kopfschmerzen und wusste nicht, wo ich war. Ich konnte nur hoffen, dass mein neuer Hang zum K.O. nicht zur Gewohnheit wurde. Doch dieses Mal stieg mir kein fauliger Geruch in die Nase. Jemand hatte fürsorglich eine Decke um mich gewickelt, damit ich nicht fror. Ich lag in meinem wohlig-warmen Kokon auf einem Feldbett. Eine zweite Decke diente mir als Kissenersatz - etwas kratzig, aber in jedem Fall komfortabler für meinen lädierten Kopf als der dünne Stoffboden, der mich von dem harten Grund abschirmte.

Ich hob den Kopf und sah mich um. Ich befand mich in einer Art Zelle - war also mal wieder eine Gefangene, aber zumindest trug ich keine Fesseln. Im Raum selbst war niemand außer mir. Die Wände waren mit Stahl verkleidet. Der Boden deutete jedoch darauf hin, dass sich darunter massiver Stein verbarg. Direkt neben meiner Pritsche stand ein Topf auf dem Boden. Die Spuren darin ließen keinen Zweifel daran, welchen Zweck er erfüllen sollte. Rechts neben meinem Bett befand sich ein kleines Edelstahlwaschbecken, das in die Wand eingelassen war. Daneben stand ein Stuhl aus Metall. Alles in diesem Raum war auf Sterilität ausgelegt, alles war schnell zu säubern. Ich konnte nur hoffen, dass der Grund nicht darin lag, dass die Insassen dieser Zelle bis aufs Blut gefoltert wurden und die Spuren dessen schnell beseitigt werden sollten. Einen Ein- oder Ausgang konnte ich nicht erkennen, aber irgendwie musste ich hier ja hineingelangt sein. Mit Sicherheit verbarg sich in den Wänden eine Geheimtür, denn der Teletransporter war meines Wissens noch nicht erfunden worden.

Mit geschultem Auge untersuchte ich jeden einzelnen Winkel. Die einzige Lichtquelle im Raum, eine alte Neonröhre, die nervös flackerte, vereinfachte die Situation nicht gerade. Ihr Licht war grell, aber das Flackern irritierte meine Augen stark. An den Wänden konnte ich keine Auffälligkeiten feststellen. Das »Pling Pling« der flimmernden Neonröhre ließ mich erneut zur Decke aufsehen.

Plötzlich war da keine Decke mehr. Die Deckenlampe schwebte im Nichts. Helles Licht fiel von oben auf mich herab. Schuhsohlen tauchten auf, die durch die Luft zu gleiten schienen.

Interessant.

Die KWA arbeitete bei einer Gegenüberstellung auch mit verspiegelten Scheiben. Solange der Raum, aus dem beobachtet wurde, dunkler war, als der, in dem der Inhaftierte saß, funktionierte das simple Prinzip einwandfrei. Allerdings war es mir neu, verspiegelte Scheiben gleichzeitig als Decke oder - anders betrachtet - als Boden einzusetzen.

Über mir befand sich ein Raum, von dem aus ich beobachtet wurde - Big Brother is watching you. Man blickte also wortwörtlich auf mich herab. Für jeden anderen wäre das kein schönes Gefühl. Für jemanden, der ein Problem mit Autorität hatte, erst recht nicht. Ich war wie ein Tier gefangen in seinem Käfig. So viel zu »beim zweiten Mal ist alles anders«.

Den Schuhsohlen folgten Hände und ein Gesicht. Sie gehörten zu einer schlanken Blondine mit blauen Augen, was wirklich selten geworden war. Ich selbst kannte niemanden außer mir selbst, der lichtblonde Haare und blaue Augen besaß. Naja, von meiner schwarzen Strähne und meinem kohlrabenschwarzen Auge mal abgesehen. Doch diese junge

Frau, die ihren Kopf neugierig zur Seite legte und mich eingehend musterte, hatte sie.
Ich streckte eine Hand nach oben um mit meiner Gestik Kontakt zu ihr aufzunehmen.
»Wo bin ich hier?« fragte ich so laut, dass es in meiner kleinen Gefängniszelle nur so von den Wänden hallte. Sie sollte mich schließlich durch das dicke Glas verstehen können.
Statt einer Antwort blinzelte meine Gefängniswärterin kurz, erhob sich und ging weg.
Ich blieb ratlos zurück. Unruhig tigerte ich hin und her. Was wollten die ganzen Unbekannten von mir? Erst Contemtio, der mysteriöse Auftraggeber und jetzt eine Blondine hinter einer Glasscheibe.
Erneut traten Schuhsohlen in mein Blickfeld. Diesmal waren sie zu zweit. Die Blondine hatte jemanden mitgebracht. Es musste eine Mann sein, wenn man von der Größe seiner Schuhe ausging. Ich stellte mich mitten in die Zelle um meinen beiden Wachen aufrecht entgegentreten zu können. Mein Kit und meine Peitsche waren mir abgenommen worden. Ohne sie kam ich mir nackt vor, unvollständig, aber noch lange nicht wehrlos. Sie sollten nur wagen hier herein zu kommen.
Was auch immer der Grund war, warum ich hier war, ich konnte froh sein, dass ich noch am Leben war. Ich hatte den direkten Kontakt mit einem Schatten überlebt und das weitestgehend unbeschadet. Trotzdem verstand ich nicht, warum ich wie ein Tier in Quarantäne gehalten wurde.
Die Blondine hockte sich wieder hin, genauso wie zuvor. Von ihrem Begleiter sah ich weiterhin nur die Schuhsohlen und Teile seiner Statur und seines Kinns. Seiner Statur nach zu urteilen, war er kräftig, muskulös und durchtrainiert. Sein

Kinn war kantig und markant. Ich meinte auch bei ihm blondes Haar gesehen zu haben, war mir aber nicht ganz sicher.

Die Lippen der blonden Frau bewegten sich. Die beiden unterhielten sich offensichtlich. Die Augenbrauen der jungen Frau zogen sich zusammen und ihre Stirn legte sich in Falten, nur für einen Moment. Offensichtlich hatte ihr Begleiter etwas gesagt, was sie verärgert hatte oder sie diskutierten.

Ich konnte nur mutmaßen, was sich über mir abspielte. Die Frau gestikulierte wild mit den Händen. Jetzt stritten sie sich - Zweifel ausgeschlossen.

Ich beobachtete das Schauspiel aus meiner Maulwurfsperspektive heraus aufmerksam. Vielleicht würden mich gerade diese Details hier herausbringen. In jedem Fall musste ich herausfinden, ob ich vor dem Schatten gerettet oder als Geisel gehalten wurde. Da ich keine Möglichkeit der Flucht sah, war es entscheidend die Blondinenfraktion über mir besser kennenzulernen. Vielleicht gelang mir so die Flucht. Ich entschied, aus strategischen Gründen, mich erst einmal kooperativ zu geben. Auf den Putz hauen konnte ich auch später noch.

Mit einem Mal kam Bewegung ins Spiel. Der Mann an ihrer Seite stampfte wütend umher, nickte dann aber in Richtung Frau, die noch immer auf dem Glasboden hockte. Ich sah sein Gesicht. Ich hatte Recht behalten. Auch er war blond, wenn auch etwas dunkler als die junge Frau und ich. Seine goldblonden Locken kräuselten sich über seinen Ohren und umrahmten sein klassisch geschnittenes Gesicht mit den wasserblauen Augen. Diese Augen schienen mich zu durchbohren, so starr und eindringlich richtete er seinen Blick auf mich. Eine gefühlte Ewigkeit lang blickten wir uns auf diese Weise in die Augen. Mir stockte der Atem, ich war wie in einem Bann. Sein Blick spiegelte Neugier, Interesse und noch etwas anderes wider, als wüsste er etwas über mich, das er im Verborgenen hielt. Unwillkürlich öffnete ich meinen Mund, wie zu einer unausgesprochenen Begrüßung. Plötzlich verschwand der neugierige Ausdruck in seinem Gesicht und an seiner Stelle trat ein feindseliger, der vor Skepsis nur so triefte. Ich wusste nicht, womit ich mir diesen plötzlichen Sinneswandel verdient hatte und so wich ich seinem Blick für den Bruchteil einer Sekunde aus. Als ich wieder hinsah, war er verschwunden. Die junge Frau hingegen stand auf, nur um sich einen Meter weiter wieder hinzuhocken. Sie drückte auf einen silbernen Knopf, der sich an der dunklen Wand des Raumes befand. Ein mechanisches Pfeifen erklang und ein Teil der Glasdecke schien sich wie aus Geisterhand zu öffnen. So viel zum Thema »Geheimtür«. Meine stille Beobachterin trat an die Öffnung und hielt kurz inne. Dann sagte sie in einem kurzen und knappen Tonfall, der deutlich machte, dass ich keine weiteren Informationen von ihr erhalten würde: »Ich werde dir etwas zu Essen herunterlassen. Iss es, du wirst deine Kräfte brauchen.«

Ihrer Stimme folgte ein weiteres mechanisches Surren und ein Tablett wurde an einem Flaschenzug zu mir heruntergelassen. Ich nahm das Tablett mit beiden Händen in Empfang. Meine wortkarge Essenslieferantin erhob sich um den Knopf für die Öffnung wieder zu betätigen. Bevor sich die Öffnung in der gläsernen Decke wieder schließen konnte, sah ich sie eindringlich an.

»Wer bist du?« rief ich zu ihr empor. »Nenn mir zumindest einen Namen.« Ich dachte ich probierte es mal mit einer weniger zu erwartenden Frage als »Wo bin ich?«.

Sie zögerte als würde sie mit sich hadern, ob sie mir antworten sollte. Dann antwortete sie: »Du kannst mich Cora nennen.« Die Luke schloss sich. Ich nickte ihr zu. Sie drehte sich um und ging. Das Licht in dem Raum über mir erlosch - zurück blieb nur eine einfache Decke und eine flackernde Neonröhre.

Ich betrachte das Tablett und hob den Deckel an, der sich über einem lauwarmen Teller befand. Darunter kam ein rotbrauner Brei zum Vorschein, der süßlich-scharf roch. Ich begutachtete ihn eindringlich, stippte einen Finger in die Masse und kostete. Lecker war anders, aber ich konnte nichts Ungewöhnliches feststellen - so war die Fertigkost nun einmal. Ob etwas in den Brei hineingerührt wurde, ein Beruhigungsmittel oder Schlimmeres, konnte ich ohne mein Analysegerät, das sich neben meinem Navi an meinem Handgelenk befunden hatte, nicht sagen. Ich musste meinen Zellenwächtern wohl oder übel vertrauen. Ich war nur froh, dass die KWA ihre Sicherheitsmaßnahmen bei ihrem Equipment verschärft hatten. Ohne mein biologisches Profil, meine ganz eigene gedankliche Frequenz sozusagen, würden sie nicht an die Daten auf meinem Speicherchip - wie schon erwähnt, bevorzugte ich die altmodische Variante anstatt die Cloud - oder meinen Minicomputer, der sich hinter der Technik an meinem Handgelenk verbarg, gelangen. Wenn sie hinter Informationen oder Kontaktmöglichkeiten zur KWA her waren, brauchten sie mich lebendig. Apropos Technik: meine Hand schnellte zu meinem Kommunikator. Ich konnte mir zwar nicht vorstellen, dass meine Aufpasser daran nicht gedacht hatten, aber ein Versuch war es wert. Ich drückte den Kommunikator und lauschte, ob sich eine Verbindung aufbauen würde. Nichts geschah. Die Leitung war tot. Die Wände mussten extrem dick und speziell verkleidet sein, so dass kein Signal hinaus- oder hineingelangen konnte. Auf diese Weise würde ich keinen Kontakt zur Zentrale herstellen können.

Für den Moment fiel mir nichts Besseres ein und so ergab ich mich der Situation. Ruhe bewahren war schließlich besser als in Panik zu verfallen.

Während ich mein Essen, das aus einem Instantbrei mit einer mir bisher unbekannten Geschmacksnote, wie mir geraten worden war, verspeiste, ließ ich die Geschehnisse der letzten Stunden Revue passieren. Vielleicht war mir ein Puzzleteil entgangen, das Licht in das Dunkel bringen konnte. Doch so sehr ich mich auch bemühte, ich konnte mir keinen Reim darauf machen, warum ich schon wieder in der Falle saß. Hätte mich das Licht nicht geblendet, hätte ich den Schatten besiegt oder zumindest außer Gefecht gesetzt bis meine Leute zur Verstärkung eintrafen. Ich konnte nur hoffen, dass es Paul, Forrest und Hexe gut ging. Faith ließ ich außen vor, aber natürlich wünschte ich auch ihm nichts Schlechtes. Um Paul machte ich mir weniger Sorgen, der Junge hatte einfach mehr Glück als Verstand. Auch Forrest, mein wortarmer und äußerst schlagkräftiger Teamkollege, würde ich zutrauen mit fast jeder Situation fertig zu werden. Hexe hatte ihre ganz eigene Weise mit schwierigen Situationen umzugehen - ich sage nur »Kräuter«. Aber ich konnte nur hoffen, dass sie Igor, unserem Teamanwärter, den ich nur Impi nannte, nicht erlaubt hatten, mitzukommen. Code Black war trotz seiner ausgezeichneten Vorzeugnisse nichts für ihn. Dafür war er einfach zu ungestüm, zu sehr von sich überzeugt. Eigenmächtiges Handeln konnte einen in Teufelsküche bringen - ich ging schließlich als schlechtes Vorbild voran und wusste, wovon ich sprach. Aber zumindest zog ich keine Mitmenschen mit in mein Schlamassel. Impi würde das ganze Team in Gefahr bringen, wenn er Hals über Kopf seine eigenen Entscheidungen traf. Ich konnte nur hoffen, dass auch Faith das erkannt hatte. Der Junge brauchte eine strenge Hand und eine gute Führung, die ihm den nötigen Spielraum mit den dazugehörigen Grenzen aufzeigte.

Das Essen schmeckte fade, aber immerhin war ich nach meiner Mahlzeit satt. Ich trank den Becher mit der orangenen Brause auf. Sie schmeckte nach Multivitamin und war sicherlich mit allerhand Spurenelementen und Mineralien angereichert. Die Kohlensäure hinterließ ein leichtes Prickeln auf meiner Zunge, die sich seltsamer Weise taub anfühlte. Mir schwante Übles. Eine unbeschreibliche Müdigkeit überkam mich. Meine Glieder wurden schlaff und schwer. Sie hatten mir etwas ins Getränk gemixt. Ich hatte nichts dabei, um mich gegen den erzwungenen Schlaf wehren zu können. Also ergab ich mich meinem Schicksal. Doch bevor ich ins Land der Träume glitt, drückte ich noch den Knopf an meinem silbernen Kommunikator - Aufnahmefunktion bestätigt.

Ich schlug die Augen auf. Ich lag in meiner Zelle, auf meinem Feldbett, mit dem Gesicht zur Decke. Instinktiv neigte ich meinen Kopf und tastete mit meinen Händen an meinem Körper entlang. Alles noch dran. Nur trug ich meinen Schutzanzug nicht mehr. Ein medizinisches Hemd in Mintgrün reichte mir bis unter die Knie und bedeckte meinen Körper. Unterwäsche? Fehlanzeige. Was zum Henker hatte man mit mir gemacht?

Sicherlich stand ich auch jetzt unter Beobachtung. Das Licht in meiner Zelle flackerte grell, der Raum über mir blieb dunkel. So konnten sie mich in jedem Fall sehen, ohne befürchten zu müssen, von mir entdeckt zu werden.

Ich ging kurz in mich. Vielleicht hatte man versucht geistig an mir herum zu experimentieren, wenn ich schon körperlich unversehrt geblieben war. Vielleicht hatten sie einen Telepathen in ihren Reihen, der sich an meinen Gedanken zu

schaffen gemacht hatte. Aber auch hier konnte ich kein Eindringen feststellen. Ich war auf den ersten Blick sowohl physisch als auch psychisch unversehrt. Lediglich ein pelziger Geschmack machte sich in meinem Mund breit, aber das konnte auch die Nachwirkung des Betäubungsmittels sein.
Ich setzte mich auf und zog die Knie an. In mir brodelte es. Ich wusste nicht, wo ich war, wer mich hierher gebracht hatte, was man von mir wollte und mit mir vorhatte. Ich war hilflos, gefangen wie eine der Laborratten in dem Forschungslabor der KWA. Vor Wut und Verzweiflung starrte ich nach oben. Kälte und Aggression lagen in meinem Blick, das wusste ich. Aber meine Emotionen waren mir im Moment egal. Das Protokoll der KWA half mir jetzt auch nicht weiter. Ein Kribbeln zog durch meinen Körper, gefolgt von einer Stimme. »Warum zeigst du ihnen nicht, was in dir steckt? Na los, setz dein Auge ein. Du hast es schon einmal getan. Du erinnerst dich doch noch an das übermächtige Gefühl, diese ursprüngliche Stärke. Das alles kannst du wiederhaben. Du musst es nur wollen.«
Ich schüttelte den Kopf um die Stimme zu vertreiben. Ich dachte, ich hätte das alles hinter mir gelassen. Ich musste hier schnellstens raus. Diese Zelle brachte meine schlechtesten Seiten zum Vorschein - nicht, dass es wenige wären.
Ich stand an der Schwelle zu einem Wutausbruch. Ein Tropfen noch und das Fass würde überlaufen. Ich atmete tief ein, ohne meinen Blick von der Decke zu lösen. Ein unkontrollierter Wutausbruch würde mir jetzt auch nicht weiterhelfen. Er würde mich nur unnötige Kraft kosten. Kraft, die ich nicht hatte und deren Einsatz meine Kontrolle über mich selbst kosten konnte.
Ich entschied mich für eine andere Strategie.

Mein Hals kratzte. Eine Hand vor den Mund haltend, hustete ich, was meine Lunge hergab. Meine trockene Kehle schmerzte durch die plötzliche Hustenattacke. Nachdem ich mich wieder beruhigt hatte, röchelte ich leicht und deutete mit erhobenem Blick auf meinen Hals. Minuten vergingen. Nichts passierte.

Ohne Vorwarnung öffnete sich plötzlich die Wie-aus-Geisterhand-Luke in der gefakten Decke. Das Licht ging an und der Raum über mir wurde wieder sichtbar.

Cora kniete vor der geöffneten Luke. Der blonde Mann, der sie auch beim letzten Mal begleitet hatte, stand mit verschränkten Armen hinter ihr. Aber diesmal befand sich jemand im Raum. Ein alter Mann, der sich auf einen Gehstock stützte, sah kritisch auf mich herab. Er hielt sich im Hintergrund, dennoch konnte ich ihn gut erkennen. Er trug einen weißen Kittel. War er womöglich ein Arzt?

Der geöffneten Luke folgte der Flaschenzug, an dem sich das Tablett befand. Ich musterte das Stahlseil, an dem die Konstruktion hing.

Das müsste gehen.

Ich sprang von meiner Pritsche auf und klammerte mich an das Tablett, das gut zwei Meter über dem Boden schwebte. Es kostete mich eine enorme Kraftanstrengung, aber mit ein bisschen Mühe schaffte ich es, mich mit einem Klimmzug hoch zu ziehen. Meine Beine schwang ich mit, kam auf dem Tablett zum Stehen, nur um mich dann blitzschnell empor zu stoßen. Das Wasserglas, das sich auf dem Tablett befunden hatte, ging mit einem Klirren zu Boden. Mit einem eisernen Griff umklammerte ich das Stahlseil, an dem das Tablett hing. Es schnitt mir in die Handflächen. Blut lief in feinen Fäden an dem silbern glänzenden Seil hinunter. Es tat höllisch weh, als ich den Rand der gläsernen Luke umfasste. Ich

rutschte immer wieder ab - meine Hände waren zu glitschig. Irgendwie schaffte ich es, meinen Unterarm aufs Glas zu setzen und fand endlich Halt. Mit dem Schwung, den ich mitgenommen hatte, glitt ich durch die Luke und hockte nun der verdutzten Cora gegenüber. Sie starrte mich mit offenem Mund an. Ihre himmelblauen Augen auf mich gerichtet, streckte sie ihre Hand aus, wie um mich zu berühren.
Ich zögerte nicht, packte sie, drehte ihren Arm auf ihren Rücken und nahm sie in den Schwitzkasten.
Mit drohender Miene sah ich zu den beiden Zuschauern herüber. Sie hatten sich keinen Millimeter bewegt. Entweder standen sie unter Schock, waren zu sehr überrascht oder...
»Keine Bewegung«, brüllte ich am Ohr meiner Geisel vorbei, »oder ich breche ihr das Genick, ehe ihr auch nur blinzeln könnt.«
Der große Blonde stand immer noch mit verschränkten Armen da und hob eine Augenbraue, als wollte er sagen »Ja und?«. Dann drehte er seinen Kopf und sah zu dem alten Mann in dem weißen Kittel hinüber. Der nickte vielsagend.
»Keine Bewegung hatte ich gesagt.« Ich rief noch lauter, um keinen Zweifel daran aufkommen zu lassen, dass ich es ernst meinte. Meinen Griff um Coras Hals zog ich noch fester. Blut tropfte auf ihre schmalen Schultern.
Gelangweilt sah der blonde Mann mich an. Er musste ein Kämpfer sein. Seine Statur war viel zu mächtig für einen untrainierten Mann. Starke Oberarmmuskeln zeichneten sich unter seinem hautengen erdfarbenen T-Shirt ab. Sein ganzer Körper stand unter Spannung, obwohl seine Haltung auf einen relaxten Zustand hindeutete. Unter normalen Umständen würde ich sagen, er wäre attraktiv. Aber dies hier waren keine normalen Umstände, deshalb hielt ich mich nicht länger mit diesem Gedanken auf.

»Tu es doch.« Die Stimme des blonden Mannes war kräftig und verheißungsvoll. »Dreh ihr den Hals um. Nun mach schon. Dann lass ich dich frei.«

Cora erschrak merklich in meinen Armen und hielt die Luft an. Meine Augenbrauen zogen sich zusammen. Das konnte er nicht ernst meinen. Wer auch immer er war, so wenig konnte ihm ein Menschenleben nicht bedeuten. Aber sein Gesicht sprach Bände - er war entschlossen und meinte, was er sagte.

Damit hatte ich nicht gerechnet. Was sollte ich jetzt tun? Ich hatte nichts in der Hand, was ich gegen sie verwenden konnte. Der Ausgang aus dem kleinen Beobachtungsraum lag hinter dem Mann mit dem Gehstock. Ich musste an beiden vorbei, um hinauszugelangen, ohne zu wissen, was mich erwarten würde. Das Risiko nahm ich in Kauf. Auch, wenn ich bisher nicht schlecht behandelt worden war, ich war offensichtlich ihre Gefangene. Ich wollte hier raus, um jeden Preis. Aber einen Menschen so ohne weiteres zu töten, das kam nicht infrage. Sie hatte mir nichts getan, hatte mir Essen gebracht. Soweit würde ich nicht gehen. Der Zweck heiligte nicht alle Mittel.

Entschlossen ließ ich Cora los. Sie fiel zur Seite, unverletzt. Ich preschte voran, meinen linken Arm als Schutzschild auf Brusthöhe nach vorne gerichtet und rammte »Mister Mir-ist-alles-egal« mit voller Wucht. Er strauchelte, wirkte aber keineswegs überrascht. Ich wich nach rechts aus und stand nun dem alten Greis in dem weißen Kittel gegenüber. Bei ihm würde ich weniger Körpereinsatz brauchen. Er erwartete mich schon. Weder machte er Anstalten, mir aus dem Weg zu gehen, noch zeigte er Angst. Ich war keine drei Meter mehr von ihm entfernt, als er seine rechte Hand mit der Innenfläche nach oben erhob.

»Luminosus!« Kraftvoll und bedeutungsschwer hallte das Wort durch den Raum. Wie vom Blitz getroffen blieb ich stehen. In seiner Hand schwebte eine blaue Lichtkugel. Grelles Licht strömte von ihr aus, das mit jeder Sekunde an Intensität zu gewinnen schien. Ich konnte nichts mehr erkennen. Mein Körper stand in Flammen. Verzweifelt hielt ich mir eine Hand vor Augen. Wie schneeblind tastete ich mich mit der anderen voran. Dann hörte ich eine sanfte Stimme. »Lass sie. Sie hat die Probe bestanden.« Ein Moment der Stille. Das Licht verschwand genauso plötzlich, wie es gekommen war, wie bei meiner Begegnung mit dem Schatten in der Dienergasse.

Nur langsam gewöhnten sich meine Augen wieder an die vorherrschenden Lichtverhältnisse. Ich stand immer noch mitten im Raum, die Augen auf den Ausgang gerichtet. Eine Hand berührte meine Schulter. Instinktiv wollte ich nach ihr greifen, um einem möglichen Angriff zuvor zu kommen, aber mir fehlte die Kraft dazu. Cora trat von links in mein Blickfeld. »Du bist hier in Sicherheit. Wir werden dir nichts tun.«

Aber klar doch. Sie hatten mir körperlich zwar nichts getan, trotzdem hatte ich gefühlte zwei Wochen in einer Zelle gehockt, ohne zu wissen, was vor sich ging. Gastfreundschaft sah meiner Meinung nach anders aus.

Ich blickte ihr in die Augen und wollte ihr gehörig meine Meinung sagen, all meinem Unmut freien Lauf lassen. Aber meine Lippen formten nur wortlose Silben.

»Das sind die Nachwirkungen des Lichts. Es hat dir Energie genommen.« Cora sah mich mitfühlend an, als würde sie stumm um Verständnis bitten.

»Ich werde dir später alles erklären.«

»Das wirst du nicht. Sie steht immer noch unter Beobachtung.« Ihr großer Begleiter mit den goldblonden Haaren mischte sich mit scharfem Ton ein. Griesgrämig trat er zwischen uns und schob Cora bei Seite. Er legte ihr seine beiden kräftigen und doch eleganten Hände auf die Schultern und sah ihr tief in die Augen. Wie ein Kind musste Cora aufsehen, um seinen Blick zu erwidern.

Er sprach leise und eindringlich zu ihr, trotzdem konnte ich jedes seiner Worte verstehen.

»Wir müssen vorsichtig sein. Du weißt nicht, ob sie die Richtige ist.«

»Doch, das weiß ich schon, Glad.« Coras Stimme klang fest.

Glad hieß »Mister Mir-ist-alles-egal« also. Seltsamer Name.

Cora schüttelte Glads Hände ab.

»Du glaubst es, aber du weißt es nicht mit absoluter Sicherheit. Solange auch nur ein Zweifel, ob begründet oder unbegründet, im Raum steht, bleiben wir vorsichtig.« Unbeugsamkeit lag in seiner Stimme. »Hast du mich verstanden?«

Das war keine Frage, sondern ein Befehl.

Cora kniff ihre Lippen zusammen und sah zur Seite - Unterwürfigkeit. Sie würde sich seinem Befehl nicht widersetzen.

Zuerst dachte ich, die beiden würden sich nicht besonders nahe stehen - hätten ein rein berufliches Verhältnis. Aber jetzt tippte ich auf Bruder und Schwester - dieselben himmelblauen Augen, dieselbe Art die Dinge anzugehen. Glad hatte offensichtlich das Kommando. Eine normale Untergebene hätte niemals ihr Wort ergriffen, es sei denn, sie hieß Cassandra Bergler.

Ich dachte kurz über das Gehörte nach.

Was meinten sie mit »ob sie die Richtige ist«?
Wo war ich hier nur wieder hineingestolpert?

Mein Körper fühlte sich wie eine entladene Batterie an, aber zumindest ließ das taube Gefühl in meinen Fingern nach. Anstelle der Taubheit trat ein unangenehmes Kribbeln, das dem von eingeschlafenen oder eingefrorenen Gliedmaßen glich, nachdem das Blut wieder ungestört durch sie hindurchfließen konnte.

Meine Zunge jedoch blieb weiterhin empfindungslos und da ich meine mysteriösen Gefängniswärter weder anspucken, noch wie ein Baby lallen oder brabbeln wollte, entschied ich mich, vorerst den Mund zu halten und zu beobachten. In meinem jetzigen Zustand war eine Flucht unmöglich, aber vielleicht würde sich später eine Möglichkeit ergeben. Bis dahin würde ich so viele Informationen sammeln wie möglich und nötig.

Plötzlich drehte Glad sich um und trat mir gegenüber. Da war wieder dieser Duft. Würzig und warm lag er in der Luft. Wie Freiheit, die darauf wartete eingeatmet zu werden.

Hatte er mich getragen, als ich bei der Begegnung mit dem Schatten zusammengebrochen war?

»Du bist nicht unsere Gefangene und du hast nichts zu befürchten, solange du dich an die Spielregeln hältst. Das heißt keine Gewalt, keine Experimente mit deinem Auge. Schlaf dich aus, bis die Wirkung des Lychnochus nachgelassen hat. Dann werden wir weitersehen.«

Das war das Einzige, was Glad zu mir sagte. Er machte auf dem Absatz kehrt, ging zur Tür und öffnete sie. Zwei weitere Männer warteten davor. Glad winkte in ihre Richtung und deutete auf mich. Die beiden Wachen traten ein. Beide waren in dunkelblaue Anzüge gekleidet, auf die in Herzhöhe eine leuchtende blaue Kugel eingelassen war. Sie wirkte real, obwohl es sich dabei nur um ein Emblem, eine Art Abzeichen einer Bewegung, handeln konnte.

Sie traten von beiden Seiten an mich heran, fassten mir unter die Ellenbogen und bedeuteten mir mich vorwärts zu bewegen. Ich leistete Folge, zu irritiert und geschwächt um aufzubegehren.
Woher wusste dieser Glad von meinen Fähigkeiten?
Fragen über Fragen. In meinem Kopf schwirrten die Gedanken konfus umher.
Die beiden Männer brachten mich unter den wachsamen Augen von Cora und dem älteren Mann in Weiß in die Ecke des Raumes, die neben der Luke im Glasboden lag. Dann legte einer von ihnen die Hand auf ein Feld in der dunklen Wand, das sich farblich nur minimal von seiner Umgebung abhob. Als seine behandschuhten Finger das Feld berührten, leuchtete es rot auf. Ein Scanner, genau wie der bei der KWA, arbeitete sich Zentimeter für Zentimeter seine Hand entlang. Das Tastenfeld wurde grün, es gab einen Ruck und der gläserne Boden unter uns ruckelte.
So gelangte man also in meine Zelle.
Es musste eine Art magnetisches Kraftfeld geben, denn eine Hydraulik konnte ich hinter der fahrstuhlähnlichen Glasplatte nicht erkennen.
Unten angekommen entließen mich beide Wachen, ohne auch nur mit der Wimper zu zucken und fuhren wieder aufwärts. Diesmal war es Cora, die das Tastenfeld berührte. Von hier unten aus war der Fahrstuhl also nicht zu steuern.
Ich rollte mich auf meinem Feldbett zusammen und zog meinen grünen Kittel eng an mich heran.
Ich war schrecklich müde, also entschied ich, es wäre das Beste, neue Kräfte zu sammeln.

Kapitel VI - Eine Gutenachtgeschichte über Märchen, Mythen und Sagen

So sehr ich mich auch bemühte zu schlafen - ich hatte wirklich alles probiert - es klappte nicht. Weder Schäfchen zählen, noch meditieren, bis der Arzt kommt, hatten mir zu einer Ruhepause verholfen.
Ich musste immer wieder an das Geschehene denken. Es hatte mich wohl mehr aufgewühlt, als ich zugeben wollte.
Erst als ich mir einen Punkt an der Wand suchte und ihn ohne zu blinzeln minutenlang anstarrte, übermannte mich die Müdigkeit und ich fiel hinein in einen tiefen Traum.
Ich befand mich in einem Raum. Der Fernseher war an. Eine mittelmäßige Cartoonserie lief mit den typischen Slapstick-Elementen: Katze jagt Maus, Maus ist schlauer als Katze, Katze fängt Maus und bekommt eins auf die Mütze. Zwei Kinder, ein Junge und ein Mädchen, lagen bäuchlings vor dem altmodischen Gerät auf einem weißen Flokati. Ihre Beine wackelten relaxt in der Luft. Beide schienen sich zu amüsieren und starrten gebannt auf den Bildschirm. Eine Frau stand hinter ihnen, neben der verschlissenen Couch, und faltete Wäsche, die sie ordentlich in einem Korb, der auf der Sofalehne stand, zusammenlegte. Ein harmonisches Bild: Mutter, zwei Kinder, ein gemütlicher Abend im Kreise der Familie. Nur der Vater fehlte. Das Bild zerbrach. Ein Schuss fiel, dann noch einer und noch einer. Überall war Blut. Ein Lachen. Dann ein letzter Schuss. Stille. Dunkelheit, die plötzlich durch ein blaues Licht durchbrochen wurde.
Ich schreckte hoch. Lange war ich nicht weg gewesen, das sagte mir meine innere Uhr. Ich setzte mich auf und fuhr mir mit der Hand durchs schweißnasse Haar. Mit erholsamem

Schlaf hatte dies hier nichts zu tun gehabt, aber zumindest war ich fitter als zuvor und das Taubheitsgefühl in meiner Zunge und meinen Gliedern hatte nachgelassen.

Wieder dieser Albtraum, doch das Ende war neu. Ein blaues Licht hatte ich zuvor noch nie gesehen. Ich musste diese Beklommenheit, die der Traum bei mir zurückgelassen hatte, loswerden. Wie ein Hund, der sein Fell vom Regen befreien wollte, schüttelte ich mich.

Ich rätselte noch, wie Freud das Licht in der Dunkelheit interpretieren würde, als ein Summton meinen Gedankengang unterbrach und der Fahrstuhl sich senkte.

Cora betrat mit einem Tablett und einer runden Box unter dem Arm, die normalerweise genutzt wurde, um Karten sicher und knickfrei zu transportieren, den Raum. Sie nickte mir zu und stellte das Tablett am Fußende meiner Pritsche ab. Dann deutete sie in Richtung Stuhl, der immer noch neben dem Waschbecken stand. Ich nickte zum Zeichen, dass sie sich setzen sollte - eine respektvolle Geste, die ich zu schätzen wusste. Sie zog den silbernen Schemel zu sich heran. Die Stuhlbeine schrammten über den Boden und gaben erst Ruhe, als Cora neben meinem Bett Platz nahm. Die Hülse legte sie auf ihren Schoß und stützte ihre Arme darauf ab. Die Hände verschränkt, lehnte sie sich zurück und betrachtete mich eindringlich. Ich hielt ihrem Blick stand. Wir spielten ein Spiel: Wer als erster blinzelt, hat verloren. Minuten vergingen, ohne dass jemand auch nur ein Wort sprach. Dann öffnete Cora den Mund, atmete geräuschvoll ein und hob ihre Hand an ihr Kinn. Ich dachte, jetzt würde etwas Bedeutungsvolles folgen, aber sie sagte nur: »Iss, solange es noch warm ist.«

Nun gut, wenn sie das als Vorspiel brauchte. Mein Magen knurrte, also griff ich nach dem Tablett und zog es näher an mich heran. Man musste mitnehmen, was man kriegen konnte. Ich hob die weiße Glocke, unter der sich mein Essen verbarg, an. Dampf stieg empor und ein würzig-saftiger Geruch stieg mir in die Nase. Ich schloss die Augen und sog ihn tief ein. Mmhhh, mir lief das Wasser im Mund zusammen. Es duftete nach gebratenem Fleisch, Gemüse und frischen Kräutern.

Das konnte nicht sein.

Auch wenn frische Speisen nur selten den Weg auf meinen Teller fanden, so kannte ich doch den Duft von Oregano, Basilikum, frisch geernteten Tomaten und saftig gebratenem Fleisch. Es gab Duftproben in jedem Online-Store zu kaufen. Wer auch immer sie auf den Markt gebracht hatte, verdiente sich eine goldene Nase damit.

Ich öffnete die Augen. Das hier war keine Illusion. Vor mir lag tatsächlich ein Stück Fleisch, umgeben von grünem und rotem Gemüse und einer hellen Sauce. Ich konnte es nicht fassen. Ohne Cora auch nur eines weiteren Blickes zu würdigen, stürzte ich mich auf die Köstlichkeiten. Ich aß und genoss, machte seufzende Geräusche und versuchte mir den Geschmack einzuprägen, um ihn für immer festzuhalten. Als ich fertig war, nahm ich meinen Zeigefinger, um auch noch den letzten Rest Sauce von meinem Teller zu kratzen. Es wäre pure Verschwendung gewesen, auch nur einen Tropfen zu vergeuden. Ich seufzte zufrieden und blickte von meinem Teller auf. Ich hatte mich völlig vergessen.

Cora saß immer noch in derselben Haltung neben mir. Ein belustigter und zugleich mitfühlender Blick zierte ihr Gesicht, wie wenn man einem Kind beim Spielen zusah und sich selbst in Kindheitstage zurückversetzt fühlte. Sie lächelte. Ich sah verschmitzt zurück. Ich schämte mich ein bisschen und spürte, wie meine Wangen zu glühen begannen.

Cassandra Bergler, die taffe KWA-Agentin, mal ungeschminkt. Ich musste wirklich an meinem Image arbeiten. Bei der KWA würde ich definitiv um eine Auffrischung meiner Konditionierung bitten.

Ich setzte mein Pokerface auf und unterdrückte das Gefühl mich bei Cora überschwänglich für das einmalige Genusserlebnis bedanken zu wollen und schob das Tablett von mir. Das Glas mit der diesmal leuchtendgrünen Flüssigkeit ließ ich bewusst stehen. Die Erinnerung an den letzten Durstlöscher war noch zu real. Frisch gestärkt schwang ich meine Beine über das Feldbett und stellte meine nackten Füße auf den Boden. Ich saß ihr gegenüber - Auge in Auge.

Wir starrten uns an und schwiegen - alles wie gehabt.

Ich gab mir einen Ruck. Wie heißt es doch so schön: der Klügere gibt nach.

»Woher habt ihr das leckere Essen?«

Ich wusste, dass diese Frage angesichts meiner Situation nicht von Bedeutung war. Aber ich dachte, so ein kleiner Eisbrecher würde die angespannte Stimmung zwischen uns etwas auflockern.

Coras Augen wurden groß. Entweder würde sie mich für verrückt erklären und das Gespräch beenden oder so reagieren, wie ich erhoffte. Dann lachte sie. Erst vorsichtig, dann lauthals und hielt sich den Bauch. Gespielt wischte sie sich eine imaginäre Träne aus dem Augenwinkel und sagte mit bebender Stimme, die noch immer von den Nachwehen des Lachanfalls geschüttelt wurde:

»Ich wusste doch, dass ich dich damit ködern würde.«

Wo sie Recht hatte, hatte sie Recht. Ich grinste. Ich konnte es nicht anders sagen, aber ich begann Cora zu mögen. Vielleicht litt ich am Stockholm-Syndrom. Obwohl sie eine Fremde für mich war, noch dazu eine, bei der ich mir nicht

sicher war, ob sie es gut mit mir meinte, war sie mir auf seltsame Art und Weise vertraut. Ihr schien es ähnlich zu gehen. Sie zeigte keinerlei Berührungsängste.
»Die Zutaten stammen aus unserem eigenen Anbau. Gekocht und zubereitet habe ich das Essen selbst.«
Das Eis war gebrochen. Mit wem auch immer ich es hier zu tun hatte - einer Geheimorganisation, einem Underground-Kochclub oder einem Trainingscamp zur Produktion von blauen Lichtblitzen - ich war beeindruckt. Sie hatten ihr eigenes Gemüse, ihre eigene Tierzucht.
Ich musterte Cora, um mir ihren Gesichtsausdruck einzuprägen, wenn sie die Wahrheit sagte. Ich hoffte inständig, sie würde mir meine anderen Fragen jetzt ebenfalls ehrlich beantworten, denn ich hatte viele. Ohne große Umschweife kam ich zum Thema.
»Warum bin ich hier?«
Auf meiner Liste fanden sich eine Menge Fragen wieder, aber diese hier brannte mir besonders unter den Nägeln.
»Wir haben dich vor dem Schatten gerettet. Du warst ohnmächtig, also haben wir dich hierher gebracht.«
Ich stutzte. Cora schien das zu bemerken und fügte hinzu:
»Wir mussten dich in Quarantäne nehmen. Wir wussten nicht, ob du infiziert bist.«
»Infiziert?«
»Ja, ob du unter dem Einfluss eines Schattens stehst.«
Ich schnaufte und pustete meine Atemluft durch meine geöffneten Lippen. Meine schwarze Haarsträhne wehte hoch und verfing sich in meinem offenen Haar.
»Wie du sehen kannst, habe ich nur ein schwarzes Auge. Lakaien der Schatten haben zwei - wie du sicherlich weißt«, fügte ich provokant hinzu. Sie sollte ruhig wissen, dass ich mich mit so faulen Ausreden nicht würde abspeisen lassen.

Cora kniff die Augen zusammen.

»Also, warum haltet ihr mich fest? Wo bin ich hier und wer seid ihr?« Die Fragen sprudelten nur so aus mir heraus.

Cora machte eine beschwichtigende Geste und hob ihre Hand. Sie schloss die Augen, neigte den Kopf leicht zur Seite und lächelte. »Eins nach dem anderen, Cassandra. Ich werde dir deine Fragen beantworten. Aber ich möchte dich dafür um einen Gefallen bitten.«

Nichts im Leben war umsonst. Ich nickte. »Als wenn mir eine andere Wahl bliebe.« Den Sarkasmus in meiner Stimme konnte ich mir nicht verkneifen. Ich hatte keine Waffen, keine Ahnung, wo ich war und ich trug keine Unterwäsche. »Was willst du?«

»Nichts, was nicht auch in deinem Interesse wäre. Aber erst einmal werde ich dir deine Fragen beantworten.«

Wie sehr ich doch diplomatische Antworten liebte. Würde ich nicht in einer Zelle sitzen, würde ich jede Wette eingehen auf einer Pressekonferenz des Retters zu sitzen. Seine Antworten waren genauso publikumstauglich und nichts sagend wie die von Cora.

Ich entspannte mich zum Zeichen, dass ich ihr ganz Ohr war.

Cora schlug die Beine übereinander. »Was genau möchtest du wissen?«

Ich schnaufte. »Alles. Wer, wie, wo, warum und vor allem, woher ihr wisst, wer ich bin?«

Cora hob das Kinn und richtete ihren Blick nach oben.

Da war er wieder. Glad blickte mit eisernem Blick aus dem Raum über uns nach unten. Er nickte und zog sich zurück.

»Wir nennen uns selbst die Lyskrieger. Wir beobachten dich schon sehr, sehr lange, daher wissen wir so viel über dich. Du befindest dich hier in unserer Untergrundbasis. Wie ich schon sagte, bist du hier, weil einer unserer Späher deinen

kleinen Kampf mit dem Schatten mitbekommen hat. Wir wollten helfen.«
Viele Informationen in wenigen Sätzen. Sie hätte Nachrichtensprecherin werden sollen.
Cora sah mich prüfend an. Sie musterte mein Gesicht, als wollte sie herausfinden, ob ich das verkraften würde, was sie mir soeben berichtet hatte.
»Dieses Licht, das mich gelähmt hat - was seid ihr?«
Cora kniff die Lippen zusammen und verspannte sich. Offensichtlich hatte sie ein Problem mit dieser speziellen Frage, aber ich rätselte schon meinen ganzen unfreiwilligen Aufenthalt lang, was das für ein Licht war, das mich im Kampf mit dem Schatten geblendet hatte. Wäre das Licht nicht gewesen, ich war davon überzeugt, ich wäre als Sieger aus dem Kampf hervorgegangen.
Cora schien meine eigentliche Frage überhört zu haben, denn statt zu antworten, sah sie mir tief in die Augen. »Semiumbra, semilux, salvatio aut exitium.«
Ich schüttelte den Kopf. Was zum Henker hatte das nun wieder zu bedeuten?
Cora ignorierte meine offensichtliche Irritation und vertiefte ihren Blick in meine Augen, als ob sie darin etwas suchen würde.
Eine gefühlte Ewigkeit verging, in der ich meine nächste Frage überlegte und in der sie ihre Augen nicht von mir ließ.
Erst als ich meinen Mund öffnete, um etwas zu sagen, senkte sie ihren Blick. Ich meinte Enttäuschung in ihrem Gesicht wiederzuerkennen, aber in dem Moment, als ich sie näher betrachtete, streifte ein Luftzug meine Haut.
Der Fahrstuhl bewegte sich und plötzlich trat Glad in den Raum. Seine schweren Schritte hallten dumpf. Abermals musste ich feststellen, dass er ein sehr attraktiver Mann war:

groß, muskulös, elegante Gesichtszüge, glänzendes Haar und ein kleines Grübchen in seinem markanten Kinn. Er war jemand, nach dem man sich auf der Straße umsah, jemand, der einem ins Auge sprang und im Gedächtnis haften blieb. Sein Blick strahlte Unnachgiebigkeit und Lebenserfahrung aus und doch lag eine gewisse Traurigkeit darin. Trotz seines ansehnlichen Äußeren schien er nicht darauf bedacht. Auf mich wirkte sein arrogantes und dominantes Auftreten wie eine Art Schutzpanzer, nach dem Motto: harte Schale, weicher Kern. Vielleicht würde es mir eines Tages gelingen, meine Theorie auf Herz und Nieren zu prüfen. Bis dahin blieb ich lieber vorsichtig, was meine Einschätzungen anbelangte.

Cora drehte ihren Oberkörper und sah Glad zu, wie er zu uns herüber marschierte. Direkt neben Cora stoppte er und stellte sich mit verschränkten Armen zwischen uns.

»Cora hat dir deine Fragen beantwortet. Jetzt kommen wir zu deinem Teil der Abmachung.«

Ich warf Cora einen irritierten Blick zu. Schließlich war sie es, die bisher das Gespräch mit mir geführt hatte.

Ich schüttelte den Kopf. »Moment mal. Ich habe doch noch gar nicht all meine Fragen gestellt.«

Glad schnaufte spöttisch. »Wir haben dir die wichtigsten deiner Fragen beantwortet. Wir haben dir nie versprochen, all deine Fragen zu klären. Soviel Zeit haben wir gewiss nicht.«

Der belustigte Unterton in seiner Stimme war nicht zu überhören.

Ich senkte den Blick und grinste geistesabwesend. *Cassi, manchmal bist du so naiv.* Ich hätte das Kleingedruckte im Vertrag lesen sollen.

Cora erhob sich von ihrem Stuhl, packte Glad an seinem kräftigen Ellenbogen und bedeutete ihm mit einem Nicken, ihr zu folgen. Beide zogen sich in die hinterste Ecke des Raumes neben dem Waschbecken zurück. Obwohl beide sichtlich bemüht waren, ihre Gesichter und das, was sie sich zu sagen hatte, vor mir zu verbergen, gelang es mir dann und wann, ein paar Wortfetzen aufzuschnappen. Den Rest reimte ich mir aus dem zusammen, was ich von ihren Lippen und ihrer Mimik ablesen konnte.

Cora sah verärgert aus. Mit zusammengezogenen Augenbrauen fuhr sie Glad an. Auch wenn ihr Gesicht wütend wirken sollte, hatte es durch die hellen Augenbrauen, den lichtblonden Haaren und den blauen Augen etwas Liebliches, Unschuldiges an sich.

»Du bist zwar mein großer Bruder, aber über kurz oder lang werde ich mir diese Bevormunder-Nummer nicht mehr gefallen lassen.«

1:0 für Miss Psycho. Ich hatte Recht behalten. Sie waren Bruder und Schwester. Offenbar hatte Cora genug davon, immer nur die kleine Schwester zu sein.

Cora stemmte die Hände in die Hüften und reckte kämpferisch ihr Kinn zu Glad empor. Der zog elegant eine seiner goldblonden Augenbrauen nach oben und blickte Cora mit wachem und abschätzendem Blick an, so dass seine himmelblauen Augen noch größer und anziehender wirkten als zuvor. Wie ein Kind, das auf einer Wiese liegend den Wolken bei ihrem Treiben zusah, blickte ich gebannt in seine ozeantiefen Augen. Ich hatte noch nie zuvor so geheimnisvolle Ausstrahlung in einem Männergesicht wahrgenommen. Die meisten Menschen hatten braune Augen, da sich aufgrund der erhöhten Sonnenstrahlung vermehrt dunklere Hauttypen durchsetzten. Sie waren einfach nicht so anfällig für Hautkrebs oder Augenleiden wie den grauen Star. Die Augen eines Menschen faszinierten mich seit ich klein war, vielleicht auch, weil ich immer auf meine angesprochen worden war. Ein Blick in die Augen eines Menschen war rar geworden, da viele durchgängig aufgrund ihrer lichtempfindlichen Augen eine Sonnenbrille trugen. Dabei verrät ein Blick in die Augen eines Menschen so viel. Das facettenreiche Blau in Glads Augen erinnerte mich an das Meer, das ich nur aus Büchern kannte. Ich wollte meine Fingerspitze in das Blau tauchen, um zu prüfen, ob sie nass werden würden. Ein seltsamer Gedanke, der mich abrupt wieder ins Hier und Jetzt zurückholte.

Glad schien den aufrührerischen Akt seiner kleinen Schwester nicht ernst zu nehmen. Belustigt verzogen sich seine vollen Lippen zu einem Lächeln. »Wie du meinst, Schwesterchen, aber noch habe ich hier das Sagen.«

Ich würde Pauls Jahresvorrat an Humus darauf verwetten, dass Cora gleich explodieren würde, aber sie tat es nicht. Stattdessen setzte sie ein entspanntes Lächeln auf und guckte Glad keck mit geneigtem Kopf an. »Wie du meinst, großer Bruder, aber bitte mich nicht im Nachhinein um Hilfe.«

Glad lachte heiser. »Die werde ich schon nicht benötigen, Schwesterherz.«

Damit war das Gespräch beendet und beide kamen mit großen Schritten auf mich zu. Glad mit lässig schwingenden Armen, eiserner Miene und festem Tritt und kurz hinter ihm Cora mit wehenden Haaren, leicht, grazil und dem besagten Lächeln um ihre Mundwinkel herum. Beide trugen den gleichen dunkelblauen Anzug, der meinem schwarzen Schutzanzug glich, mit einer leuchtendblauen Lichtkugel auf ihrer Brust. Cora hatte erwähnt, dass sie sich Lyskrieger nannten. Was auch immer das zu bedeuten hatte, die blaue Lichtkugel musste ihr Zeichen sein. Trotz jeglichen Gefühls der Verbundenheit, das ich unerklärlicher Weise gegenüber Cora

empfand, konnte ich ihre Reaktion nicht nachvollziehen. Ich hätte meinem großen Bruder, wenn ich denn einen hätte, die Stirn geboten. Sie hingegen gab sich devot, aber wer weiß, was sie vorhatte. Vielleicht verfolgte sie einen Plan, den ich noch nicht durchschaute.
Glad baute sich direkt vor mir auf. Wie aus einem Reflex heraus erhob ich mich, um ihm Auge in Auge gegenüber zu stehen. Ihn auf mich herabblicken zu lassen, hatte ich schon die letzten Tage, Wochen - ich hatte jegliches Zeitgefühl hier drinnen verloren - ertragen müssen.
»Cora hat dir ja schon erzählt, dass wir dich seit geraumer Zeit beobachten.« Glad schwenkte seinen Blick hinüber zu Cora, die nickte. »Du brauchst nicht mehr zu wissen, als dass wir dich kennen und für die richtige Sache kämpfen.«
Für meinen Geschmack machte Glad da ein paar Gedankensprünge zu viel. »Für die richtige Sache kämpfen? Von welchem Kampf redest du überhaupt? Ich weiß nur, dass ihr mich unter einem Vorwand hierher gebracht und gefangen gehalten habt.«
Glads Halsmuskulatur verspannte sich. Es war nicht zu übersehen, dass er Aufmüpfigkeit nicht besonders schätzte. Ich tat es ihm gleich und verschränkte meine Arme vor der Brust und starrte ihn wütend an. In meiner grünen Patientenkittel-Aufmachung - wohlgemerkt trug ich nichts darunter - fühlte ich mich zwar nicht besonders wohl, aber zur Not wäre ich ihm auch nackt entgegengetreten.
Sein stoischer Blick ließ nicht von mir ab und auch ich bemühte mich in der Sekunde des Schweigens, in der ein stummer Kampf zwischen uns beiden ausgetragen wurde, nicht nachzugeben oder auch nur zu blinzeln. Für einen Moment stand die Luft im Raum still und meine Härchen auf meinem Handrücken richteten sich auf - eine schier unerträg-

liche Spannung machte sich breit. Als wenn Glad etwas in meinem Gesicht erkannt hatte, was ihm nicht gefiel, legte sich seine Stirn in Falten und seine hellen Augenbrauen zogen sich zusammen, so dass sie nur noch ein paar Millimeter trennten. Er entließ mich aus seinem eisernen Blick und sah zu Boden.

Ich hatte das Duell gewonnen und konnte mir ein schiefes Grinsen nicht verkneifen. Plötzlich hob Glad sein Gesicht und ballte seine Hand zu einer Faust. Der Blick, mit dem er mich zuvor bedacht hatte, war nichts im Gegensatz zu dem, den er mir jetzt zuwarf. Ohne es zu wollen, machte ich einen Schritt rückwärts - ein Fluchtreflex, gegen den ich nichts tun konnte. Glad ignorierte meinen ungewollte Wink mit der weißen Flagge und schnellte auf mich zu.

Hinter zusammengebissenen Zähnen brachte er einen Satz hervor, der mich gleichermaßen einschüchterte wie auch meine kämpferische Seite weckte.

»Entweder bist du für uns oder gegen uns. Letzteres bedeutet für dich die sofortige Exekution, du hast schon zu viel gesehen. Dir bleibt keine Wahl.«

Ich hatte mich abermals geirrt: Ich hatte das Blickduell nicht gewonnen, Glad hatte nur seine Kräfte sammeln und zu einem weiteren Schlag ausholen wollen.

Ich spannte meinen Körper an, um wieder Standfestigkeit in meine wackeligen Beine zu bekommen und verlieh meiner Stimme so viel Nachdruck, wie ich konnte. »Ich werde mich nicht für eine Seite entscheiden. Ich weiß ja noch nicht einmal, wovon du überhaupt redest. Wie kannst du mir da die Pistole auf die Brust setzen?«

Glads Lippen zogen sich zu einem dünnen Strich zusammen. Er schien nachzudenken, aber nicht von seinem Standpunkt abweichen zu wollen.

»Sie es doch einmal von meiner Warte aus: Ich werde hierher gebracht, unter dem Vorwand einer Kontamination festgehalten, mehrfach betäubt, mit spärlichen Informationen abgespeist und unter Druck gesetzt. Zu allem Überfluss soll ich dann noch für eine Sache herhalten, von der ich noch nicht einmal weiß, was sie ist.«
Ich ging in die Offensive und setzte noch einen drauf.
»Wenn ihr wirklich für die richtige Sache kämpft - wie du nachdrücklich betont hast, ich davon ausgehen kann, dass ihr mich vor dem Schatten gerettet habt und mich um einen Gefallen bittet, wäre da nicht ein bisschen mehr Höflichkeit angebracht?« Die letzten Worte schob ich sanft hinterher, wie bei einem störrischen Kind, bei dem man Verständnis mit dem Gesagten anstatt Widerwillen hervorrufen wollte.
Cora, die sich die ganze Zeit über seit ihrem kurzen Gespräch mit Glad zurückgehalten hatte, mischte sich ein.
»Sie hat Recht, Glad. Schenk ihr etwas Vertrauen und gib ihr mehr Informationen. Bitte.« Cora berührte ihren Bruder sanft an der Schulter.
Die Parts bei den beiden waren klar vergeben: sie ganz stereotypisch mitfühlend und einfühlsam, er hingegen das Paradebeispiel für ein Alpha-Tier.
Es wäre so leicht für Glad gewesen, Coras Anliegen zu entsprechen, ohne als inkonsequent dazustehen. Es war ein Gesuch an ihren großen Bruder, das sie formuliert hatte - eine Bitte, kein Befehl. Doch anscheinend lehnte Glad aus mir unbekannten Gründen den Kuschelkurs ab und ging zu einem erneuten Angriff über.
Für einen kurzen Augenblick musterte mich Glad, ganz ohne Vorurteile, ohne Misstrauen. Neugier spiegelte sich in seinen Augen wider, vielleicht sogar ein bisschen Interesse. Dann aber verhärtete sich seine Mundpartie und hinterließ Verbit-

terung und Verachtung. Ich hatte sicherlich vieles verdient, aber warum jemand mir mit so viel Feindseligkeit gegenüber stand, war mir schleierhaft. Ich konnte nur vermuten, dass sein Hass tiefer begründet lag, als er zu erkennen gab.

Glad wandte sich seiner Schwester zu. Mit ausgestrecktem Zeigefinger tippte er ihr gegen die Brust, so dass sie sichtlich Mühe hatte, ihren Körper an Ort und Stelle zu halten. »Ich muss gar nichts, hörst du. Sie sollte sich unser Vertrauen erarbeiten müssen, nicht umgekehrt.«

»Glad, kannst du die Vergangenheit nicht einmal ruhen lassen? Jeder hat eine zweite Chance verdient.«

Glad starrte seine Schwester mit weit aufgerissen Augen an. Für einen Moment hielt er inne, als wenn er über etwas nachzudenken versuchte. Dann schüttelte er sich. Ohne auf Cora weiter einzugehen, wandte er sich mir zu.

»Du willst wissen, für welche Sache wir kämpfen? Horch einmal in dich hinein. Du scheinst doch immer alles über andere zu wissen.« Seine Stimme triefte vor Hohn. »Etwas Gutes muss schließlich auch in dir stecken, Januskind.«

Januskind. Das böse Wort. Er hatte es ausgesprochen.

Ich wusste nicht, ob es daran lag, dass ich durch die tagelange Gefangenschaft hier unten langsam mürbe geworden war oder ob mich trotz Konditionierung doch tatsächlich meine Vergangenheit und die damit verbundenen Emotionen eingeholt hatten, aber ich sah buchstäblich rot.

»Januskind, so hat mich lange keiner mehr genannt«, murmelte ich gedankenverloren. »Jedenfalls keiner, der noch lebt.«

Da war es wieder, dieses Summen und Klingen in meinem Körper. Wie durch einen dichten Schleier aus Wut hindurch merkte ich, wie Cora mit erschrockenem Gesicht vor mir zurückwich. Glad hielt schützend seine Hand vor sie. Sein Körper war zum Kampf bereit.

Ich wusste, was Cora so erschreckt hatte - ich. Ich brauchte keinen Spiegel, um zu wissen, dass mein schwarzes Auge zu funkeln begonnen hatte, sich ausdehnte, als wollte es mein ganzes Ich verschlingen, um nur noch Dunkelheit übrig zu lassen.

Zeig ihm, was in dir steckt. Los, er hat es selbst so gewollt.

Diese Stimme, da war sie wieder. Ich dachte, ich wäre sie losgeworden, seit ich das Konditionierungsprogramm der KWA erfolgreich durchlaufen hatte.

Die Stimme klopfte an in meinem Kopf. Erst leise, dann immer lauter. Ich ignorierte sie, was sie nur noch mehr anzuspornen schien.

Nun mach schon! Sei kein Feigling. Du bist es doch auch leid, dich immer zu verstecken, so zu tun, als ob du zu ihnen gehören würdest. Gib ihm eine kurze Kostprobe. Du wirst ihm schon nicht ernsthaft wehtun.

Das hatte sie damals auch schon versprochen.

Ich wollte die Stimme aus meinem Kopf vertreiben, ihr den Mund verbieten. Aus meiner Verzweiflung heraus versuchte ich Coras Blick einzufangen. Sie war nett zu mir gewesen. Sie war gut zu mir, hatte mich verteidigt. Ich wusste nicht, ob ich ihr trauen konnte, aber sie hatte es definitiv nicht verdient, dass ich ihr wehtat.

Auf Coras Blick fokussiert, die wie ein scheues Reh zitternd hinter Glad stand, beruhigte ich mich. Die Stimme wurde leiser.

Mein Herzschlag normalisierte sich, wurde gleichmäßig und schwer.

Gerade als ich meine zum Angriff erhobenen Hände senken wollte, zuckte ich zusammen. Aus dem Augenwinkel heraus sah ich Glad, der seine Hände ausgestreckt vor seinen Körper hielt, eine blaue Lichtkugel inmitten seiner geöffneten Handflächen.

Dann ging alles ganz schnell.

Die Dunkelheit hüllte mich ein. Mein Körper verwandelte sich in eine lebende Stimmgabel - so kam es mir jedenfalls vor. Er summte, vibrierte und die Stimme wurde so laut, dass ich mir die Ohren zuhalten wollte. Da sie aber aus meinem Inneren kam, wäre dieser Versuch wohl zwecklos gewesen.

In diesem Moment entschied sich, welcher Teil von mir die Oberhand behalten würde - Engel links, Teufel rechts. Nur hatte ich nicht wirklich eine Wahl. Ich griff zu.

Wie eine Viper schnellte der dunkle Kern in mir nach vorn und packte Glad da, wo er sich nicht zu schützen vermochte. Sein Geist überraschte mich. Er war nicht flach und zweidimensional wie die, die ich zuvor zu sehen bekommen hatte. Es war immer noch ein menschlicher Geist, in dem ich mich befand, aber da war mehr. Wie der Mond, der in manchen Nächten klein und flach wie ein Stück Papier erscheint und in anderen Nächten wiederum so groß, nah und mit Tiefe, dass man nur die Hand ausstrecken zu müssen glaubt, um ihn greifen zu können.

Neugier wich dem Reflex, mich verteidigen zu wollen. Wissbegierig drang ich tiefer in seinen Geist vor. Hastig huschten Bilder an mir vorbei, die ich schwer zuordnen konnte. Bilder von Glad mit Cora, beide noch klein, Bilder von Versammlungen und Ritualen, bei denen alle blaue Anzüge mit einer Lichtkugel in Brusthöhe trugen. Bei einem Bild machte ich ruckartig halt, um es näher zu betrachten. Es zeigte Glad als kleiner Junge, Trauer zierte sein Gesicht und ließ ihn verhärmt und verbittert wirken. Ich konnte ihn nur im Profil erkennen. Er hockte auf dem Boden und hielt etwas an seine Brust gedrückt. Ich versuchte das Bild zu drehen, nahm es, um es aus einer anderen Perspektive betrachten zu können. Langsam wandte er sich mir zu.

Was hielt er da nur in seinen Händen? Es sah aus, wie ein Buch in einem dicken ledernen Einband. Plötzlich starrte mich der junge Glad an. Unbändiger Hass lag in seinem Blick. Hass, der wie Feuer loderte und gleichzeitig kalt wie Eis war. Ich blieb starr vor Schreck und wurde von Emotionen übermannt: Schmerz, Trauer, Wut. Ich musste schlucken.

Speichel sammelte sich in meinem Mund und machte mir Hunger auf mehr. Nur ein kleiner Pieks in seine Erinnerungen und ich könnte seine Wut und seinen Schmerz erneut entfachen, ihn ausquetschen wie eine Zitrone. Ein Schauer der Vorfreude lief mir über den Rücken.

Meine innere Stimme, die mich bremsen wollte, mir sagen wollte, wie sehr ich Glad damit schaden konnte, war leise im Vergleich zu der, die mir sagte, wie erregend so eine Portion Schmerz und Wut sein konnte. Sie wurde immer leiser, bis sie schließlich erstarb.

Ich packte den jungen Glad und schüttelte ihn. Ich wollte seine Angst, seine Wut und seine Trauer noch verstärken. Ich griff nach dem Etwas in seinen Händen, das ich für den Auslöser seiner Trauer hielt. Doch anstatt sich gegen meinen Übergriff zu wehren, presste der junge Glad mir seine Hände samt ihrem Inhalt gegen die Brust. Was im ersten Moment wie eine plumpe Anmache anmutete, verwandelte sich innerhalb eines Wimpernschlags in einen gekonnten Angriff. Ich stand wie gelähmt da. Glad hingegen erhob sich, die Hände weiterhin gegen meine Brust gepresst. Als er stand, holte er tief Luft und lockerte seinen Griff. Ich konnte einen Blick auf den Gegenstand in seinen Händen erhaschen. Auf dem braunen Lederband stand in silberner Schrift: Dogma - iniuriae in memoria tenere.

»Fiat lux!« Die Wucht seiner Worte traf mich wie ein Donnerschlag. Wo vorher noch Dunkelheit war, erhellte gleißendes blaues Licht alles, was uns umgab.

Eine blaue Kugel kam auf mich zu und hüllte mich ein. Wie in einer durchsichtigen Luftblase war ich vollkommen umschlossen. Ich wollte gerade einen Versuch starten, mich zu wehren, Glad zum Aufhören zu bewegen, als ich merkte, wie leicht sich alles anfühlte. Wohlige Wärme umgab mich. Ich spürte ein leichtes Kribbeln auf meiner Haut und jemand rief meinen Namen.

»Cassandra... Cassi, mein Schatz, das Essen ist gleich fertig. Komm, alle warten schon. Ich habe dein Lieblingsgericht gekocht.«

Ich wusste nicht, wie mir geschah. Tränen sammelten sich in meinen Augen und ließen mich blind zurück. Ich wusste nicht, woher diese Stimme kam, aber ich fühlte mich klein und verletzlich, wie ein schutzloses Kind. Ich hatte keine Erinnerung mehr an Vater und Mutter, aber wenn ich sie hätte, dann hätte sich so die Stimme meiner Mutter angehört. In meinen Träumen hatte sie mich immer wieder gerufen. Wenn ich es nicht besser wusste, würde ich sagen, dass ich mich neben der Unsicherheit, die ich in diesem Moment verspürte, mich sogar ein kleines bisschen glücklich fühlte.

Plötzlich war da wieder dieses Licht. Die blaue Kugel um mich herum verdichtete sich, so dass ich kaum noch durch sie hindurch sehen konnte. Sie schien ein Eigenleben zu entwickeln - wie eine große blaue Sonne, aus der genau wie bei ihrer Schwester am Himmel lange Eruptionen wie Zungen herausschossen. Das Licht umschloss mich ganz. Ich verlor den Kontakt zu Glad und war isoliert. Ohne Reizemp-

findung und Kontakt nach außen blieb ich in der blauen Hülle gefangen. Wut machte sich in mir breit. Ich wollte keine Gefangene mehr sein. Ich würde mich befreien, koste es, was es wolle.
Ein Trugbild. Glad musste es gelungen sein, in meine Gedanken vorzudringen und eine Illusion zu erzeugen. Ich kochte vor Wut. Niemand durfte Zugang zu meinen Gedanken haben. Dieser Ort war mir heilig. Ich sperrte mich und lehnte mich auf. Ich hatte gegen meine dunkle Seite, gegen die Kraft, die ich so lange im Verborgenen gehalten hatte, angekämpft, um ihn und Cora nicht zu verletzen. Aber damit war jetzt Schluss. Er hatte nicht das Recht, mich auf diese Weise zu manipulieren.
Ich wehrte mich gegen die Bilder in meinem Kopf. Meine Augen brannten und selbst meine Lunge fühlte sich an, als ob sie jederzeit in Flammen aufgehen könnte. Die angenehme Wärme verschwand genauso plötzlich, wie sie gekommen war. Ich wollte schreien, er sollte aufhören, so stark waren die Schmerzen, so stark war die Angst qualvoll zu ersticken, so stark war die Hitze, die mich umgab.
Der blaue Kokon um mich herum bekam Risse. Wie kleine Wasserstraßen auf einer Landkarte, wie Furchen in einem ausgetrockneten Flussbett zogen sich leuchtend schwarz-rote Linien durch das Blau, die pulsierten und sich ausdehnten. Mit einem lauten Knall sprengten sie die Hülle, als bestünde sie aus einfachem Glas. Die Hülle zerfiel in tausend Splitter, die nun zu meinen Füßen lagen. Ich war frei.
Glad erschauerte und brach im selben Moment zusammen. Er kauerte vor mir, gebeugt, den Kopf zu Boden geneigt. Seine Hände hielt er an die Schläfen gepresst, als ob er seinen Kopf stützen müsste, damit er nicht zu Boden fallen würde.

Ich sprang auf ihn zu, packte ihn mit einer Hand an der Kehle und riss seinen Kopf empor. Mit leerem Blick starrte er mich an. Doch für Mitgefühl war es zu spät. In mir war kein Licht mehr, übrig blieb nur tiefe Nacht.
Er setzte mir Trugbilder in meinen Kopf, hielt mich tagelang gefangen? Ich würde ihm zeigen, was es heißt Illusionen zu erzeugen. Ich würde ihm Bilder in den Kopf setzen, die ihm Qualen bereiten würden, deren Existenz er noch nicht einmal erahnen konnte.
Ich war längst nicht mehr Herr meiner Sinne. Wie in Trance ließ ich Glad los und sprach ein Wort: »Meus!«
Die blauen Splitter zu meinen Füßen setzten sich in Bewegung. Während sie auf mich zukamen, verwandelten sie sich in kleine glitzernde Tropfen, die sich zu einem Rinnsal zusammenschlossen, der unaufhaltsam auf mich zufloss. Um mich herum bildete sich unter den ungläubigen Blicken von Cora und Glad eine kristallklare Pfütze. Mit jedem Tropfen, der auf mich zufloss, fühlte ich mich stärker, kraftvoll, unbesiegbar. Ich schloss die Augen, so berauschend war das Gefühl. Als ich sie öffnete, war der See schwarz und Cora und Glad lagen regungslos am Boden.

Kapitel VI - Späte Reue ist und bleibt eins: zu spät

Ich machte einen Schritt auf die beiden Körper, die am Boden lagen, zu. Dann ging ich in die Hocke und beugte mich hinunter. Sie atmeten noch. Ich betrachtete beide näher. Sie kamen mir bekannt vor.
Ich berührte die blonde Frau und drehte sie so, dass ich ihr Gesicht sehen konnte. Sie sah friedlich aus, als ob sie in einen tiefen, traumlosen Schlaf gefallen wäre. Der blonde Mann neben ihr hingegen sah mitgenommen aus. Zahlreiche Prellungen befanden sich auf Gesicht und der entblößten Brust, die sein zerrissener Anzug offen legte. Ich befeuchtete den Zeigefinger meiner rechten Hand und hielt ihm den Mann unter die Nase. Sein Atem war flach, aber regelmäßig. Eine blonde Locke hatte sich auf seiner schweißnassen und blutverschmierten Stirn verfangen. Ich wischte sie vorsichtig bei Seite. Nur leicht berührte ich ihn, aber er zuckte zusammen.
Plötzlich riss er seine Augen auf. Ich blickte in himmelblaue Augen, deren Pupillen vom Adrenalin geweitet waren. Ich spürte Schmerz, Zorn und Überlebenswillen, aber auch Freude, Mitgefühl und etwas, das ich nicht benennen konnte. Das letztere Gefühl ließ Skepsis in mir zurück. Ich versuchte einen Namen dafür zu finden. Verglich es mit Gefühlen, die mir bekannt waren. Der Name dafür lag mir auf der Zunge. Dann fiel er mir mit einem Mal wieder ein: Glaube, unerschütterlicher Glaube. Ich selbst kannte nur einen Glauben: den Glauben an mich selbst. Für mehr war kein Platz, dafür hatte die Gesellschaft, in der wir lebten, gesorgt.
Mir fiel es wie Schuppen von den Augen: Cora und Glad. Was hatte ich nur getan? Ich schämte mich. Was war nur aus

mir geworden? Das war nicht ich. Sicherlich war ich keine Heilige. Als starrsinnig, dickköpfig und auch impulsiv konnte man mich beschreiben. Ich war eine Kämpferin, die auf der Straße eine harte Schule durchlaufen musste. Auch bevorzugte ich lieber das Alleinsein als die Gesellschaft anderer, aber niederträchtig und gemein war ich mit Sicherheit nicht und am Unglück meiner Mitmenschen erfreute ich mich auch nicht. Im Gegenteil: ich versuchte anderen zu helfen - auf meine Art.

Glads Blick füllte sich mit Leben. Er schien mich wieder zu erkennen und ging sofort in eine Verteidigungshaltung über. Mit einem Satz war er bei Cora und schob sie mit einem Arm hinter seinen Rücken.

»Wachen«, schrie er. »Wachen!« Dabei drückte er das Emblem auf Coras Anzug. Unter der Berührung und dem Rufen ihres Bruders erwachte nun auch Cora. Benommen stützte sie sich auf, den Kopf immer noch gen Boden gerichtet. Langsam fuhr sie sich mit einer Hand durchs wirre Haar und sah erst ihren Bruder und dann mich an - in ihrem Blick lag Schmerz.

Der Fahrstuhl bewegte sich und drei Männer, in blaue Uniformen gekleidet, betraten den Raum. Sie stürmten auf mich zu und stellten sich schützend im Halbkreis vor Cora und Glad, die immer noch am Boden lagen. Alle drei hielten Stäbe in den Händen, an deren Enden jeweils eine gläserne Kugel befestigt war. Wie Speere richteten sie sie auf mich. Einer kam mir dabei so nahe, dass er mir seinen Stab drohend unter das Kinn schob.

Ich hob meine Hände zum Zeichen meiner Ergebenheit. Ich wollte keinen weiteren Schaden anrichten. Wahrscheinlich hatte ich sogar mehr Angst vor mir selbst, als sie vor mir. Aber die Wachen schienen mich immer noch als gefährlich einzustufen. Einer gab mir einen kräftigen Schubs und bedeutete mir, mich auf den Boden zu legen.

»Ich will euch nichts Böses«, sagte ich so laut und deutlich, dass mich sicherlich auch im Raum über uns jeder gehört hatte. »Es tut mir leid, was passiert ist. Aber Cora und Glad scheint es gut zu gehen.« Ich zeigte hinter die Wachen auf Cora und Glad, die sich beide aufgerichtet hatten.

Einer der Wachmänner drehte sich um. Glad nickte zum Zeichen, dass alles in Ordnung war.

»Hört zu«, begann ich mit ruhiger Stimme. »Ich will einfach nur hier raus, das ist alles. Lasst uns das hier einfach vergessen. Ihr lasst mich gehen und ich verrate nichts von dem, was ich hier gesehen habe. Okay?« Meine Verhandlungsstrategie und -position waren mehr als dürftig, aber ich war es leid, Fragen zu stellen, auf die ich keine Antwort bekam. Außerdem musste ich zusehen, dass ich in meine gewohnte Umgebung kam, wo ich meine Konditionierung überprüfen konnte. Das Umfeld hier tat mir definitiv nicht gut. Ich musste herausfinden, was mich so sehr aus der Fassung gebracht hatte, ehe noch Schlimmeres passierte.

Die Wachen wurden auseinandergeschoben und der schützende Halbkreis zerbrach. Glad streckte seine Arme nach vorne und trat vor seinen Wachschutz. Seine Miene versprach nichts Gutes.

»Du hättest mich fast umgebracht, ist dir das klar?« Wie flüssiges Gift spuckte er mir die Worte entgegen.

Ich nickte stumm. Es war egal, ob ich mich entschuldigte, etwas zu meiner Verteidigung beitrug oder Glad üble Schimpfwörter an den Kopf warf. In seiner momentanen Verfassung würde ihn alles nur noch mehr gegen mich aufwiegeln. Also schwieg ich.

»Du hast nichts dazu zu sagen?« Glad blickte mich fragend an.
Ich schüttelte den Kopf.
»Ich wusste doch, dass nichts Gutes in dir steckt.« Bitter sprudelten die Worte aus seinem Mund heraus. »Legt ihr die lumcatenas an!« Mit ausgestrecktem Zeigefinger wies Glad auf mich.
Einer der drei Wachleute holte etwas aus einem kleinen schwarzen Beutel, den er an seinem Gürtel trug, hervor. Er öffnete die Hand und drei kleine silberne Kristalle kamen zum Vorschein.
Ich schmunzelte. Wie sollten diese hübschen Steinchen, die eher an den Hals einer reichen Dame der Oberschicht gehörten, mir Schaden zufügen?
Als der Wachmann auf mich zukam, erstarb mein Lächeln. In seiner Hand befanden sich immer noch die drei unscheinbaren Kristalle, aber aus der Nähe betrachtet konnte ich ihr Innenleben erkennen. Die Steine waren keineswegs harmlose Dekoration, wie der erste Blick vermuten ließ. In ihnen tobte ein Sturm. Fragmente aus Gedanken tanzten in ihrer Mitte. Fast war mir so, als würde ich Hilfeschreie hören, die von ihnen ausgingen. Ich wusste immer noch nicht, was auf mich zukam, aber es gefiel mir mit jedem Schritt, den der Wachmann machte, weniger.
Die Wache war nur noch eine Armeslänge von mir entfernt, als Cora vor sie trat.
»Halt!« Cora hielt die Wache mit einem Arm zurück. Ich war überrascht, wie viel Autorität in ihrer Stimme lag.
Die Wache gehorchte und blieb stehen.
Sie hatte sich abermals schützend vor mich gestellt - das würde ich ihr nicht so schnell vergessen.

»Was soll das?« Glad stapfte auf beide zu. »Ich hatte eine klare Anweisung erteilt.« Dieser Teil war an die Wache gerichtet. »Du warst doch dabei, als sie die Kontrolle verloren hat.« Diesmal blickte Glad seine Schwester an.

»Ja, das war ich.« Cora schenkte ihrem Bruder einen strengen Blick. »Und ich war auch dabei, als du die Kontrolle verloren hast.«

Glad stutzte und zuckte zusammen. Sie hatte etwas angesprochen, was ihm unangenehm war, was er zu verbergen versuchte.

»Das ist nicht dasselbe«, sagte Glad barsch. »Führt meinen Befehl aus!«

Mit einem ausweichenden Blick wandte er sich von Cora ab und den Wachleuten zu. Der Wachmann, der die drei Kristalle noch immer in der offenen Hand hielt, wirkte unschlüssig, setzte dann aber seinen Weg fort.

»Du wirst sie gehen lassen, Glad. Ich an deiner Stelle würde sie mir nicht zur Feindin machen wollen.« Leise fügte Cora noch hinzu: »Wir können nicht absehen, zu was sie noch fähig ist.« Ein messerscharfer Verstand blitzte in den Augen von Cora auf.

Glad stutzte und fasste sich an die Stirn. Er hielt kurz inne, dann warf er mir einen kurzen Blick zu und winkte die Wachleute zum Rückzug. Er drehte sich um und ging auf den Fahrstuhl zu. Auf der Plattform angekommen sagte er mit fester Stimme: »Du kannst gehen. Erzähl keinem etwas oder du wirst es bereuen. Wir behalten dich im Auge.« Sein Tonfall ließ keinen Zweifel daran, dass bei Missachtung seines Befehls mehr als unliebsame Konsequenzen auf mich zukommen würden.

Der Fahrstuhl setzte sich mit Glad und einem der Wachmänner in Bewegung. Cora sah kurz zu mir hinüber, dann ging auch sie auf die Plattform zu, die sich abermals gesenkt hatte, um erneut Passagiere auf die obere Ebene zu befördern. Die beiden Wachleute hatten ihren Platz in dem Fahrstuhl schon eingenommen, als Cora zu ihnen stieß. Sie setzte einen Fuß auf die gläserne Plattform, als einer der Wachen sie bestimmt zurückstieß. Der Fahrstuhl gab ein leises Summen von sich und fuhr in die Höhe. Glad stand in der Luke in der gläsernen Decke und blickte herab.

»He, was soll das? Was hast du vor?« Cora schien sichtlich beunruhigt.

Glad ging in die Knie. Die Hände an beiden Seiten der Luke abgestützt, beugte er sich so weit zu uns in den Raum hinein, dass ich sein Gesicht deutlich sehen konnte.

»Du bist doch diejenige, die an das Gute in ihr glaubt.« Er sprach die Worte leise und mit Bedacht aus. Mit einem Schwung erhob er sich. »Wollen wir hoffen, dass du recht behältst.« Glad wandte sich zum Gehen. Cora blieb mit bebenden Lippen und zittrigen Händen mit mir in der Zelle zurück.

Bevor sich die Luke schloss, ertönte noch einmal die Stimme von Glad, diesmal über Lautsprecher. »In einer halben Stunde werde ich alle nötigen Sicherheitsmaßnahmen getroffen haben. Dann kannst du gehen. Ein Zeichen unseres guten Willens. Ich hoffe, du weißt ihn zu schätzen. Deine Ausrüstung wirst du am Ausgang finden, genauso wie dein Vehikel.«

Ich blieb fassungslos zurück. Er hatte doch tatsächlich seine Schwester geopfert. Wenn er mich allen Ernstes für so schlecht und gefährlich hielt, wie konnte er nur seine eigene Schwester mit mir allein zurücklassen? Ohne Schutz?

Ich musste mich in Glad getäuscht haben. Was ich in ihm an Güte, Glaube und Verantwortungsbewusstsein für seine

Schutzbefohlenen gehalten hatte, war ein Irrtum gewesen. Vielmehr zeigten sich mehr und mehr nazistische Züge bei ihm.

Ich konnte meiner Intuition einfach nicht mehr trauen. Mein Gespür für Menschen, das ich für unfehlbar gehalten hatte, war defekt - anders konnte ich mir meine Fehlinterpretationen nicht erklären. Ich musste hier weg, und zwar schnellstens.

Kaum hatte sich die Luke geschlossen, wurde das Licht in dem Raum über uns gedimmt. Ich sollte wohl nicht mitbekommen, was genau sich dort oben abspielte. Ich nutzte die verbleibende Zeit und zog mich auf meine Pritsche zurück, um mich zu sammeln. Ich war so in Gedanken versunken, dass ich Cora gar nicht bemerkte, die sich neben mich gesetzt hatte. Was genau war passiert? Was hatte ich mit Cora und Glad gemacht? Was war das für eine seltsame Macht, die ich gespürt hatte?

Ich war verwirrt. Nichts passte mehr zu dem, was ich für gegeben gehalten hatte. Erst dieser seltsame Anruf, dann das Zusammentreffen mit Contemptio, der Schatten, meine Entführung oder Rettung - wie auch immer man es nennen wollte -, die Lyskrieger und jetzt auch noch meine dunkle Seite, die sich regte. Gedankenverloren biss ich mir auf die Unterlippe, bis sich der Geschmack von Eisen auf meine Zunge legte. Erst als ich Coras neugierige Blicke spürte, wurde ich aus meiner Gedankenwelt gerissen.

Cora war immer noch aufgewühlt, ihre Pupillen wanderten nervös hin und her. Angespannt krallte sie ihren zierlichen Hände in ihre schmalen Oberschenkel. Vorsichtig linste sie hinter ihrem Haarvorhang, den sie wie einen Schutzwall zwischen mir und ihr errichtet hatte, hervor.

Ich sah sie an. Ohne weiter nachzudenken legte ich meine Hand auf die ihre. Sie zuckte kurz, vielleicht aus Überraschung, vielleicht aber auch aus Angst, dann entspannte sie sich. Tränen liefen ihr stumm über die Wangen und hinterließen glitzernde Spuren auf ihrer durch das UV-Licht gebräunten Haut. Ich selbst war von meiner spontanen Einfühlsamkeit genauso überrascht wie Cora, ließ mir aber nichts anmerken. Sie war durcheinander. Noch jemanden, der wie ein kopfloses Huhn durch die Gegend lief, konnte sie sicherlich nicht gebrauchen. Sie weinte stumm, dann schluchzte sie leise. »Danke«, murmelte sie, als sie sich wieder gefangen hatte.

»Wofür?« Ich wusste tatsächlich nicht, was sie meinte, schließlich war ich das schreckliche Ungeheuer, vor dem sie eigentlich schreiend davonlaufen sollte. Aber anstatt zu antworten sagte sie nur: »Er meint es nicht so. Er ist eigentlich einer von den Guten, aber er hat viel mitgemacht, ist häufig enttäuscht worden. Wahrscheinlich wartet er nur darauf, dass du mir etwas Schreckliches antust, damit er mich retten kann.«

Na ja, ich hatte ihn fast getötet, wie sollte er mir da nicht misstrauen. Ich drehte mich leicht zu ihr, ohne dabei meine Hand von ihrer zu nehmen. »Warum hast du keine Angst vor mir?«

Cora sah mich mit großen Augen an, dann lachte sie, erst leise, dann immer lauter. Ich nahm an, dass sie in eine Art Hysterie verfallen war, und wollte sie schon schütteln, damit sie wieder zu sich kam, als ihr Lachen abrupt verebbte. »Weil ich dich kenne. Weil ich an dich glaube. Weil ich glaube, dass die Prophezeiung stimmt.« Da war keine Belustigung mehr in dem, was sie sagte. Sie meinte es ernst.

Ich dachte nach. Vielleicht stand das alles hier in einem Zusammenhang, vielleicht war mir nur ein kleines Puzzleteil abhanden gekommen. Vielleicht war ich aber auch nur jemandem auf den Leim gegegangen, der sich einen üblen Scherz mit mir erlauben wollte.
»Von welcher Prophezeiung sprichst du? Worum geht es hier überhaupt?«
»Es geht um mehr, als du denkst.« Cora wirkte auf einmal noch trauriger als zuvor. »Hier, nimm das, bevor du gehst.« Cora griff in eine Seitentasche ihres Anzuges und streckte mir einen Chip entgegen. »Vielleicht verstehst du dann, worum es geht.« Sie erhob sich und ging auf den Fahrstuhl zu. Ihr Timing war perfekt. Kaum war sie an der Stelle, wo der Fahrstuhl auf den Boden aufkommen musste, angelangt, erklang der mir schon bekannte Summton. Die halbe Stunde war vorüber. Ich war frei.
Cora lächelte zum Abschied. Sie legte eine Hand auf das Emblem an ihrer Brust. Ihre Stimme war leise und eindringlich: »Ich kenne dich schon sehr lange, Cassandra. Ich weiß genau, wer du bist.« Für einen kurzen Moment schloss sie die Augen, dann öffnete sie sie wieder und lächelte abermals. »Ich bin mir sicher, dass wir uns sehr bald wiedersehen werden. Und dann wirst du an unserer Seite kämpfen.« Mit ihren Worten, die mehr wie eine Notwendigkeit als eine Vermutung klangen, winkte sie mich heran. Ich trat auf die Plattform, bereit, das alles hinter mir zu lassen.
Ich nickte Cora zu, zum Dank, dass sie mir ihr Vertrauen geschenkt hatte - ein Vertrauen, das ich noch nicht einmal mir selbst schenken würde. Die Plattform ruckelte als Cora mich am Ellbogen berührte. Ich wandte mich ihr zu, ehe ich endgültig in der Öffnung verschwand.

»Semiumbra, semilux, salvatio aut exitium! Pass auf dich auf. Wenn du mich finden willst, dann findest du mich. Vertrau auf das, was ich dir gegeben habe. Vertrauen ist der Schlüssel.«
Damit drehte sie sich um und verschwand aus meinem Sichtfeld. Sie ließ mich zurück - mit einem weiteren Rätsel und noch mehr Fragen.

Draußen angekommen fühlte ich mich, als wäre ich Statistin in einem schlechten Film gewesen: in der Hauptrolle eine schizophrene Frau, die entführt wird und eine Bindung zu ihrer Kidnapperin aufbaut, die sich zufälliger Weise als Wahrsagerin entpuppt und auch noch einen Faible für das Dramatische und kryptische Rätsel hat. Eine Prise Licht, eine Prise Schatten und ein nazistischer großer Bruder mit einem Trauma und einer cholerischen Ader runden das Gesamtbild ab - fertig ist das Potpourri der Kuriositäten. Das ist der Stoff, aus dem Regisseurenträume gemacht werden.
Glad hatte Wort gehalten. Niemand kam mir bei meinem Irrlauf durch das Labyrinth in die Quere. Ich war erstaunt wie groß und weitläufig die Gänge waren. Wie auch in meiner Zelle, waren die Wände hier mit einer Art Metallplatten verkleidet. Lediglich am Boden konnte man erkennen, dass man sich in einem Gewölbe befand, das von nacktem Felsen umgeben war. Überall waren Sicherheitstüren und Sensoren angebracht. Glad schien dafür gesorgt zu haben, dass ich durch alle Gänge hindurchgelassen wurde. Ich folgte den Lichtern, die mich in einem Mintgrün zum Ausgang geleiteten. Wären keine Wegweiser in Lichtform an den Wänden angebracht gewesen, wäre ich sicherlich in den endlosen Tunneln verhungert oder verdurstet. Wie Pfeile ohne Spitze geleiteten sie mich durch die Gänge, indem sie wie Domino-

steine, die aufgereiht durch einen Anstoß wellenartig in Bewegung versetzt wurden, aufleuchteten. Passierte ich ein Licht, erlosch es, und die nächsten leuchteten umso heller. Hinter mir ließen sie einen stockdunklen Gang zurück. Sie mahnten mich zur Eile. Man wollte, dass ich schnell das Gebäude verließ – so viel war sicher. Nur machte mir die Dunkelheit nichts aus. Meine Augen passten sich schnell an die Verhältnisse an. Allerdings machte mir der Wechsel von hell zu dunkel arg zu schaffen. Ich war mir sicher, dass Glad jeden meiner Schritte überwachte.

Ich stand vor einer weiteren Tür, die verschlossen vor mir lag. Ich horchte und war irritiert. Hörte ich etwa das Rauschen von Wasser dahinter?

Mit einer Hand strich ich über den Sensor, so wie ich es auch bei den Türen und Schleusen zuvor getan hatte. Das Lämpchen leuchtete grün auf und die automatische Schiebetür öffnete sich.

Mir blieb der Mund offen stehen, als ich sah, was sich dahinter verbarg. Dutzende von gläsernen Kuben tauchten vor mir auf. Von dem verhältnismäßig kleinen, in dem ich stand, gingen wie in einem Netz viele weitere aus, die sich bis tief in das gewaltige Gewölbe, in dem ich mich befand, erstreckten. Ein zentraler Tunnel führte durch das Gerüst aus Glaskuben hindurch. An seinem Ende konnte ich eine weitere Tür erkennen, an der einer der grünen Wegweiser aufleuchtete.

Ich betrat einen der seitlichen Kuben, die links und rechts von dem meinen lagen, und berührte die angenehm kühle Scheibe. Ich traute meinen Augen nicht und kam aus dem Staunen nicht mehr heraus. In meinen ganzen bisherigen Jahren bei der KWA hatte ich so einiges zu Gesicht bekommen: unter anderem wurden die besten Absolventen des KWA-Ausbildungsprogrammes zu einer Audienz des Retters in dessen privates Wohnareal eingeladen. Ich hatte Glück und durfte als Letzte auf der Gästeliste mit - warum, war mir bis heute noch nicht klar, da meine Noten eher durchschnittlich waren, aber wer schaut schon einem geschenkten Gaul ins Maul. Noch nie zuvor hatte ich ein so prächtiges Gewächshaus mit einer so einzigartigen Pflanzen- und auch Tierwelt erblickt. Die Frau des Retters Scordala Avral hatte sich damals sehr nett um uns gekümmert und uns alles gezeigt. Ich weiß noch, dass sie besonders an mir Gefallen gefunden zu haben schien. Aber das, was ich nun zu Gesicht bekam, stellte alles andere in den Schatten. Soweit mein Auge reichte, rankten sich bunte Blumen um den grauen Fels. Exotische Pflanzen mit noch exotischeren Früchten daran erstreckten sich über das ganze Areal. Schmetterlinge tanzten umher, so groß und farbenprächtig wie ich sie nur aus Büchern oder dem Fernsehen kannte. Kleine Vögel hopsten durch die Äste und das Laub der Bäume und winzige Äffchen vollbrachten akrobatische Höchstleistungen und sausten die Baumstämme blitzschnell empor oder schwangen sich von Ast zu Ast. Inmitten der grünen Dschungelpracht, die vor mir lag, schlängelte sich ein Fluss, der durch ein Bett mitten in der Felsgrotte floss. Ich hörte noch immer das Rauschen, das ich bereits an der Tür vernommen hatte, und sah genauer hin. Ich folgte dem Fluss mit den Augen zu seiner Quelle zurück und drehte mich um. Direkt unter der Eingangstür, die hinter mir lag, entsprang der Fluss und sprudelte aus einer Öffnung in der Felswand heraus. Um den Wasserfall herum zogen sich Nebelschwaden, die aus in der Luft aufgewühlten winzigen Wasserpartikeln bestanden. Ab und zu schien sich ein Fisch in das tobende Wasser verirrt zu haben und schoss in einem rasanten Tempo ins ruhigere Flussbett hinab.

Ich konnte gar nicht in Worte fassen, welcher Reichtum an Flora und Fauna vor mir lag. In Geld und Edelsteinen wäre dieser Schatz nicht im Mindesten bezahlbar gewesen. Wer auch immer die Lyskrieger waren, sie hatten Macht und Einfluss. Wodurch sie an so viel Besitz gelangt waren, war mir schleierhaft. Vielleicht dealten sie insgeheim mit Drogen und das ganze Gerede über »wir sind die Guten« war nur ein Bluff.

Ich war so gebannt von der Schönheit, die vor mir lag, dass ich gar nicht merkte, wie das grüne Licht am anderen Ende des Tunnels nervös aufzuflackern begann. Ich wurde abrupt aus meinen Träumereien gerissen, als ich ein schleifendes Geräusch vernahm. Es hörte sich an, als würden zwei Glasplatten aufeinander gerieben werden, zwischen denen sich Sandkörner verfangen hatten. Blitzschnell wandte ich mich zur Seite und blickte aus dem Kubus heraus Richtung Tunnel. Ein Mechanismus musste in Gang gesetzt worden sein, denn zeitgleich drohten sich alle Kuben zu schließen. War mein Kubus vorher mit dem zentralen Tunnel verbunden, drohte mich jetzt eine weitere Glasplatte von jeglicher Fluchtmöglichkeit abzuschneiden. Ich musste mich beeilen, sonst würde ich elendiglich ersticken. Gerade noch rechtzeitig schaffte ich es in den Tunnel zurück. Ein Fetzen meines grünen Kittels, den ich notgedrungen immer noch trug, blieb mit einem Klack in dem Spalt zwischen den beiden Glasplatten hängen. Ich selbst prallte unsanft gegen die Wand des gläsernen Tunnels. Von meinem Gewand war nicht mehr viel übrig. Ein langer Riss zog sich seitlich meine Hüfte aufwärts bis unter meinen Arm. Ich versuchte auf die Schnelle, aus der Not eine Tugend zu machen, und verknotete beide Teile des grünen Umhangs, um wenigstens beim Laufen nicht alles von mir preisgeben zu müssen.

So schnell ich konnte hastete ich auf den Ausgang zu. Es tat mir in der Seele weh diesen wunderschönen Garten Eden verlassen zu müssen. Ich war mir aber gleichzeitig darüber im Klaren, dass ich Glads Geduld nicht länger strapazieren durfte. Ohne anzuhalten drückte ich meine Handfläche auf den Sensor, der zum Glück in Windeseile von Rot auf Grün wechselte. Hinter der Tür lag wie auch zuvor ein langer Gang, der an bestimmten Punkten durch Abzweigungen unterbrochen wurde. Entlang des Ganges befanden sich weitere Türen. Mittlerweile wusste ich, dass ich nur den grünen Wegweisern folgen sollte. Gelangte ich an eine Abzweigung, die nicht für mich bestimmt war, signalisierte mir ein rotes Licht, dass hier Schluss war. Ebenso verhielt es sich mit Türen, die ich nicht öffnen sollte - der Sensor blieb rot. Hätte ich mehr Zeit, würden die Verbote sicherlich kein Hindernis für mich darstellen - dafür war ich viel zu neugierig. Aber angesichts der Lage musste ich Prioritäten setzen. Und Nummer Eins auf meiner Liste war: Ich muss hier raus!

Noch immer spürte ich die Nachwehen meines Ausrutschers. Noch immer fühlte ich mich beflügelt von der Macht, als ich in der Pfütze aus blauem Licht gestanden hatte. Mit jedem Schritt, den ich tat, musste ich mich zwingen, nicht umzukehren, um diese Kraft noch einmal in mich aufzusaugen. Es war wirklich höchste Zeit, dass ich mich meiner Konditionierungsprozedur a la „Clockwork Orange" unterwarf.

Ich bog um eine Kurve nach rechts ab, so wie mir die grünen Wegweiser es bedeuteten. An dieser Stelle wurde der Gang breiter und höher, als würde man sich auf einen größeren Raum zubewegen. Überall an den Wänden waren lateinische Inschriften zu sehen - Sätze, für die mein Küchenlatein bei weitem nicht reichte. Im Laufen bewunderte ich die aufwendigen Schnörkeleien und fragte mich, welchen Sinn sie wohl haben mögen, als sie plötzlich in einem Silberblau aufblitzten. Ich fühlte wieder diese Wärme, die ich auch verspürt hatte, als Glad die Lichtkugel auf mich geschossen hatte. Eine leuchtendblaue Flüssigkeit sickerte aus den Symbolen heraus, wie Blut, das aus einer offenen Wunde langsam quoll. Etwas tropfte auf mein Gesicht. Es fühlte sich angenehm an, als ob jemand handwarmes Öl auf mir verteilte. Ich suchte die Quelle und mein Blick führte mich zur Decke. Dort oben waren ebenfalls die Zeichen zu sehen und auch aus ihnen tropfte die leuchtendblaue Flüssigkeit direkt auf mich herab. Ich betrachtete die blauen Tropfen auf meiner Hand und fragte mich, was das zu bedeuten hatte, ob Glad das geplant hatte. Vielleicht handelte es sich um eine Art Kennzeichnung, um mich aufspüren zu können, vielleicht belegten sie mich auch mit einem Fluch - ich wusste es nicht. Ich wartete darauf, dass etwas geschah, dass sie sich wie auch die Pfütze in der Zelle zuvor schwarz verfärbten, aber nichts passierte. Die blaue Flüssigkeit perlte wie gewöhnliche Regentropfen von meiner Haut und hinterließ auf dem glatten Steinboden kleine Seen. Fasziniert schaute ich dem Schauspiel zu.

Autsch!

Schmerzhaft prallte ich mit der Wange gegen etwas. Ich hatte gar nicht bemerkt, dass ich einfach weitergelaufen war. Der riesige steinerne Pfeiler, vor dem ich stand, sollte sich glücklich schätzen, von mir eine stürmische Umarmung bekommen zu haben. Wie ein Saugnapf an einer Scheibe klebte ich an ihm und fluchte, weil meine Wange höllisch schmerzte. Ich wollte gerade ausholen, um aus Unmut mit dem Fuß gegen die Säule zu schmettern, als mir einfiel, dass es wohl nicht so klug sein würde, mit nackten Füßen gegen massiven Stein zu treten. Ich gab der Vernunft Recht und legte meine

Rage in Ketten. Hinter dem Pfeiler verbarg sich eine weitere Tür. Sie unterschied sich von denen zuvor. Sie war größer und massiver, schien von mehr Bedeutung zu sein als die zuvor - das Haupttor. Die beiden Säulen, von denen ich bereits mit einer unliebsame Bekanntschaft gemacht hatte, umgaben das Tor wie ein Bildrahmen. Um den Torbogen herum waren weitere Verzierungen angebracht. Auch diese leuchteten und auch aus ihnen sickerte die gleiche leuchtendblaue Substanz wie auch schon aus den Symbolen. Ein Vorhang aus flüssigem blauem Licht umhüllte das Tor - zäh und glitzernd fiel die Flüssigkeit zu Boden.

Meine Ausrüstung fand ich gleich neben der anderen Säule fein säuberlich zusammengefaltet auf einem Stuhl. Ich überprüfte, ob etwas fehlte oder Veränderungen vorgenommen worden waren, aber es war alles da und unversehrt. Ich hatte Glück, dass diese Ecke des Raumes von der blauen Substanz unberührt blieb, so dass ich mich trockenen Fußes umziehen konnte. Falls Glad auch hier im Raum Kameras installiert hatte - wovon ich ausging -, konnte er wenigstens sicher sein, dass ich nichts vor ihm verbarg. Den Chip von Cora hatte ich mir ins Haar gesteckt und mit einem Gummiband in meinem Pferdeschwanz fixiert. Die Vermutung lag nahe, dass Cora mir den Speicherchip ohne das Wissen ihres Bruders gegeben hatte und einen Geschwisterstreit wollte ich nicht auch noch auf dem Kerbholz haben.

Als ich mich angezogen hatte, war ich froh, das dünne grüne Gewand endlich loszuwerden, obwohl ich mich an die luftige Brise, die mir um mein Hinterteil geweht war, langsam gewöhnt hatte. In dem gesamten Höhlensystem - wenn man es denn so nennen konnte - war es nicht kalt, sondern konstant angenehm temperiert. Ich ging auf das Haupttor zu und legte meine Hand auf den Sensor, der zweigeteilt beide Schiebetore miteinander verband. Der Sensor sah anders aus als die, auf die ich zuvor meine Hand gelegt hatte. Er glich mehr einer Rune, die in das Tor eingelassen worden war. Kaum legte ich meine Hand darauf, verwandelte er sich in einen See aus flüssigem Silber und das Tor öffnete sich mit einem ohrenbetäubenden Donnern. Entweder wurde es nicht häufig benutzt oder Glad hoffte, dass ich beim Passieren taub würde. Gleißendes Licht drang durch den Torspalt, der sich vor mir auftat. Schützend hielt ich meinen Arm vor das Gesicht und kniff die Augen zusammen. Das Licht war so stark, dass es wie Feuer brannte. Notgedrungen musste ich die Augen schließen. Als ich sie wieder öffnete, stand ich mitten im Nirgendwo. Das Tor war verschwunden und auch sonst konnte ich keine Spuren erkennen, die darauf hindeuteten, wo ich gewesen war. Einzig und allein meine allzu deutliche Erinnerung an das, was geschehen war, und der Speicherchip in meinem Haar gaben mir die Gewissheit, dass mir mein Geist keinen Streich gespielt hatte.

Draußen war es helllichter Tag und die Sonne stand hoch am Himmel. Ich wollte lieber gar nicht wissen, wie hoch der Strahlungsindex war. Ich tippte mindestens auf Stufe gelb. Ein Blick auf meinen Strahlungsmesser bestätigte meinen Verdacht. Der Zeiger schwankte zwischen gelb und orange. Eine PSR hatte ich schon seit Tagen nicht mehr genommen. Auf den Eigenschutz meiner Haut konnte ich mich also nicht mehr verlassen. Mein Anzug würde mich für eine Weile vor der gefährlichen Strahlung schützen, ebenso wie meine Sonnenbrille meine Augen, aber nicht für lange. Ich musste zusehen, dass ich einen Unterschlupf fand. Ich sah mich um, aber rund um mich herum war nur eine Kraterlandschaft. Ich musste mich in dem verlorenen Stadtteil von Lumen-City befinden. Der Teil, der nicht sicher war. Die Frage wie ich hier hergekommen war, vertagte ich auf ein anderes Mal, ich hatte genug ungelöste Rätsel für einige Stunden Kopfarbeit.

Die Stadtmauer, die Lumen-City umgab, und von dem öden Wüstenland abschirmte, wies an einigen Stellen Risse auf. Wer sie erzeugt hatte, war unklar. Der Verdacht, dass die Schatten etwas damit zu tun hatten, lag natürlich nahe. Jegliche Versuche, die Mauer zu stabilisieren, waren gescheitert. Zu gefährlich und teuer, hieß es. Also wurde der Stadtteil aufgegeben und vorerst durch eine flexible Hülle von dem Rest der Stadt abgeschirmt, bis eine neue Mauer errichtet werden konnte. Ganz aufgeben wollte das Präsidium, das vom Retter angeführt, die Interessen der Stadt vertrat, das Areal nicht. Der Boden hier war weniger strahlenverseucht als in manch anderen Gegenden und relativ fruchtbar. Die Erde in den Gewächshäusern musste regelmäßig erneuert und aufbereitet werden, deshalb musste ständig neuer Nachschub parat stehen.

Ich fasste an mein Handgelenk, um von meinem Navi meinen genauen Standpunkt zu erfahren. Das Programm startete, blieb aber genau im Zentrum von Lumen-City hängen. Auch mein Kommunikator konnte keine Verbindung herstellen. Hilfe von der KWA war also auch nicht in Sicht. Ich war mal wieder auf mich allein gestellt und wusste noch nicht einmal, wann die Dunkelheit Lumen-City wieder einhüllen würde. Das Navigationssystem und der Kommunikator waren eine nette Hilfe, wenn sie denn funktionierten. Da die Erde sich aber in einem ständigen Wechsel ihrer Umdrehungsgeschwindigkeit befand und sogar Kompasse durch die permanente Abschwächung und Verstärkung des Magnetfeldes durcheinander gerieten, versagte auch diese Technik gerne mal. Ich musste mich also auf meinen Instinkt und meine

Orientierung verlassen. Angestrengt versuchte ich vertraute Punkte ausfindig zu machen.

Ich war schon einmal in dem verlorenen Teil der Stadt gewesen, allerdings war das schon lange her. Damals hatte ich für Napoleon in Erfahrung bringen sollen, was der Retter mit dem verlorenen Teil der Stadt vorhatte. Ich hatte für ihn spioniert und das Areal über mehrere Wochen hinweg beobachtet. Kindern wurde weniger Beachtung geschenkt. Sie kamen leichter durch die Sicherheitskontrollen, da es so viele umherirrende Jugendbanden gab. Zu viele, um ihnen Einhalt zu gebieten. Also hatte man sich entschlossen, sie zu ignorieren. Als ich herausgefunden hatte, dass der Retter an der schwarzen Erde Interesse zeigte, war auch Napoleons Gespür für den Handel geweckt. Er schaffte es, seine eigenen Leute unter die des Retters zu mischen und konnte so beachtliche Mengen an nicht registrierter Muttererde auf dem Schwarzmarkt zu Höchstpreisen verhökern. Er wusste eben, wie man Dreck zu Geld machte.

Ich erinnerte mich dunkel, dass der Ausgang Richtung Süd-Osten liegen musste. Dort gab es eine Art Portal, das mittels menschlicher DNA geöffnet werden konnte. Ich vergewisserte mich, dass mich keiner beobachtete und machte mich auf in Richtung des vermuteten Ausgangs.

Das Areal umfasste mehrere Hektar, was für jemanden mit einer halbwegs guten Kondition nicht weiter schlimm war. Allerdings hatten die Bagger, die die Erde Schicht für Schicht abgetragen hatten, ihre Spuren hinterlassen. Tiefe Krater und Schluchten machten das Gelände unwegsam und zu einer einzigen großen Stolperfalle. Ich kam mir vor wie ein Kind, das seine ersten Laufversuche unternimmt. Hätte mich jemand gefilmt, er hätte sich eine goldene Nase an mir verdienen können: ich hätte jede Unterhaltungsshow im Fernsehen klar für mich entschieden.

Unzählige Stolperer, Stöße, Flüche und Kratzer später war ich am Ziel. Erschöpft ruhte ich mich einen Moment lang aus und setzte mich auf den nackten Boden. Nicht nur mein Ego hatte bei dem ungeschickten Hindernislauf Schaden genommen, auch meine Haut zeigte erste Spuren von Verbrennungen. Mein sonst so goldbrauner Teint verwandelte sich in ein Rotbraun, das von einem unangenehmen Spannungsgefühl begleitet wurde. Ich wusste, dass ich schnellstmöglich wieder aufstehen und einen Unterschlupf finden musste, aber die Erschöpfung durch die tagelange Gefangenschaft und die nagende Ungewissheit gingen auch an mir nicht spurlos vorüber. Mühsam raffte ich mich auf und suchte eine Stelle am Rand des Kraters, in dem ich mich befand, an der ich mich emporziehen konnte.

Ich fragte mich noch, ob ich meine vor Dreck nur so strotzenden Hände jemals wieder sauber bekommen würde, als ich eine Stimme vernahm.

»Wo ist es nur, wo ist es nur?« Die Person, von der das Gemurmel stammte, war alt und weiblich, das hörte ich an der Tonlage. Sie war offensichtlich in ein Selbstgespräch vertieft und hatte eine sehr undeutliche Aussprache. Etwas trat auf meine Hand, die immer noch Halt am Rand des Kraters suchte. Ich versuchte den Schmerzensschrei, der mir beinahe entfuhr, zu unterdrücken. Angestrengt presste ich die Lippen aufeinander und hoffte, dass die alte Dame bald das, was auch immer sie suchte, finden würde. Meine Schmerzgrenze lag recht hoch, aber als sich der Schuh auf meiner Hand auch noch auf der Stelle drehte, keuchte ich.

»Was war das? Robur, mein Roburchen, hast du das auch gehört?«

Etwas piekte mir mitten auf den Kopf. Ich blickte hoch und ein altes runzeliges Gesicht tauchte groß und furchteinflößend eine Hand breit vor mir auf. Ich blieb ruhig.
»Da ist doch etwas Roburchen. Du witterst es doch auch.«
Die alte Dame streckte eine Hand nach mir aus und tätschelte in meinen Haaren herum.
»Ist es ein Hund, Roburchen. Es fühlt sich zottelig an. Du magst doch keine Hunde, Roburchen.«
Ich fragte mich schon, wer zum Kuckuck Roburchen war, als ein dicker gemächlicher Kater seine rosaglänzende Schnauze über den Rand des Katers reckte und mich beschnüffelte. Der Kater hatte ein besonders schönes schwarzweißes Fell, das ungewöhnlich lang und buschig wirkte. Er musste gut gepflegt werden, denn sein Fell glänzte in der Sonne. Doch etwas war anders an dieser Katze. Ich sah genauer hin und starrte in milchig-weiße Augen. Er war blind, genauso wie seine Besitzerin.
Wieder piekste die alte Frau mich mit ihrem Stock, doch dieses Mal traf sie mich mitten zwischen die Augen und ich konnte den Fluch, der mir entfuhr, nicht mehr zurückhalten.
Die alte Frau schreckte hoch.
»Wer ist da? Ich weiß, dass Sie da sind. Sagen Sie etwas oder ich hetze meinen Kater auf Sie.«
Robur streubte sein Fell, machte einen Katzenbuckel und fauchte gefährlich nahe vor meinem Gesicht. Ich legte keinen Wert darauf, nähere Bekanntschaft mit seinen Krallen zu machen, zu erkennen geben wollte ich mich aber auch nicht - man konnte nicht vorsichtig genug sein. Mit meiner freien Hand schnellte ich hoch und griff das Fußgelenk der alten Dame, die etwas trug, was einer Kittelschürze ähnelte. Schutz vor den gefährlichen Strahlen würde ihre Kleidung ihr sicherlich nicht bieten, aber wenn jemand so alt und ge-

brechlich war, spielte das wahrscheinlich keine Rolle mehr. Ich zog vorsichtig an ihrem Fuß, der noch immer auf meiner Hand ruhte. Ich wollte nicht, dass die alte Frau stürzte. Sie stand gebeugt an ihrem Stock da, ihren angriffslustigen Kater neben sich und schreckte auf, als meine Hand ihre Haut berührte.

»Du bist das Januskind.« In mir zog sich schlagartig alles zusammen. Sie war schon die Zweite, die mich heute so genannt hatte. Hatte ich etwa etwas verpasst und war über Nacht via Steckbrief stadtbekannt geworden? Ich hielt mich für einen Kampf oder zumindest für eine schnelle Flucht bereit. Wer auch immer sie war, sie wusste etwas über mich und vielleicht war sie bis auf ihren Kater nicht allein gekommen.

Die alte Frau beugte sich abermals zu mir herab und reichte mir diesmal ihre knochige und schrumpelige Hand. Wie verdorrte Zweige streckten sich ihre Finger mir entgegen, so dass ich mir nicht nur aus Misstrauen überlegen musste, ob ich ihre Hand ergriff.

»Nun mach schon, Kindchen. Ich bin die greise Lustra und beiße nicht.« Sie murmelte noch etwas, das sich anhörte wie »solange ich mein Gebiss noch nicht wiedergefunden habe«, aber sicher war ich mir nicht.

Ich hörte für einen Moment auf mir Sorgen zu machen und gab mich dem Wunsch hin, von jemandem buchstäblich aus dem Dreck gezogen zu werden. Instinktiv ergriff ich ihre Hand und war überrascht, wie viel Kraft in der alten Lady steckte. Natürlich ließ ich mich von ihr nicht hochziehen, aber sie war mir tatsächlich ein rettender Anker. Oben angekommen, klopfte ich mich von oben bis unten ab. Es war noch alles dran. Erleichtert atmete ich tief durch und seufzte. Ich wusste einen guten Adrenalinkick zu schätzen - keine

Frage. Aber das hier war selbst mir eine Nummer zu groß. Mein Bedarf an Aktion war definitiv für die nächsten Wochen gedeckt. Trotzdem durfte ich mich meiner Müdigkeit jetzt nicht hingeben und nachlässig werden. Reflexartig ging ich in Angriffsstellung und sondierte die Umgebung, aber da war weit und breit niemand zu sehen außer einer harmlosen, blinden alten Dame und ihr etwas übergewichtiger Kater.

Ich stellte eine Frage, die ich in der letzten Zeit des Öfteren zu stellen gezwungen war. Beinahe wie eine alte Schallplatte leierte ich meinen Spruch hinunter: »Woher weißt du, wer ich bin, greise Lustra?«

Die Augen der greisen Lustra blieben kalt und regungslos, aber um ihre eingefallenen Mundwinkel herum spielte ein Lächeln. Meine Frage schien sie zu belustigen. »Überleg mal, Kindchen. Lustra, kommt dir der Name nicht bekannt vor?«

Lustra, Lustra... Ich dachte nach. Irgendwo hatte ich den Namen schon einmal gehört. Viele Namen leiteten sich von lateinischen Begriffen ab, andere orientierten sich bei der Namensgebung an beliebten Vor- und Zunamen aus der guten alten Zeit. Ich überlegte und schnippte in Gedanken mit den Fingern. Lustra ließ sich von »lustrare« ableiten und bedeutete soviel wie »sehen«. Ich stand einer wahrhaftigen Seherin gegenüber, wenn ihr Name nicht zu viel versprach.

Seherinnen waren selten. Psychische Mutationen und Anomalien waren zwar recht weit verbreitet, aber dass jemand in die Zukunft sehen konnte, war selten. Die KWA hatte zurzeit keinen Seher oder Präsentir in ihren Diensten stehen. Zu groß war die Gefahr, dass ein Schatten sie zu seinen Gunsten manipulierte.

Seher lebten aufgrund ihrer Gefragtheit meist im Verborgenen. Nur wenige boten ihre Dienste und ihr außergewöhnliches Talent für den entsprechenden Lohn an - Gefahrenzulage selbstverständlich exklusive. Ich war überrascht, dass die greise Lustra sich mir so leicht zu erkennen und mit ihrem Namen ihr Talent so offenkundig preisgab.

Als ob sie meine Gedanken gelesen hätte sagte sie: »Ich habe gesehen, dass du kommen würdest. Ich hoffe, du begleitest mich. Hier draußen ist es doch ein wenig ungemütlich.« Die greise Lustra strich sich über ihre faltigen Arme als ob ihr kalt wäre.

»Tu mir nur einen Gefallen. Wenn uns jemand begegnet, nenn mich nur Greisin. Nur wenige kennen meinen wahren Namen.«

Ohne ein weiteres Wort drehte sie sich um und schritt voran. Ich blieb wie angewurzelt stehen, zu überrumpelt um weitergehen zu können, bis etwas in meine Hacken zwickte. Es war Robur, der an meinen Waden knabberte. Ich schüttelte ihn mit meinem Fuß ab und folgte der Greisin. Sie schien mich weiter gar nicht zu bemerken und verfiel wieder in ihre Selbstgespräche.

»Wo kann er es nur diesmal wieder hin verschleppt haben, vermaledeites Katzenvieh.« Ärgerlich trat die greise Lustra in die Luft. Dann murmelte sie plötzlich mit einer sanften, fast liebevollen Stimme: »Nein, nein, war nicht so gemeint, bist ein liebes Katerchen.«

Die greise Lustra war vielleicht für ihre geschätzten 100 Jahre körperlich noch sehr fit, aber ich fing doch an, mich um ihren Geisteszustand zu sorgen. Trotz ihrer harmlosen Erscheinung blieb ich wachsam. Robur trottete hinter mir her. Er benahm sich wie ein Wachhund und knurrte jedes Mal, wenn ich seinem Frauchen nicht auf Schritt und Tritt folgte.

Immer wieder murmelte die Greisin vor sich hin, ohne sich dabei umzusehen. Ich wunderte mich, wie sicher sie ihre Füße voreinander setzte. Zwar war der Boden entlang der flexiblen Hülle eben, aber dennoch zierten Steine den Weg, wohin man nur sah. Sicherlich kannte sie den Weg in- und auswendig. Ich konnte nur hoffen, dass sie wusste, wohin sie mich führte. Zwischenzeitlich probierte ich noch einmal eine Verbindung zum Hauptquartier herzustellen, aber die Leitung antwortete mir nur mit Schweigen.
Die flexible Hülle war aus einem dehnbaren Gewebe gefertigt, bestehend aus künstlichen Fasern. Sie war halbtransparent und von einem roten Schimmer. Hinter der Wand konnte ich Kameras zur Überwachung erkennen, die aber nur darauf ausgerichtet waren, das zu beobachten, was auf der anderen Seite der Hülle geschah. Bei einem unautorisierten Durchbruch der Hülle würden sie sofort Alarm schlagen und die Wächter des Tages, die Spezialkräfte des Retters, herbeirufen. Im Nullkommanichts würde es von kampfbereiten Einsatzkräften nur so wimmeln.
Jenseits der Hülle Richtung Stadt war keine Menschenseele zu sehen, was sicherlich dem Umstand zu verdanken war, das erstens der Strahlungsindex in die Höhe schoss und zweitens eine Sperrzone von einem Kilometer um die Hülle herum einzuhalten war. Sie stellte eine natürliche Pufferzone zwischen dem unsicheren Teil der Stadt und dem überwachten dar.
Robur hielt dann und wann an, um an etwas zu schnüffeln oder an einem Stein seine Krallen zu wetzen. Ich warf dabei einen Blick auf seine scharfen Klauen und schwor mir, niemals so leichtsinnig zu sein, mich mit ihm anzulegen.
Plötzlich hielt die alte Lustra an. Sie streckte ihre beiden Hände aus und betastete die Hülle vor sich.

»Hier muss es doch sein, irgendwo hier. Ah, da haben wir es ja.«

Die Greisin zog an der Hülle als wäre sie ein alter Kaugummi, den sie von ihrer Schuhsohle kratzen wollte. Ich hatte doch recht gehabt, sie war verrückt. Gleich würden die Wachen uns umzingeln. Aber nichts dergleichen geschah. Die alte Frau zog einmal kräftig und die Hülle gab mit einem Schnalzen nach. Ein Loch klaffte da, wo sie an der Hülle gerissen hatte - gerade groß genug, dass ein Tier hindurchpasste. Aufs Stichwort trottete der dicke Kater herbei und quetschte seinen beleibten Körper durch das Loch. Er musste es kräftig dehnen, um hindurch zu gelangen aber letzten Endes gab es ein »Plopp« und er flutschte hindurch. Auf der anderen Seite verschwand er und ich fragte mich schon, was als nächstes geschehen würde, als er mit etwas im Maul zurückkehrte. Behände schob er das Etwas, das einem Glasschneider ähnelte, durch den Spalt, setzte sich in typischer Katzenpose hin und wartete geduldig.

Die greise Lustra griff zielsicher nach dem Glasschneider und setzte ihn an der Hülle an. Wie von selbst glitt er durch die rote Membran und vergrößerte das Loch soweit, dass auch ein Erwachsener hindurchpasste. Gelassen stapfte die Greisin nach getaner Arbeit durch die Öffnung.

Wie machten sie und ihr Kater das nur? Mich ohne mein Augenlicht in der Welt zurechtfinden zu müssen, stellte ich mir ziemlich schwierig vor.

Noch immer erstaunt folgte ich ihr. Auf der anderen Seite angekommen, tastete sie auf dem Boden nach dem Stück Hülle, das sie zuvor herausgeschnitten hatte und hielt es vor die Öffnung. Unter ihrem Kopftuch holte sie eine Nadel hervor. Sie war lang und an der Spitze gebogen, wie eine Nadel, die man zum Nähen von Wunden verwendete. In dem

Nadelöhr glänzte ein roter Faden, der aus dem gleichen Material wie die Membran zu bestehen schien. In Windeseile stopften die knorrigen Finger der greisen Lustra das Loch als wäre nichts gewesen.

Mir blieb die Spucke weg: kein Alarm, keine Wachen, kein Disziplinarverfahren. Wir waren auf der anderen Seite der Hülle angekommen ohne das Portal, das strengstens überwacht wurde, zu benutzen.

Ich hatte in einem Memo der KWA darüber gelesen, hatte die Existenz des besagten Glasschneiders aber für eine Mär gehalten. Nun war ich von einer alten Frau in Kittelschürze und einer adipösen Katze eines Besseren belehrt worden.

Die andere Seite der Ummantelung unterschied sich nicht besonders von dem verlorenen Teil bis auf zwei Dinge: erstens konnte man von hier aus die Gebäude der Stadt erkennen und zweitens wurde der Boden von einem unsichtbaren Lasernetz abgetastet, das bei Berührung Alarm schlug. Die Wächter trugen spezielle Stiefel, die die Laserstrahlen so ablenkten, dass sie keinen Alarm auslösten. Ich sah an mir herunter. Ich trug meine normalen schwarzen Stiefel und die alte Lustra einfache Latschen aus Stoff. Der Kater kam ungestiefelt daher und leckte sich die pelzigen Pfoten. Unmöglich unentdeckt hier heraus zu gelangen, so viel stand fest. Allerdings hatte mich die Greisin in den letzten Minuten schon einige Male sprachlos werden lassen.

Die greise Lustra wandte sich mir zu und lächelte. Ihre milchig-trüben Augen bildeten dabei einen starken Kontrast zu ihrer schwarzen, zahnlosen Mundhöhle.

»Nimm den, Kindchen.« wie aus dem Nichts hielt sie plötzlich einen schwarzen Schirm in ihren Händen. Sie spannte ihn mit einem Handgriff auf und drückte ihn mir in die Hand. Auf der Oberseite des Schirm glänzte eine matte Folie.

»Gegen die Sonne, Kindchen. Bist sicherlich schon ganz rot. Sonst siehst du nachher noch aus wie ich. Wir sind bald da.«
Es war wirklich nicht leicht das Genuschel der alten Dame zu verstehen. Ich entschied mich ihre Warnung mit Humor zu nehmen und empfing dankend den Schirm, den sie mir reichte. Meine Haut hatte bereits angefangen zu brennen als hätte ich sie über dem offenen Feuer geröstet.
Die Strahlung nagte an mir und fing an mich zu schwächen. Wo auch immer die alte Frau mich hingeleitete, ich konnte nur hoffen, dass dort ausreichend Schutz vor der Strahlung geboten wurde. Die greise Lustra ging in die Knie und streckte ihre Hand aus.
»Robur, Roburchen, komm zu Frauchen.«
Ich war kein Freund von Verniedlichungsformen und das Gesäusel um Roburchen fing langsam an mich zu nerven. Aber ich war froh, der Kontrolle der Wächter des Tages an dem Portal entkommen zu sein. Die Leute des Retters waren nicht immer gut auf die KWA zu sprechen. Oft überschnitten sich ihre Einsätze und es kam zu Reibereien. Ich hatte mich schon mehrmals mit Duca, der Befehlhabenden über die Einsatzteams und rechten Hand des Retters, angelegt und stand mit ihr aus Kriegsfuß. Sie war dafür bekannt, dass sie den Befehlen ihres Herren auf Schritt und Tritt ohne sie zu hinterfragen Folge leistete - etwas, das bei mir immer wieder zu Magenverstimmungen und Sodbrennen führte.
Der Retter gab sich zwar die größte Mühe sich nach außen hin als der große Samariter und Beschützer vor dem Bösen, zu zeigen, aber immer wieder sickerte aus den eigenen Reihen hindurch, dass er auch eine sehr exzentrische und divenhafte Seite besaß. Natürlich wurde dieses Gerücht nie offiziell bestätigt und in der Presse oder dem Fernsehen wurde auch nie darüber berichtet.

Robur trottete heran und setzte sich neben die greise Lustra. Erst jetzt sah ich, dass er unter seinem dichten Fell ein Halsband trug. Die Greisin griff danach und löste es mit ihren Fingern. An dem schwarzen Halsband, das wunderbar mit dem dunklen Fellkragen, den Robur trug, harmonierte, hing ein kleiner Stein. Der Stein war recht unscheinbar, fast wie ein einfaches geschliffenes Stück Glas, aber trotz seiner Schlichtheit ging eine gewisse Anziehungskraft, eine gewisse Magie von ihm aus. Die alte Frau nahm das Halsband und ließ den Stein daran mitten im Sonnenlicht baumeln. Sie bückte sich, nahm etwas Sand vom Boden in ihre andere Hand und schleuderte ihn in einer schnellen Bewegung in die Luft, so dass eine feine Staubwolke über dem Grund tanzte. Das Lasernetz, das sich feinmaschig über das ganze Areal erstreckte, wurde sichtbar. Die Greisin senkte ihre Hand, in der noch immer der Stein baumelte und hielt ihn mitten in einen der Strahlen. Ich konnte gar nicht hinsehen, so groß war die Anspannung, ob das, was sie da tat, funktionierte. Sekundenbruchteile später schielte ich durch meine halb geöffneten Augenlider hindurch. Das Schauspiel, das sich meinen Augen bot, ließ mich die Anspannung beinahe vergessen, so widersinnig mutete es in dieser Situation an. Die alte Lustra und ihr dicker Kater führten eine Art Tanz auf, der mich an afrikanische Fruchtbarkeitsrituale aus der guten alten Zeit erinnerte. Ich hatte mal darüber gelesen und mich köstlich amüsiert. Die Greisin stampfte mit ihren Füßen auf den Boden und wirbelte mit ihren Armen, Robur schwanzwedelnd und hopsend daneben. Langsam bildete sich eine riesige Staubwolke um uns herum. Der trockene helle Sandboden wurde durch das heftige Getrampel nach oben katapultiert und vom Wind weitergetragen. So überraschend die Alte und ihr samtpfotiger Begleiter mit dem wil-

den Tanz begonnen hatten, so abrupt stoppten sie auch wieder - erst die Greisin, dann Robur. Der Kater sah ein bisschen geknickt aus - ich glaube, er hatte Spaß an der ganzen Sache gefunden, aber die greise Lustra nickte zufrieden. Um uns herum wurde das rote Lasernetz abermals sichtbar, aber diesmal waren die Maschen grober. Die alte Frau raffte kurzerhand ihren Kittel und sprang in das erste Feld hinein. Dann sah sich kurz um und bedeutete mir mit dem Kopf ihr zu folgen.
»Damit du heil hier herauskommst, Kindchen«, und schenkte mir ein zahnloses Lächeln, das ihre undeutliche Aussprache erklärte. Robur hopste kurzentschlossen hinter der alten Dame her und mir blieb nichts anderes übrig, als es ihnen gleich zu tun. Ich hüpfte und sprang, hielt mit dem Schirm meine Balance und hätte sicherlich daran Gefallen gefunden, wenn die Sonne nicht elendiglich vom Himmel gebrannt hätte. Langsam spürte ich nicht nur die Müdigkeit in mir aufsteigen, sondern auch Hunger und Durst.
»Komm Kindchen, beeil dich, die Nacht bricht gleich herein. Wir sind gleich da.«
Gleich da. Das hatte ich schon einmal gehört. Aber dieses Mal hielt die greise Lustra Wort. Als ich unter meinem Schirm hervorlugte, standen wir vor einem windschiefen Haus am Rande der Stadtmauer. Das Haus wirkte vor dem Hintergrund der mächtigen Stadtbauten lächerlich klein und verloren, wie ein Zwerg vor einem Giganten. Es bestand aus rotem Backstein, der hier und da mit Blech und allem, was die Straße hergab, verstärkt und ausgebessert worden war. Über dem Eingang baumelte eine UV-Laterne. In dem kleinen Fenster am Eingang, das von einem UV-Gitter eingerahmt wurde, waren Vorhänge angebracht, die dem ganzen einen uralten Charme verliehen. Klischeehafter konnte die

greise Lustra nicht wohnen - wie eine schrullige Einsiedlerin. Fast musste ich schmunzeln.

»Wir sind da.« Mit dieser kurzen Feststellung öffnete die Greisin die blecherne Tür, die ein knatschendes Geräusch von sich gab.

Drinnen angekommen nahm die alte Frau ihr Kopftuch ab und hängte es ordentlich an einen Kleiderhaken, der an der Innenseite der Eingangstür angebracht war. Ich hatte graues Haar erwartet, blickte aber auf ein haarloses sonnengegerbtes Haupt, das von unzähligen Malen und Narben übersät war. Die alte Lustra musste in ihrem Leben viel mitgemacht haben. Ich entschied mich, sie nicht weiter danach zu fragen. Äußerliche Wunden gingen fast immer mit innerlichen einher, die ich jetzt in diesem Moment nicht aufreißen wollte. Zu groß war meine Angst, dass ich wieder einen Rückfall erleiden würde.

Robur nahm sofort in einem alten Lehnstuhl Platz, der vor einem Gasofen stand. Auf dem Gasherd stand ein großer gusseiserner Kessel, der auf dem Feuer dampfte. Dem Geruch nach tippte ich auf Instantsuppe mit Hühnergeschmack. Sonst haute mich eine einfache Brühe nicht gerade um, aber als ich meine Nase schnüffelnd erhob, krampfte mein Magen vor Hunger und in meinem Mund braute sich eine Flut zusammen. Die Greisin musste mir meinen Hunger und quälenden Durst angesehen haben, jedenfalls bot sie mir mit einem schiefen Lächeln, das ihren zahnlosen Mund entblößte, einen Platz auf einer Kiste neben dem Ofen an und reichte mir eine Schüssel randvoll mit dem dampfenden Gebräu. Die Suppe war wie jede andere Suppe dieser Zeit, ohne frischen Inhalt, dafür aber mit allen Vitaminen, Mineralien und Spurenelementen, die man so fürs Überleben brauchte. Ein echtes Huhn kam bei vielen nie und bei den meisten höchstens zu besonderen Anlässen in den Topf. Aber die Suppe tat meinem trockenen Hals gut. Ich verschlang den ersten Teller in Windeseile und bekam kaum, dass er gelehrt war, umgehend eine zweite Kelle voll. Mein Magen beruhigte sich und ich lehnte mich für einen Moment an die Wand hinter mich. Die alte Frau nahm sich ebenfalls einen Teller und schenkte sich von der heißen Suppe ein, ohne auch nur einen Tropfen zu vergießen. Sie setzte den Löffel an und begann die Brühe Schluck für Schluck zu schlürfen. Ich bekam mit jedem Löffel eine Gänsehaut - schlürfen war für mich wie mit den Nägeln über eine Tafel zu kratzen oder Sand zwischen den Zähnen.

»Es tut mir leid, dass es nur Suppe und nichts Handfestes ist, Kindchen, aber solange ich meine Zähne noch nicht wiedergefunden habe, ist kauen schlecht.«

Ich sah der alten Dame weiter zu, wie sie ihren Teller lehrte. Das also hatte sie draußen gesucht.

»Wo haben Sie Ihre Zähne denn verloren?«, fragte ich höflich.

»Ich habe sie nirgendwo verloren!« In der Stimme der greisen Lustra schwang Entrüstung mit. »Dieser verflixte Kater benimmt sich wie ein Hund. Ständig verschleppt er Dinge und vergräbt sie. Nichts ist vor ihm sicher.« Sie wandte ihren Kopf und schenkte Robur einen vorwurfsvollen Blick. Mahnend hob die Alte den Zeigefinger und fuchtelte dabei vor den Augen des schläfrigen Tieres herum.

»Böses Roburchen. Böses, böses, Katerchen.«

Ich glaubte, ein leises Kichern zu hören. Mein Blick fiel auf Robur, der sein Maul verdächtig weit aufgerissen hatte. Als er mein Interesse an ihm bemerkte, räkelte er sich und gähnte genüsslich, als ob er mich verspotten wollte. Ich schüttelte den Kopf - das konnte nicht sein.

Mir war es anfangs nicht leicht gefallen, den Worten der alten Lustra zu folgen. Vieles von dem, was sie sagte, war nur aus dem Kontext abzuleiten. Ohne Zähne spricht es sich eben nicht so gut und bei der KWA bekam es nicht so häufig mit zahnlosen Einsiedlerinnen zu tun. Mittlerweile hatte ich mich aber an ihre undeutliche und feuchte Aussprache gewöhnt und musste mir nicht mehr jedes zweite Wort aus dem Zusammenhang reimen.

Kaum hatte die Greisin ihren Kater beschuldigt, verfiel sie auch schon wieder in einen Singsang aus Besänftigungen und Liebkosungen und drückte ihren Kater innig.

Während sie weiter ihren einseitigen Dialog mit dem schnurrenden Robur führte, blickte ich mich um.

Das Haus hatte nur einen Wohnraum, in dem der Ofen, ein altes Bett, der Lehnstuhl, die Kiste auf der ich saß, ein kleiner Tisch und eine Kommode untergebracht waren. Der Raum war recht dunkel. Licht drang nur durch das kleine Fenster am Eingang hinein. Obwohl die Sonne mit all ihrer Kraft auf das Dach des kleinen Hauses schien, war es drinnen angenehm kühl.

Ich sah mich in dem Zimmer genauer um. Die greise Lustra gab sich Mühe, den Raum wohnlich zu gestalten. Aber eine blinde Frau und ein blinder Kater waren sicherlich nicht die beste Wahl zur Führung eines Haushalts. Wohin ich blickte, nisteten Staubmäuse so groß wie Ratten in den Ecken und auf dem Boden, der eindeutig seine beste Zeit hinter sich gelassen hatte. Eine alte Socke baumelte aus einer Tasse, die auf der Fensterbank stand. Überall auf dem dunklen Boden lagen Kügelchen verstreut. Ich hob eines auf. Es war Katzenfutter. Auf der Kommode standen ein alter Krug auf dem eine Perücke mit grauem Haar ruhte und eine Waschschüssel. Daneben leuchtete eine riesige gläserne Kugel im Licht, das durch das Fenster drang.

Fotos konnte ich keine entdecken, aber dafür erspähte ich eine Reihe Bücher in einem kleinen Regal neben dem schmalen Bett, unter dem ein Nachttopf ruhte. Ihre Einbände waren stark verwittert und vergilbt. Sie mussten schon sehr, sehr alt sein. Technologie wie Fernsehen, Computer oder Radio konnte ich nirgendwo entdecken. Selbst einen Strahlungsmesser oder ein Warngerät für die Nacht waren im ganzen Raum nicht zu finden. Auch eine weitere Tür, die zu einem Bad führte, fehlte. Ich starrte wieder auf den Nachttopf unter dem Bett und verkniff mir jeglichen Gedanken daran, auf die Toilette zu müssen. Ich fragte mich gerade, wie die alte Dame erkannte, wann die Nacht hereinbrechen würde, wer sie warnen würde, als sie den Kopf in den Nacken fallen ließ und ihre blinden Augen weit aufrissen. Sie wirkten wie zwei kleine Vollmonde in dem fahlen Licht. Dann sprach die Greisin mit einer unheilvollen Stimme: »Nocte intrat.« Kaum war ihr letztes Wort im Raum verklungen, leuchtete das UV-Gitter im Fenster auf. Draußen war es binnen eines Atemzugs pechschwarze Nacht geworden. Ich war wieder einmal gefangen. In meinem jetzigen Zustand nach draußen zu gehen, wäre für die Schatten ein gefundenes Fressen. Ich war zu schwach, um in einer brenzlichen Lage Herr meiner Gefühle zu werden. Das lockte die Schatten an. Ich konnte nur hoffen, dass mich mein Gefühl, was die greise Lustra betraf, nicht täuschte und dass die Nacht bald wieder vom Tage abgelöst wurde.

Die alte Lustra zeigte sich unbeeindruckt von dem Einbruch der Nacht, senkte ihr Kinn und schlurfte hinüber zu der Kommode. Sie bückte sich und ein Surren und Brummen

ertönte. Eine kleine Lampe über dem Küchentisch leuchtete auf und tauchte alles in ein angenehm warmes Licht.
»Ich bin nicht ans Stromnetz angeschlossen. Alles läuft über den hier.« Sie klopfte auf das blecherne Ungeheuer und ein dumpfer Ton dröhnte durch das kleine Zimmer. Der Nachhall schreckte Robur auf, der eines seiner blinden Augen einen Spalt weit geöffnet hatte und ein Ohr spitzte.
Fast alle Haushalte hatten einen Generator, der mit Benzin, das stark rationiert war, betrieben wurde. Das Stromnetz war zu starken Schwankungen ausgesetzt, als dass man sich allein auf seine Energie verlassen konnte.
Für einen Moment wurde es still in dem kleinen Zimmer und ich lauschte dem gleichmäßigen Brummen des Generators.
Ich überlegte, etwas zu sagen, zögerte aber. Die alte Frau hatte in dem großen graugrünen Lehnstuhl Platz genommen, Robur zusammengerollt auf ihren Beinen. Ich hätte auch gerne einen komfortableren Sitzplatz gehabt. Die Kiste war aus alten Brettern zusammengenagelt, deren Splitter mir in den Allerwertesten stachen. Aber ich war Gast und einer alten Dame würde selbst ich nicht den Sitzplatz streitig machen wollen.
Statt mich über meine missliche Lage zu ärgern, stellte ich der alten Frau eine Frage, auf deren Antwort ich mehr als gespannt war.
»Warum helfen Sie mir?«
Die greise Lustra schwieg und streichelte weiter ihren Kater, der die Zärtlichkeiten sichtlich genoss.
Ich dachte schon, die alte Frau wäre eingeschlafen als sie plötzlich antwortete: »Das hat aber lange gedauert, Kindchen. Ich habe mich schon gefragt, ob du bei deiner ungeschickten Stolpertour durch die Krater einen auf den Kopf

bekommen hast oder ob du von Natur aus so vertrauensselig bist.«

Die sarkastische alte Dame hatte Recht: ich hätte ebenso in eine Falle tappen können. Momentan war ich offenbar vom Gefragtheitsstatus einer unliebsamen Hausschabe zu dem einer Kaffeebohne aufgestiegen. Ich verglich mich zwar ungern mit einer Bohne, aber wenigstens waren wir beide einmal aufgekocht herb im Abgang. Ich musste mich anscheinend an meinen neuen Status als begehrtes Objekt wider Willen gewöhnen und meine inneren Schutzschilde verstärken.

»Ich bin es nicht gewohnt auf Hilfe einer mir fremden Person angewiesen zu sein. Ich ziehe sonst meinen Karren allein aus dem Dreck. Das hier ist eine Ausnahme.«

Ich wusste nicht genau, warum ich gerade jetzt meine offensichtliche Hilflosigkeit vor der greisen Lustra rechtfertigen musste, aber ich konnte dem Drang nicht widerstehen.

Die Alte lachte lauthals los. »Gewöhn dich lieber dran, Kindchen.«

Verärgert zog ich meine Augenbrauen zusammen. Sie machte sich über mich lustig, aber ich beschloss darüber hinwegzusehen und beim Thema zu bleiben, um mehr in Erfahrung bringen zu können. Also stellte ich meine ursprüngliche Frage noch einmal anders.

»Warum haben Sie mir geholfen unentdeckt durch die Hülle zu gelangen und was haben Sie auf der anderen Seite gemacht?«

»Ich habe mein Gebiss gesucht. Roburchen liebt es in den alten Kratern zu wühlen.« Die greise Lustra räusperte sich. Ich wartete, dass sie auch den ersten Teil meiner Frage beantwortete, aber sie kuschelte sich mit ihrem Kater nur noch tiefer in ihren gepolsterten Lehnstuhl.

»Und weiter?«

Die alte Dame seufzte und murmelte etwas, das sich anhörte wie »so ungeduldig die Jugend von heute«.

Ich stöhnte. Irgendwie hatte ich ein Talent entwickelt an Leute zu geraten, die Fragen aufwarfen, anstatt sie zu beantworten. So langsam war meine Geduld an Ende. Das schien auch die greise Lustra zu spüren. Sie richtete sich in ihrem Sessel auf und wandte mir ihr Gesicht zu.

»Ich habe dir geholfen, weil ich schon vor langer Zeit gesehen habe, dass du meine Unterstützung brauchen würdest, wie ich dir schon sagte. Sieh selbst.«

Mein Blick folgte neugierig ihrem ausgestreckten Arm zu der Kugel auf der kleinen Kommode am Fenster. Die Kugel, die für mich zuvor unscheinbarer Nippes, wie er in beinahe jeder Wohnung zu finden war, gewesen war, begann vor meinen Augen zu tanzen und zu verschwimmen. Wie ein schwarzes Loch sog sie mich in sich hinein, ohne dass ich etwas dagegen tun konnte.

Sekunden später hockte ich wieder auf meiner Kiste und sah der greisen Lustra verdattert in die stumpfen Augen. Mir war so als wäre ich live dabei gewesen, als die alte Frau mich in ihren Visionen hatte kommen sehen. Die Greisin war jünger gewesen. Sie hatte volles rotbraunes Haar und leuchtend grüne Augen. Ihre ganze Erscheinung verriet dem Betrachter, dass er einer mächtigen Person gegenüberstand. Sie hatte mich durch die Kraterlandschaft wandern sehen, als ich noch nicht einmal geboren war. Aber sie war nicht allein gewesen. Ich kannte den Raum, in dem sie sich bei ihrem Blick in die Zukunft befunden hatte. Ich hatte ihn schon einmal gesehen - bei den Lyskriegern. Es war der Raum, der sich über meiner Zelle befunden hatte - etwas anders, aber ich war mir ganz sicher, dass es derselbe gläserne Boden war, den ich so lange aus der Perspektive eines Maulwurfs angestarrt hatte. Ihr gegenüber an dem Tisch saß ein älterer Mann. Seine Haare waren weiß, durchzogen von goldblonden Strähnen. Aus seinem Gesicht blitzten stahlblaue Augen den meinen entgegen. Trotz seines Alters hatte er eine sportliche, schlanke Statur und elegante Hände. »Diese Hände«, dachte ich. Es musste sich um Glads Vater handeln. Ich sah genauer hin und erkannte die Ähnlichkeit: die gleichen Haare, die gleichen Hände, die gleiche Statur, das gleiche Grübchen in dem markanten Kinn. Auch er trug einen blauen Anzug mit einer leuchtendblauen Kugel darauf.

Mir stellte sich in diesem Augenblick nur eine Frage: Was hatte die greise Lustra mit den Lyskriegern zu schaffen? War das alles ein abgekartetes Spiel?

Ich stand von meiner Kiste auf. Mir war etwas schwindelig und ich hatte Mühe mein Gleichgewicht zu halten. Trotzdem versuchte ich so viel Kraft und Entrüstung wie möglich in meine Stimme zu legen.

»Was soll das! Ich habe Ihnen vertraut. Warum zeigen Sie mir das? Was haben Sie mit den Lyskriegern zu schaffen?«

Ich war wütend und enttäuscht. Ich war meinem Gefühl gefolgt und war wieder einmal bitterlich enttäuscht worden. Mit meiner Hand fasste ich nach meiner Bullenpeitsche, die erwartungsvoll an meinem Gürtel schwang. Drohend stand ich vor der greisen Lustra, die sich keinen Millimeter in ihrem Lehnstuhl bewegt hatte. Noch immer saß sie seelenruhig dort und streichelte ihren verschmusten Kater.

»Reden Sie!« Jetzt war Schluss mit den Höflichkeiten.

Die greise Lustra hob langsam ihren Kopf, schüttelte ihn und seufzte. »Kindchen, denk doch mal nach. Warum sollte ich dir das zeigen, wenn ich etwas zu verbergen habe?«
Da war etwas dran. Aber vielleicht arbeitete die alte Dame auch nur mit umgekehrter Psychologie.
Ich lachte und gab dabei einen hysterischen Laut von mir. Langsam ließ ich mich wieder auf meinen Platz zurücksinken und fuhr mir mit der Hand durch die staubigen Strähnen, die sich aus meinem Pferdeschwanz gelöst hatten. Meine Peitsche ließ ich auf den Boden sinken.
»Ich weiß, dass ich gar nichts mehr weiß«, murmelte ich und wunderte mich selbst darüber wie orientierungslos und durcheinander ich war.
Meine Gedanken drehten sich im Kreis und ich musste abermals lächeln.
»Wie widersinnig«, dachte ich. »Den einen Tag hält man sich noch für die taffe KWA-Agentin, der nichts und niemand etwas vormachen kann und den nächsten Tag wird man bedroht, gefesselt und von Kriegern, Sehern und dicken Katzen umzingelt.«
Ich richtete mich wieder auf und stützte meine Unterarme auf meinen Oberschenkeln ab. »Also gut, greise Lustra, was kannst du mir über die Lyskrieger sagen?«
Die Greisin ließ für einen Moment von ihrem zusammengerollten Kater auf ihrem Schoß ab und fasste hinter das Kissen in ihrem Rücken. Hervor holte sie eine Pfeife. Sie zündete sie mit einem kleinen batteriebetriebenen Anzünder an und zog kräftig daran. Zufrieden lehnte sie sich wieder zurück und kraulte Robur hinter seinem Ohr. Beim Ausatmen blies sie eine Reihe rauchender Ringe in die Luft, die gekonnt ineinander versanken. Der Raum füllte sich mit einem schweren, harzigen Duft, der von mir unbekannten Kräutern stammen

musste. Ich entspannte mich etwas, lehnte mich wieder an die Wand und starrte die alte Frau neben mir erwartungsvoll an.

Kapitel VII - Großmutters Weisheiten

Die Alte zog noch einmal kräftig an ihrer Pfeife, kuschelte sich in ihren Lehnstuhl bis sie fast ganz darin versunken war und begann:
»Ich war damals noch jung, wie du sicherlich gesehen hast, als sie mich zu sich riefen. Ich war überrascht, wie sie mich finden konnten, da ich meine Kräfte immer geheim gehalten hatte. Sie brachten mich in dieses prächtige Gewölbe und fragten mich, ob ich für eine gute Sache zu kämpfen bereit wäre. Ich zögerte und wusste nicht, wo ich gelandet war. Zuerst dachte ich, der Retter hätte mich geschnappt und hatte panische Angst. Zu viele Gerüchte hatte ich schon über Menschen wie mich gehört, die in seinen Diensten nie wieder gesehen wurden.«
Ich wusste, was sie meinte. Es gab zahlreiche Mythen und Gerüchte um die Seher - einige auch in Zusammenhang mit dem Retter. Nicht alle Menschen waren auf seiner Seite. Die Mehrheit ja, aber immer wieder regten sich Stimmen, die zum Widerstand aufriefen. In der Presse wurden sie als verwirrte Minderheiten abgetan, aber einige Nachreden hielten sich hartnäckig. Deshalb hatte es Bestrebungen gegeben, eine unabhängige Instanz ins Leben zu rufen: die KWA. Eine Organisation, die zwischen allen Parteien vermittelte und nicht dem Kommando einer einzelnen Instanz unterlag. Die KWA war grundsätzlich vorbehaltlos, aber natürlich hatte jeder von uns eine eigene Meinung.
»Sie sagten mir, dass ich keine Angst zu haben bräuchte, dass sie mich um meine Hilfe bitten, aber mich nie dazu zwingen würden. Ich glaubte ihnen nicht und bat sie mich

wieder nach Hause zu bringen, mein Misstrauen war einfach zu groß. Dann zeigten sie mir das Licht.«

Die Greisin hörte auf Robur, der tief und fest schlief und schnarchte, zu streicheln, verschränkte ihre Finger und ließ beide Daumen umeinander kreisen.

»Ich hatte bis dato meine Kräfte nur selten gebraucht. Ich wollte normal sein, wie jeder andere auch, ohne befürchten zu müssen, dass etwas mit mir nicht stimmte. Ich wusste noch nicht einmal, zu was ich in der Lage war.«

Obwohl die Greisin es gut verbarg, sah ich ihr an, dass ihr das Thema nahe ging. Ich verstand sie gut. Sie sprach mir aus tiefster Seele.

»Doch als ich das Licht sah, war alles anders. Ich fühlte mich stark und frei und wollte mich nicht länger verstecken.«

Mir kam das Gefühl nur allzu bekannt vor. Auch mir war es für einen kurzen Moment ebenso ergangen.

»Sie überzeugten mich ihnen zu helfen. Sie sagten mir, dass das Licht die einzige Möglichkeit wäre, die Menschen vor den Schatten zu schützen, dass die Menschen wieder Hoffnung und Zuversicht in ihren Herzen bräuchten, anstatt Angst und Zweifel. Ispa, ihr Anführer, erklärte mir, dass die Lyskrieger schon seit Urzeiten dafür Sorge trugen, dass die Hoffnung und der Glaube die Menschen nicht verließen. Überall da, wo Menschen sich in Angst und Schrecken befanden, wo sie sich aus Furcht unterwarfen, kämpften die Lyskrieger, um ihnen wieder Mut zu geben. Nur ihr Licht kann das Dunkle aus den Herzen vertreiben. Nachdem das blaue Licht verschwunden war, dachte ich erst, ich wäre in die Fänge einer fanatischen Sekte gelangt, wollte fliehen, aber dann zeigten sie mir etwas, das meine Meinung grundsätzlich änderte.«

Die greise Lustra wirkte auf einmal müde und hielt für einen Moment inne.

»Lange Rede, kurzer Sinn: ich half ihnen. Ihre Bitte war einfach. Sie gaben mir ein altes Buch, das den Titel »dogma« trug und schlugen ein Kapitel auf: »die Prophezeiung«.«

»Dogma« - der Titel kam mir bekannt vor. Ich hatte ihn in Glads Erinnerungen gesehen.

»Ich erinnere mich noch genau an die Worte, die darin in großen geschwungenen Buchstaben geschrieben standen: »semiumbra, semilux, salvatio aut exitium«. Mir war die Bedeutung der Worte fremd, aber ich verstand instinktiv, dass sie einmal wichtig sein würden. Ispa erzählte mir, dass die Deutungen der Prophezeiung vielfältig wären, dass sich die Gelehrten aber in einem Punkt einig waren: das Januskind war der zentrale Schlüssel. Problem war nur, dass sie weder wussten, wann dieses ominöse Januskind in Erscheinung treten, noch wie es aussehen würde. Dabei kam ich ins Spiel. Sie gaben mir einen Trank, der meine Fähigkeiten noch verstärkte. Kaum hatte ich die leuchtendblaue Phiole an meinen Mund geführt, spürte ich auch schon die Wirkung. Dann sah ich dich. Ein Kind beider Welten. Aber dein Bild verschwamm wieder und es tauchten noch zwei weitere auf. Seitdem beobachten die Lyskrieger dich. Aber ich hatte immer gespürt, dass du die Richtige bist.«

Die Seherin ergriff meine Hand und drückte sie ganz fest.

Sie lächelte sanft. »Du trägst das Licht der Lyskrieger auf deiner Haut. Ich kann es deutlich sehen.«

Ich sah überrascht auf meinen Arm, den die greise Lustra in ihren welken Händen hielt, konnte aber beim besten Willen nichts erkennen.

»Du bist durch das Tor gegangen nicht wahr, Kindchen?«

»Woher wissen Sie das?«, wollte es gerade aus mir heraussprudeln, aber ich sparte mir den Satz.

Die greise Lustra schlurfte seelenruhig zu ihrer Kommode hinüber und öffnete eine der Schubladen. Sie griff hinein und holte eine steinerne Schatulle hervor. Die Greisin trat auf mich zu und reichte mir das schwere Kästchen. Ich nahm es an und erschrak. Auf der Schatulle waren dieselben Zeichen zu sehen, wie auch in den Gängen des Unterschlupfes der Lyskrieger. Als ich sie berührte, füllten sich die kleinen schwungvollen Rillen und Schnörkel langsam mit derselben blauen Flüssigkeit, die bei den Säulen auf mich herabgetropft war. Obwohl das leuchtendblaue Licht kalt war, stieg in mir eine wohlige Wärme auf. Das Gefühl von Geborgenheit machte sich breit und ließ mich für einen Augenblick alle Sorgen vergessen. Die blaue Substanz umspülte meine Hände, sickerte durch meine Finger hindurch und tropfte mir in den Schoß.

»Was hat das zu bedeuten?« Atemlos starrte ich die greise Lustra an, die in ihrem Lehnstuhl ruhte und Robur auf ihrem Schoß streichelte.

»Es ist dasselbe Licht, das du schon einmal gesehen hast, Kindchen. Es ist das Licht der Lyskrieger, Januskind.«

»Was weißt du darüber?« Mein Herz fing an zu pochen. Würde die Greisin mir etwa die Antworten geben, die mir Glad verweigert hatte?

»Ich wusste, dass du kommst, genauso wie ich wusste, dass die Schatulle in deinen Händen das Licht freisetzen würde.« Sie machte eine Pause und zog an ihrer Pfeife. Als sie ein paar Ringe in die Luft geblasen hatte und der Raum schwer nach Kräutern roch, sprach sie weiter.

»Das Licht bringt denen Hoffnung, die keine mehr haben.«

Hoffnung...

Ich fuhr mir über die Beine und richtete mich auf.
»Ich verstehe das alles nicht. Januskind, Prophezeiung... Wozu das Ganze, wenn das Licht die Schatten doch ein für alle Mal besiegen könnte? Warum haben sie nicht längst etwas unternommen? Und warum gerade jetzt? Es herrscht doch Frieden zwischen Schatten und Menschen.« Etwas kleinlauter schob ich noch nach: »Ausnahmen gibt es immer, aber im Großen und Ganzen...«
Die greise Lustra runzelte die Stirn. »Im Großen und Ganzen? Frieden? Du hast ja keine Ahnung. Es ist nicht immer alles im Leben schwarz oder weiß, Kindchen. Die Schatten haben mächtige Verbündete nicht nur in ihren eigenen Reihen. Vielleicht herrscht momentan Stille, aber das ist höchstens die Ruhe vor dem Sturm. Du redest dir etwas ein, wenn du meinst, es wären nur Ausnahmen, die den Menschen nach ihren Seelen trachten. Der Friede ist einseitig und diesmal sind es nicht die Menschen, die die Oberhand behalten werden.« Die Seherin hatte ihre Hand zu einer Faust geballt. »Es herrscht Krieg, ob du es nun wahrhaben willst oder nicht. Ein Krieg, den die Menschen nicht ohne Hilfe gewinnen können.« Die alte Frau hatte sich so ereifert, dass sie nach Atem rang. Sie schnaufte ein paar Mal, dass ich mir ernsthaft Sorgen um ihren Gesundheitszustand machte, sog dann aber wieder friedliebend an ihrer Pfeife.
»Die Lyskrieger sind stark, aber nicht stark genug, um gegen die Dunkelheit zu kämpfen. Sie sind zu wenige, der Glaube unter den Menschen zu schwach. Das Januskind wird den Lyskriegern wieder zu Stärke verhelfen oder für ihren Untergang sorgen, je nachdem für welche Seite es sich entscheidet. Das Licht der Lyskrieger hat an Glanz verloren, sie brauchen eine Verjüngung.«

Ich hob meine Hand. »Moment mal. Je nachdem für welche Seite es sich entscheidet?«

Die Greisin nickte schwermütig und atmete laut ihren Pfeifenrauch aus.

»Ja, genau. Je nachdem wie es sich entscheidet. Es hängt viel davon ab.« Eine Minute des Schweigens lag zwischen uns. Wir beide fühlten die schwere Last, die auf ihren Worten lag.

»Du sagtest, dass es noch zwei weitere Kandidaten gibt. Ist das der Grund, warum Glad mir gegenüber so abweisend war?«

Die alte Frau schenkte mir ein anzügliches Grinsen.

»Dieser Glad scheint dich schwer zu beschäftigen, was Kindchen?«

Da war er wieder: mein berühmter Makel. Ich konnte spüren wie meine Ohren heiß wurden und die Hitze bis zu meinen Wangen strahlte. Ich musste rot sein, wie eine Prise künstliches Chilipulver. Nur gut, dass die greise Lustra blind war. Ich beschloss, nicht auf ihre Anspielung einzugehen. Schnell ließ ich mir eine andere Frage einfallen.

»Wer sind die beiden anderen?«

Die Greisin merkte sehr wohl, dass ich ihr auswich, entschied sich aber, nicht weiter darauf herumzureiten. Trotzdem haftete weiter ein schiefes Lächeln begleitet von einem wissenden Augenaufschlag in ihrem Antlitz.

»Die eine heißt Possia, der andere heißt Insis. Du wirst sie noch kennen lernen.«

Die alte Frau betonte den letzten Teil ihres Satzes so, dass es nicht gerade Freude in mir aufkam, den beiden über den Weg zu laufen.

»Warum sind Sie so überzeugt davon, dass ich den Lyskriegern zum Sieg über die Schatten verhelfen kann?« Etwas unsicher fügte ich noch hinzu: »So wie Cora.«

»Ja, mit Cora hast du sicherlich schon Bekanntschaft gemacht. Sie ist eine Seele von einem Mensch. Ihr Gespür für ihre Mitmenschen ist beispiellos. Sie irrt sich fast nie in ihnen.«

Das war Cora also. Sie musste eine Empathin sein. Es erklärte so Einiges und vor allem, warum sie mir gegenüber so feinfühlig war. Empathen waren in der Regel sehr einfühlsame und sensible Menschen, die es verstanden auch ohne Worte in anderen zu lesen. Sie fingen die emotionalen Stimmungen eines Mitmenschen auf, wie Fledermäuse Ultraschallwellen.

»Die Betonung liegt auf fast.« Ich schnaufte sarkastisch.

Die greise Lustra packte mich fest am Arm und drehte mich zu sich. Sie hielt mein Gesicht in ihren rauen Händen und ich starrte in leblose Augen. Ihre Finger fuhren langsam von meiner Stirn, über meine Nase hinunter zu meinem Kinn und ergründeten jeden Zentimeter meiner Haut. Trotz ihrer faltigen und rauen Hände, die an den Innenseiten mit Schwielen übersät waren, fühlten sie sich sanft an wie ein etwas zu borstig geratener Pinsel. Ich wehrte mich nicht.

Nachdem die Greisin ihre Erkundungstour durch mein Gesicht beendet hatte, lehnte sie sich wieder zurück in ihren Sessel. Robur hatte es sich derweil vor dem Gasofen gemütlich gemacht und sah uns mit seinen milchigen Augen interessiert zu – jedenfalls legte sein in unsere Richtung gehobener Kopf die Vermutung nahe.

Schließlich richtete die alte Frau das Wort an mich. »Du bist nicht so jung wie ich dachte und ich spüre sehr viel Unsicherheit und Zweifel in dir.« Sie grübelte kurz und legte ihren krummen Zeigefinger an ihr Kinn. Dann fuhr sie mit einer entschlossenen Stimme fort.

»Aber da ist auch viel Gutes in dir, das spüre ich. Du hast Güte in deinem Gesicht. Güte und Anstand. Das ist in einer Welt wie unserer selten geworden. Ich denke, es ist an der Zeit, dass wir uns duzen. Ich sagte dir ja bereits, wie du mich vor anderen nennen sollst.«

Taten wir das nicht schon längst? Sie hatte mich schließlich von Anfang an „Kindchen" genannt und ich war mal ins „Du" und dann wieder ins „Sie" verfallen.

Das »Du« war etwas, das die Menschen mit Vorsicht verwendeten. Trotz aller Abkehr von Moral und Werten war der Abstand, den man zueinander hielt, groß. Anonymität war etwas, das die Menschen nicht so leicht bereit waren aufzugeben.

Es war überflüssig ihr meinen Namen zu verraten, sie wusste ihn längst. Stattdessen nickte ich schlicht und dachte einen Moment über das nach, was sie mir erzählt hatte. Etwas stimmte an ihrer Geschichte nicht und hinterließ einen schalen Beigeschmack bei mir. Die greise Lustra war eine Seherin. Die Zukunft war etwas, das für sie nicht im Verborgenen lag wie für den Rest der Menschen. Ich überlegte kurz wie ich meine Skepsis am besten zum Ausdruck bringen könnte, entschied mich aber letzten Endes doch für die Holzhammermethode.

»Greise Lustra, warum sagst du mir nicht einfach, ob die Prophezeiung stimmt? Du kannst doch in die Zukunft sehen. Warum verrätst du mir nicht, was ich zu tun habe und wie die Geschichte ausgehen wird?«

Die greise Lustra schmunzelte und ließ mich auf ihre Antwort einen Moment warten, als wenn sie ihr dadurch mehr Bedeutungsschwere zukommen lassen wollte. »Gut Kindchen, du hast mitgedacht. Aber wie ich dir schon sagte, es ist nicht immer alles schwarz oder weiß, auch wenn es die Sa-

che vereinfachen würde. Ich bin eine Seherin. Ich spekuliere nicht. Die Zukunft ist immer vage, solange sie noch nicht eingetreten ist. Die Zukunft ist trotz aller Vorhersagen veränderbar, vergiss das nie Kindchen. Manche Dinge müssen solange unausgesprochen bleiben, bis sie geschehen sind. Ich bin auf deiner Seite, aber ich mache keinen Hehl daraus, dass es Zweifler an dir gibt. Deine dunkle Seite ist sehr stark.«
»Das verstehe ich nicht. Glaubst du nun, dass ich helfen kann die Schatten zu besiegen?«
Die Greisin zögerte und bewegte ihre Lippen stumm, als ob sie ein Zwiegespräch mit sich selbst führen würde. Dann endlich folgten ihren Lippenbewegungen Worte.
»Lass es mich so sagen. Ich glaube, dass du das Januskind bist, das die Lyskrieger suchen. Aber ich habe nie gesagt, dass du ihnen zum Sieg verhelfen wirst.« Ich verspürte einen Stich und wollte etwas sagen, aber die Greisin hob beschwichtigend ihre Hand.
»Ja, ich ahne, was du jetzt sagen willst. Aber ich habe auch nicht gesagt, dass du für ihren Untergang und den Triumph der Schatten verantwortlich sein wirst. Die Zukunft und das, was ich sehe, kommen einem Paradoxon gleich. Manchmal ist es egal, ob Dinge, die noch nicht geschehen sind, im Voraus bekanntgegeben werden oder nicht. Aber meistens hat es immer Auswirkungen, gute wie schlechte. Darin liegt die Bürde eines Sehers: zu entscheiden, wann es Zeit ist zu reden oder zu schweigen.«
Ich wusste, dass ich in der Lage war, ihre Gedanken aus ihr herauszuholen. Aber was war, wenn sie Recht behielt? Wenn ich dadurch nur alles verschlimmern würde? Wenn es einen tieferen Sinn hatte, dass sie mir nicht sagte, was sie wusste?
Ich rang mit mir und führte ein stummes Gefecht gegen meine Neugier, meine Prinzipien, meine Pflicht und mein

Schicksal. Das Risiko war zu groß. Wenn etwas an der Geschichte mit dem Januskind dran war, dann war sicherlich jemand anderes gemeint - Jemand, der seine dunkle Seite besser im Griff hatte als ich. Glad hatte mich nicht ohne Grund mit Misstrauen behandelt und mich fortgeschickt. Ich konnte nicht die Richtige sein und wollte es vielleicht auch gar nicht.

»Ich weiß, die Bürde ist groß. Glaub mir, ich kenne mich damit aus.« Die greise Lustra griff nach meiner Schulter und drückte sie. Der Druck kam überraschend, war aber nicht unangenehm. Er holte mich auf den Boden der Tatsachen zurück. Ich war hier und hatte andere Sorgen. Es war Nacht. Ich wusste nicht, wann es wieder hell werden würde. Ich war müde und wollte nur noch nach Hause. Aber bevor ich das alles für den Augenblick ad acta legen konnte, brannte mir noch etwas unter den Nägeln.

»Eins noch, greise Lustra. Was haben sie dir gezeigt, dass dich von den Absichten der Lyskrieger überzeugt hat?« Die Alte hob ihre Hand und tippte mit dem Zeigefinger bedächtig gegen ihr runzeliges Kinn.

»Sieh es dir selbst an.« Sie deutete auf mein Haar. Ich hingegen verstand nur Bahnhof. »Die kleine Empathin hat dir doch etwas gegeben, nicht wahr, Kindchen. Worauf wartest du noch?«

Ich zögerte kurz, dann fiel es mir wie Schuppen von den Augen. In der ganzen Aufregung hatte ich ihn beinahe vergessen: der Chip. Ich verstand, löste mit einem Griff den Haarknoten und holte den kleinen silbernen Hochleistungsspeicher hervor. Die Greisin warf einen Blick auf den Speicherchip und nickte kurz. »Aber wisse, dass das, was du zu sehen bekommen wirst, dich in große Gefahr begeben kann.« Jetzt klang die alte Frau wie eine besorgte Mutter.

»Deine Entscheidung. Ich will nur, dass du weißt, worauf du dich einlässt. Ich bin ein hohes Risiko eingegangen, um für die Lyskrieger in die Zukunft zu sehen. Den Preis dafür habe ich längst gezahlt.« Traurig sah die Alte zu Boden. Für einen Moment spürte ich tiefen Kummer, aber dann richtete sie sich wieder auf. »Ich lebe abgeschieden, versuche inkognito zu bleiben, wie man so schön sagt. Aber Feinde lauern überall. Seitdem habe ich Robur bei mir. Er beschützt mich, gibt mir Kraft - ein Geschenk der Lyskrieger.« Liebevoll sah sie zu ihrem Kater hinab, der sich ganz seiner Fellpflege widmete. Kaum spürte Robur den Blick der alten Seherin auf sich ruhen, streckte er ihr seinen Kopf entgegen. Liebevoll schmiegte er sich in ihre dargebotene Handfläche und schnurrte.

Ich wog kurz die Konsequenzen ab und zuckte dann mit den Schultern. Was sollte schon passieren? Ich steckte eh schon bis zum Hals in Schwierigkeiten. Agent Sjuits würde mir mit Sicherheit mit einem Disziplinarverfahren drohen, ein Schatten und ein psychotischer Eremit trachteten mir nach dem Leben und ganz nebenbei sollte ich auch noch für die Rettung oder den Untergang der Menschheit verantwortlich sein.

Naja, wenn es sonst nichts war...

Sorgen machte ich mir zurzeit mehr um meinen schuppigen Mitbewohner Zyklops. Ob ein einäugiger Fisch wohl so lange ohne Futter auskommen konnte? Ich würde es wohl oder übel bald in Erfahrung bringen.

Ich fragte mich gerade, wie ich die Informationen auf dem Chip ohne technisches Equipment lesen sollte, als die alte Lustra mit ihrem krummen Zeigefinger auf das Bücherregal deutete. Nichtsahnend ging ich darauf zu.

»Das dicke rote Buch mit der Brailleschrift vorne auf dem Einband, Kindchen.«

Mir war nicht ganz klar, wie die Brailleschrift aussah, aber ich zog ein dickes rotes Buch mit einigen Punkten, die sich vom Einband erhoben, hervor.

»Ja, genau das«, ertönte es hinter mir. »Öffne es!«

Ich zögerte. Warum wusste ich selber nicht.

»Nun mach schon, Kindchen. Eine alte Frau wie ich hat nicht mehr so viel Zeit. Geduld gehört nicht gerade zu meinen Tugenden.« Ihre milchigen Augen blickten mir starr entgegen und mahnten mich zur Eile. Die weiße Haut bedeckte die Pupillen ganz. Nur ganz leicht schimmerten sie unter der weißen Decke hervor. Sie flackerten unruhig hin und her, wie Zweige im Wind. Abermals war ich überrascht wie sie sich draußen auf dem Feld nur so gut zurechtgefunden hatte.

Ich öffnete das Buch. Als ich den Deckel anhob, war ich überrascht. Das Innenleben des Buches bestand nicht aus Seiten, sondern aus einem kleinen Lesegerät mit Prozessor und Bildschirm. Auch wenn die Technik veraltet war, kannte ich mich damit aus. Ich selbst vertraute auch lieber auf die gute alte Hardware. Behutsam nahm ich den Speicherchip und steckte ihn in den Slot. Der Bildschirm baute sich auf und das Zeichen der Lyskrieger schwebte auf mich zu. Als es verschwand, hinterließ es nur Schwärze. Ich fragte mich schon, ob das Geheimagenten-Lesegerät seinen Geist aufgegeben hat, als zwei Worte auf dem Bildschirm aufblinkten: »ENTER PASSWORD«.

»ENTER PASSWORD«? Cora hatte nichts von einem Passwort erwähnt. Ich überlegte. Drei Versuche hatte ich.

Versuch Nummer 1: »Lyskrieger«.

Ein quälendes Geräusch erklang, das die greise Lystra aufhorchen ließ.

»Alles in Ordnung, Kindchen?«

Ich antwortete ihr nicht. Stattdessen starrte ich gebannt auf den Bildschirm.
»Invalid Password - Access denied«
Blieben nur noch zwei.
Ich dachte scharf nach. Lyskrieger wäre auch zu einfach gewesen. Vielleicht hatte Cora auch ihren Geburtstag oder den Namen ihres ersten Kuscheltierchens gewählt. Aber nein, es musste etwas sein, auf das auch ich ohne Hintergrundwissen kommen konnte.
Versuch Nummer 2: »Januskind.«
Ich lauschte gespannt, aber wieder ertönte über den kleinen Lautsprecher das enttäuschende Geräusch.
Mir blieb nur noch ein Versuch, dann würde sich im schlimmsten Fall der Chip selbst zerstören oder zumindest unbrauchbar werden.
»Hast du ein Problem, Kindchen? Ich darf dich daran erinnern, dass etwas Eile geboten ist. Kann ich dir behilflich sein?«
Ich schätzte es nicht sonderlich, wenn jemand meine Gedankengänge unterbrach. Es machte mich nervös. Daher blaffte ich leicht gereizt zurück: »Wenn du zufälliger Weise das gesuchte Passwort aus dem Ärmel schütteln kannst? Sonst musst du eben warten.«
Die alte Frau schwieg.
Keine Antwort war eben auch eine Antwort.
Ich versuchte mich krampfhaft daran zu erinnern, was Cora als letztes zu mir gesagt hatte. Vielleicht hatte sie mir einen Hinweis gegeben. Wort für Wort ging das Gespräch noch einmal durch. Dann plötzlich fiel es mir wie Schuppen von den Augen. »Der Schlüssel ist Vertrauen.« Ich erinnerte mich noch genau an ihren Wortlaut.

Mir blieb nur noch diese Möglichkeit. Ich legte meinen Finger auf der Miniaturklaviatur schon auf den Buchstaben »V«, als ich inne hielt. Die Lyskrieger trugen alle Namen mit einer lateinischen Bedeutung. Sie verwendeten lateinische Begriffe bei fast jeder Sache, die für sie von Bedeutung war. Sogar ihr geheimnisvolles Leitbuch trug den Titel »dogma«. Warum sollte Cora es anders handhaben?
»Greise Lustra«, rief ich zu der alten Dame in ihrem Lehnstuhl herüber. »Wie heißt das lateinische Wort für Vertrauen?«
Die Greisin zögerte kurz und kratzte sich am Kopf. »Fridere, glaube ich, Kindchen.«
Versuch Nummer 3: »fridere«
Nervös tippelte ich mit meinem Fuß auf dem Boden auf und ab und wirbelte eine kleine Staubwolke auf.
Ein Geräusch erklang, aber diesmal stimmte es mich fröhlich.
»Valid Password - Access granted«
Eine Vielzahl von Ordnern erschien auf dem kleinen Schirm. »Fotos Labor«, »Forschungsstudie Chimäre«, »Pressemitteilungen« und »Handelsabkommen Retter/Obscur« waren nur einige der Ordnertitel, die meine Augen größer werden ließen. Aber bei einem Ordner stockte mir den Atem. Dort stand: »Akte Cassandra Bergler - Codename Black-Eye«. Ich traute meinen Augen nicht. Mit zittrigen Händen klickte ich auf den Ordner, als die greise Lustra sich aufbäumte und ihren Kopf wie schon einmal in den Nacken warf. Mit einer Stimme, die mir fremd war, schrie sie.
»Sie sind da! Sie sind da! Sie sind da!« Ihre Hände krampften wie bei einem spastischen Anfall. Dann fiel sie zurück in ihren Sessel. Ich eilte zu ihr und hielt ihre Hand.

Mit besorgter Stimme fragte ich sie: »Wer ist da? Was ist los?«
Die Seherin öffnete ihre Lider sichtlich geschwächt. »Es ist zu spät, Kindchen. Ich sagte doch, wir müssen uns beeilen.« Sie tätschelte mir die Hand und ich war wie so oft wieder einmal ahnungslos.
Behutsam legte ich ihre Pfeife beiseite, die in ihrer kraftlosen Hand auf der Sessellehne ruhte. Ich sorgte mich immer noch um die alte Dame als ein Summen durch meinen Körper fuhr. Ich zitterte am ganzen Leib, so stark erschütterte die Welle meinen Körper.
Schatten, es mussten Schatten in der Nähe sein. Mir war so als ob ich etwas vor dem kleinen Fenster gesehen hatte. Ein kalter Luftzug kroch über den Boden und ließ mich frösteln. Robur sträubte sein Fell und fauchte. Etwas pochte gegen die Scheibe. »Tock, tock, tock.«
Ich ging auf das Fenster zu. Eine Krähe hockte auf dem schmalen Fenstersims und beäugte mich. Sie legte ihren Kopf mal auf die eine mal auf die andere Seite, als ob sie mich aus jeder ihr möglichen Perspektive mustern wollte. Dann riss sie ihren Schnabel auf und krächzte. Ich erschrak und stolperte rückwärts. Als ich wieder hinüber zu dem Fenster blickte, war die Krähe verschwunden.
Panik machte sie in mir breit. Das war kein gutes Zeichen. Die Krähen waren die Kundschafter der Schatten. Wenn sie etwas erspähten, das sie für eine lohnenswerte Beute hielten, blieb einem nicht mehr viel Zeit. Ich blickte mich zu der Greisin um, die immer noch in ihrem Lehnstuhl saß.
»Bring mir Robur«, krächzte sie schwer atmend. Da ich ihr mittlerweile vertraute, folgte ich ihrer Bitte, ohne weiter nachzufragen. Robur ließ sich trotz seiner aufgebrachten

Gemütslage von mir hochnehmen. Vorsichtig setzte ich ihn auf den Schoß der Alten.

Mit klammen Fingern fing die greise Lustra an, ihren Kater zu streicheln. Als ob zwischen den beiden eine ungeahnte Verbindung existieren würde, schien es ihr sogleich besser zu gehen.

Sie atmete tief durch und erhob sich, Robur auf ihrem Arm. Etwas kratzte an der Tür und ein dröhnendes Lachen erschütterte die dünnen Wände des alten Hauses, das sogleich wieder verhallte. Die Alte nahm ihren Kater und drückte ihn noch einmal ganz fest an sich. Dann reichte sie ihn mir.

»Schnell! Das UV-Licht wird sie nicht lange aufhalten können.« Sie ergriff das rote Buch, das ich auf dem Tisch abgelegt hatte, entnahm den Speicherchip und hielt ihn Robur vor die Schnauze. Die Greisin hob ihre Hände und nahm den Kopf ihres Katers behutsam in ihre beiden Handflächen. »Roburchen, mein Roburchen. Du warst mir immer ein treuer Weggefährte. Hast deinen Job wirklich gut gemacht, mein Dicker, aber jetzt musst du mit ihr gehen. Nimm den Chip und vergrab ihn, damit ihn sich die Schatten oder der Retter selbst nicht holen können. Lauf, mein Guter, lauf!« Obwohl ich wusste, dass Robur kein Mensch war, hätte ich schwören können, dass eine Träne entlang seiner Schnurrhaare kullerte. Mit einem Satz sprang Robur mir aus den Armen und sauste unter das Bett. Ich hörte ein quietschendes Geräusch, als ob irgendwo eine Klappe geöffnet wurde. Dann war es wieder still im Raum, zu still für meinen Geschmack. Wie aufs Stichwort polterte es laut vor der Tür und das UV-Licht zersprang mit einem Klirren. »Mach das Licht aus!«, befahl ich der greisen Lustra barsch. Es blieb keine Zeit mehr für Höflichkeiten.

Das Licht erlosch. Wenigstens wollte ich sehen, was auf mich zukam, wenn ich schon wie eine Maus in der Falle saß. Entschlossen warf ich einen Blick nach draußen und erschrak. Sechs dunkle Gestalten kamen auf das windschiefe Häuschen der Seherin zu. Jede einzelne begleitet von einem gefiederten Späher. Eiskalt lief es mir den Rücken hinunter. Ich hatte es einige Male mit einem Schatten zu tun gehabt, aber mit sechs?! Wir waren Todgeweihte.
Plötzlich spürte ich den warmen Atem der alten Frau hinter mir. »Es ist schon gut, Kindchen. Genau so soll es sein. Pass gut auf meinen Robur auf. Er ist etwas ganz Besonderes.« Sie drückte mir die steinerne Schatulle in die Hand. »Behalt sie immer bei dir und verteidige sie - wenn nötig - mit deinem Leben. Robur wird dich finden und dir zeigen, wo der Chip ist. Vergiss nie, dass ich an dich glaube, Kindchen.« Darauf schritt sie auf die Tür zu und öffnete sie.
Ich stand wie angewurzelt da und konnte mich nicht rühren. Was hatte die alte Närrin vor? War sie lebensmüde? Wollte sie da draußen getötet werden?
Tausende von Gedanken huschten durch meinen Kopf, einer unheilvoller als der andere.
Ich öffnete den Reißverschluss meines Anzuges und schob die Schatulle hinein. Dann ergriff ich meine Peitsche, die in einem hellen Violett aufblitzte. Ich würde nicht zulassen, dass der Alten etwas zustieß. Entschlossen folgte ich der Greisin und trat über die Türschwelle in die Dunkelheit.

Kapitel VIII - Zwischen Himmel und Hölle

Ein Kreischen erfüllte die kalte Luft und ich bekam Gänsehaut. Fest umklammerte ich meine Peitsche. Draußen herrschte stockfinstere Nacht. Weder Mond noch Sterne waren am unheilvoll schwarzen Himmel zu sehen. Nur ganz leicht zog ein Schimmer von Licht durch die eisige Luft, der von der Stadt stammen musste.
Die alte Lustra stand auf dem kargen Feld vor ihrem Haus. Ihr gegenüber ein Schatten. Die anderen fünf hatten uns eingekreist, die Alte und ihr dunkler Widersacher im Zentrum. Nur ein Gedanke schoss mir in diesem Augenblick durch den Kopf. Wie sollte ich uns hier heil herausbringen? Sollte ich meine Kräfte einsetzen? Aber die würden mich den Schatten mit Sicherheit nur noch näher bringen. Ich war nicht stark genug, um mich gegen die Anziehung, die das Dunkle auf mich ausübte, zu wehren.
Die Greisin hingegen war die Ruhe selbst. Gelassen stand sie der Kreatur gegenüber. Ihre Hände entspannt an den Seiten ihres Körpers, als wollte sie sie jeden Moment ausstrecken, um den Tod in die Arme zu schließen. Als ich dachte, es wäre um die alte Dame geschehen, verwandelte der Schatten sich. Aus den dunklen Schwaden formten sich Hände, Füße und ein Gesicht. Als die Verwandlung abgeschlossen war, stand ein junger Mann mit brandroten Haaren vor der greisen Lustra und lächelte süffisant.
Ich war wie betäubt. Gebannt starrte ich auf das, was vor mir lag. Es war, als wäre mir mit einem Mal jegliche Fähigkeit zur Reaktion genommen worden.
Der rothaarige Mann trat auf die Greisin zu und umrundete die Alte, als wäre sie ein Tier, das zur Schau gestellt wurde.

Als er seine 360°-Wanderung vollzogen hatte, nahm er wieder seine Position vor ihr ein. Er legte einen Finger an das stoppelige Kinn und ließ den Blick von oben bis unten über die alte Frau wandern. Ich wollte einschreiten, etwas tun, ehe er, was auch immer er vorhatte, in die Tat umsetzen konnte, verharrte aber weiterhin in meiner Reglosigkeit. Arglist machte sich in seinem Gesicht breit und sein boshaftes Lächeln verzerrte seinen Mund zu einer widerlichen Fratze. Die Greisin hingegen verzog keine Miene. Wie zwei Statuen aus einem Museum standen sich die beiden stumm und bewegungslos gegenüber und taten nichts außer abzuwarten.
Minuten vergingen, in denen nichts geschah, nichts zu hören war außer dem unheilvollen Heulen des Abendwindes. Plötzlich kam Bewegung ins Spiel. Der Rotschopf machte einen weiteren Schritt auf die Alte zu und streckte seinen Arm aus. Nur noch Zentimeter trennten ihn von der alten Frau. Dann ging alles ganz schnell. Die greise Lustra drehte sich noch einmal zu mir um. Sie sah sanft und zufrieden aus, als hätte sie längst alles hinter sich gelassen - angstfrei und sorgenlos.
»Ist schon gut Kindchen, ich wusste, dass es so kommen würde.« Weiter kam die Greisin nicht. Der rothaarige Mann schnellte nach vorn und ergriff ihre Kehle. Er drückte zu, fest, zielsicher und erbarmungslos. Seine Hand versank in dem von Falten zerfurchten Hals der alten Frau und ihre Stimme erstarb mich einem Krächzen.
»Bist du doch noch am Leben, alte Frau?«
Selten hatte ich so viel Sarkasmus, Bitterkeit und Rachedurst in einer Stimme gehört. Die Alte krallte ihre langen Fingernägel in das Handgelenk des rothaarigen Mannes und hielt es mit beidem Händen fest umklammert. Trotz ihrer Todesangst, die sie unweigerlich verspüren musste, blieb sie äußer-

lich ruhig. Doch die Finger um ihren Hals schlossen sich nur umso fester. »Ja, alt bist du geworden. Alt und schwach.«
Ihr Widersacher spannte seine Muskeln an und hob die Greisin in die Luft bis nur noch die Spitzen ihrer offenen Schuhe den Boden berührten. Die greise Lustra riss ihre trüben Augen weit auf und umklammerte die Hand ihres Peinigers noch enger. Aber der junge Mann kannte keine Gnade.
»Wo ist dein schönes rotes Haar geblieben, alte Frau?«
Er legte seinen Kopf zur Seite und schenkte der Seherin ein schiefes Lächeln. Mit gespieltem Bedauern fuhr er fort: »Müssen weh getan haben, die Wunden, die diese hässlichen Narben auf deinem Kopf hinterlassen haben.«
Mit einem Nicken deutete er auf ihren kahlen Schädel.
»Nettes Andenken. Aber du hast überlebt.«
Der Fremde, der offenbar viel über die greise Lustra wusste, schien darüber nicht besonders erfreut und spuckte ihr die Worte mit Bedauern gepaart mit Verachtung entgegen. Ich war mich nicht darüber im Klaren, welche Gestalt der Schatten gewählt hatte, aber ich merkte, dass seine Worte bei der alten Frau begannen, Wirkung zu zeigen. Obwohl sie weiterhin ruhig blieb, sah ich ihr doch an, dass sein Monolog sie emotional aufwühlte. Nur für einen Moment huschte ein Anflug von Schmerz über ihr Gesicht, dann war er wieder verschwunden. Dem Schatten gefiel das sichtlich. Er ergötzte sich an ihrer Angst und schürte sie.
»Habe ich dich damals nicht verkauft, in dem Wissen, dass er dich nie wieder hinauslassen würde?«
Die Worte wählte der junge Mann mit Bedacht, legte Pausen ein und betonte jede Silbe so, dass sie in ihrer Gesamtheit das ganze Ausmaß seiner Wut und seines Hasses offenbarten. Der Mann mit den brandroten Haaren zog seinen Speichel hoch und spuckte ihn der wehrlosen Alten mitten ins Gesicht.

Angewidert musste ich mit ansehen, wie die schleimige Manifestation seiner Verachtung der Greisin über Nase und Kinn lief.

Wie flüssiges Gift krochen die Wörter aus seinem Mund, die jeden fruchtbaren Boden für Leben und Freundlichkeit als Brachland zurückließen.

»Ja, Mutter, du hättest mich vielleicht doch weggeben sollen, als du die Gelegenheit dazu hattest. Jetzt ist es zu spät und du musst für deinen Leichtsinn bezahlen.«

Mutter? Hatte ich richtig gehört? Der Schatten war in der Gestalt ihres Sohnes zu der greisen Lustra gekommen?

Mir wurde übel angesichts so abgrundtiefen Hasses und so abscheulicher Grausamkeit. Auch wenn die Schatten jede Gestalt annehmen konnte, um ihre Opfer zu peinigen, so bedienten sie sich immer wahrer Erinnerungen. Erinnerungen, die die Leidtragenden selbst durchlebt hatten. Sie fanden die Leichen im Keller, die ein jeder in sich tief vergraben trug – sie erzeugten den größten Schmerz, die tiefste Furcht.

Ich stellte mir vor, welche Qualen die alte Frau gerade durchleiden musste, und befreite mich mit einem dröhnenden Peitschenhieb aus meiner Starre. Meine Bullenpeitsche blitzte von meiner Wut angeheizt durch die Luft und zerschnitt sie mit einem lauten Knall. Der Schatten drehte sich zu mir und lockerte für einen Moment seinen Griff um die Kehle der Alten.

Mit entfachtem Kampfgeist schoss ich auf die beiden zu. Doch plötzlich löste die greise Lustra eine Hand von dem Arm des Rotschopfes und streckte sie mir entgegen.

»Nicht«, hauchte sie mir unter dem erbarmungslosen Griff, der sie weiterhin gefangen hielt, entgegen. Ich stoppte.

Wollte sie, dass ich sie einfach so sterben ließ?

Mehr aus Verzweiflung als aus wahrem Mitteilungsbedürfnis richtete ich mein Wort an die todesmutige Greisin.

»Ich scheine in der letzten Zeit eine seltsame Anziehung auf die Schatten auszuüben. Es tut mir leid.«

Die alte Frau blinzelte einmal und schnappte geräuschvoll nach Luft.

»Es ist nicht deine Schuld, sondern dein Schicksal.«

Eine hektische Bewegung, ein Knacken und der Kopf der Alten hing haltlos von ihren Schultern herab.

Das waren die letzten Worte, bevor das Leben in ihr erlosch und ihre trüben Augen jeglichen Glanz verloren.

Ich hatte versagt. Ich hatte mir geschworen, dass der alten Greisin nichts passieren würde, und jetzt war sie tot. Ich fühlte mich hilflos und klein und gab mich für einen Moment dem Gefühl des Scheiterns hin. Mir fielen jetzt zwei Möglichkeiten ein: Entweder lief ich davon, kämpfte mich irgendwie durch das Ausweglose hindurch - was sicherlich objektiv betrachtet die vernünftigere Wahl wäre - oder ich ging in die Offensive. Ich machte mir die Entscheidung leicht. Was konnte mir jetzt noch passieren? Ich konnte meine Schwäche auch zu meinem Vorteil nutzen.

Es brodelte in mir. Ich bündelte den Frust und Schmerz der letzten Tage, die sich in mir aufgestaut hatten zu einer dickflüssigen Essenz. Wenn der Schatten Emotionen wollte, dann sollte er sie kriegen, und zwar eine ganze Ladung davon. Zum Schluss gab ich noch einen Tropfen meiner Versagensangst hinzu und ließ das ganze köcheln - fertig war das Cassi-Spezialgebräu.

Wut nährte meinen Rachedurst. Wie ein Tornado fegte ich auf den Schatten, der die Alte immer noch wie eine Trophäe vor sich hielt, zu, ohne auch nur einen Gedanken daran zu verschwenden, dass ich in der Unterzahl war. Wenn ich unterging, dann mit Tamtam und Trara und nicht sang- und klanglos.

Ich schäumte vor Wut und Tatendrang, entsagte jeglicher Konditionierung, die mich dazu nötigte, meine Gefühle zu unterdrücken. Ich konnte den Zorn in mir drinnen spüren, wie er Stück für Stück aus meinen Eingeweiden einen Weg hinaus über meine Zunge fand: »Was hast du ihr angetan?« Meine Worte klangen verzerrt, so sehr war ich in Rage.

Ich stand dem Schatten nun Auge in Auge gegenüber und er schien es nicht mehr für nötig zu halten in der Gestalt des junges Mannes mit den brandroten Haaren zu verweilen. Für einen Moment blieb nur Schwärze zurück. Wie aus dem Nichts tauchte eine Krähe auf und setzte sich auf meine Schulter. Ich zuckte instinktiv zusammen und hielt meine Peitsche drohend vor mich.

»Nicht ich habe es getan. Ihr Sohn hat ihr vor langer Zeit schon jeglichen Glauben und jegliches Vertrauen genommen. Sieh selbst«, drang es aus dem messerscharfen Schnabel der blauschwarzen Krähe mit den kalten Augen. Ich starrte in ihre kaltblütigen Augäpfel, die vor Gerissenheit nur so strotzten, und war wie versteinert.

Ich konnte sehen, was sie sah. Wie ein Geist führte sich mich in meinen Gedanken durch die Erinnerungen der greisen Lustra. Die Eindrücke waren bewegend und unbeschreiblich.

Die Seherin hatte gewusst, dass es nur ein Abbild ihres Sohnes war, das ihr gegenüberstand. Trotzdem hatte sie sich nicht gewehrt. Zu tief waren ihre seelischen Wunden gewesen. Vielleicht hatte sie aber auch geahnt, dass ihr Ende nah war, vielleicht hatte sie in ihrer Weitsicht vorausgesagt, dass es ihr Schicksal sein würde. Ihre Beweggründe blieben für mich ein Rätsel.

Doch so viel stand fest: Die Narben auf ihrem Haupt waren echt. Ich hatte mir schon gedacht, dass ihr Sohn ihr etwas Schlimmes angetan haben musste, aber das, was ich sah, übertraf selbst meine abscheulichsten Vorstellungen. Er hatte sie verkauft. Für Profit. An ein Labor. Warum wusste die greise Lustra nicht, nur, dass er es gewesen war. Er stand ihr gegenüber. Ich hörte eine Stimme, wie aus weiter Ferne oder aus den Tiefen der Erinnerung der alten Frau. »Sie werden dich holen.« Der rothaarige junge Mann, mit dem Dreitagebart und den Sommersprossen wedelte vergnügt mit einem Bündel Scheinen in seinen drahtigen Fingern. Der greisen Lustra verschlug es die Sprache. Tränen flossen in Strömen über ihr bebendes Kinn. »Du hättest dich nicht mit diesen Lyskriegern einlassen dürfen. Du bist eine Verräterin.«
Der Schatten machte sich ihren Schmerz, den sie so gut zu verbergen versucht hatte, zu eigen. Deshalb war er in Gestalt ihres Sohnes zu ihr gekommen. Er hatte sie ausgesogen bis auf den letzten Tropfen. Bilder glitten an mir vorbei. Bilder von der Alten noch mit ihrer Haarpracht. Sie war in einer gläsernen Zelle in einem Hochsicherheitstrakt. Um sie herum stand Wachpersonal mit maskierten Hunden - die Wächter des Tages. Die greise Lustra hatte Angst, schreckliche Angst. Ihr Schädel wurde ihr kahl rasiert, dann wurde sie auf einen blechernen Tisch geschnallt, der sie in die Höhe transportierte. Unzählige Schläuche, durchscheinend wie ein Schwarm Quallen, schlängelten sich wie Schlangen um ihren Leib und fanden ihre Schädeldecke. Sie packten zu und gruben sich ihren Weg hinein. Gehirnsonden - auch die KWA hatte sich dieser waghalsigen Technik bedient, bis das Risiko für die Probanden zu groß wurde. Was auch immer die Sonden suchten, die Greisin hielt der Folterung tapfer stand.

Dann ein Bruch, ein neues Bild. Die Greisin, sichtlich gealtert und geschwächt, barfuß, nur mit einem Kittel bekleidet, auf der Flucht. Neben ihr ein rundlicher Kater - Robur. Beide rannten um ihr Leben. Sie waren durchnässt und voller Schmutz, bahnten sich ihren Weg durch ein Labyrinth aus Tunneln und Gräben. Es roch nach Tod, Verwesung und Fäkalien. Durch einen Spalt drang Licht herein. Sie waren frei und liefen weiter und weiter. Die Sonne brannte erbarmungslos vom Himmel. Das Blickfeld der greisen Lustra wurde immer schmaler und schmaler. Ihre Sicht wurde trübe, bis das Bild, das ich sah, mit jedem Schritt verblasste und letzten Endes verschwand.

Ich atmete schwer. Die alte Frau hatte in ihrem Leben viel mitgemacht, aber all das war nicht so schlimm wie der Verrat durch ihr eigen Fleisch und Blut.

Die Kälte und Grausamkeit der Bilder ließen mich erschaudern und erregten mich zugleich. Die Tiefe und Gewalt der Emotionen waren überwältigend. Nur schwer konnte ich mich bändigen. Ich stand am Abgrund zur Dunkelheit und vollführte einen Balanceakt auf Messers Schneide. Ich fühlte ihren Schmerz so intensiv, dass es mir fast den Atem raubte und mein Herz für einen Schlag aussetzte. Zurück blieb nur ein quälendes Stechen in meiner Brust.

Als ich wieder klar sehen konnte, fühlte sich meine Schulter leichter an. Die Krähe, die mich mit ihren krallenbesetzten Füßen malträtiert hatte, kreiste über ihrem Herren. Das Band, das sie zwischen uns hergestellt hatte, hatte sich in Luft aufgelöst.

Noch ganz benebelt von der Reise in die Vergangenheit sah ich hinüber zu dem Schatten. Die anderen fünf hatten sich uns mittlerweile genähert. Schritt für Schritt zogen sie den Kreis enger und nahmen mir jegliche Möglichkeit zur Flucht.

Warum hatte mir der Schatten das alles gezeigt? Was hatte er davon? Er hatte meine Emotionen nicht angezapft, das hätte ich gespürt.

»Was willst du von mir?«, rief ich ihm mit bebender Stimme zu. »Willst du mich aussaugen wie die Alte?« Provozierend hob ich mein Kinn. »Dann musst du härtere Geschütze auffahren.«

Der Schatten lachte hohl. »Cassandra, Cassandra, was denkst du nur von mir? Ich will dein Freund sein.« Er sprach mit mir als wäre ich ein Kind, das einfach nicht verstehen wollte oder konnte. Süß wie Honig flossen seine Worte und umschmeichelten mich. »Ich habe der alten Frau einen Gefallen getan. Sie hat sich schon lange nach dem Tod gesehnt, wusstest du das nicht? Dass ich mir dabei ein paar von ihren Gefühlen habe schmecken lassen, möge man mir verzeihen. Es war nur ein positiver Beigeschmack.« Plötzlich war es nicht mehr der Schatten, der zu mir sprach, sondern Napoleon in seiner vollen Körpergröße, was nicht besonders viel war. Seine letzten Worte sog er förmlich in sich hinein, als ob er das Bouquet eines edlen Weines erschmecken wollte. Ich machte mich innerlich auf alles gefasst. Warum nur hatte er die Gestalt von Napoleon, den Guru des Schwarzmarktes und meinen ehemaligen Lehrmeister wider Willen gewählt?

Ich rätselte noch, welcher Zweck dahinter stecken könnte, als Napoleon auf mich zutrat und seine Hand mit abgespreiztem Daumen ausstreckte. Der Blick in seinen Augen sagte alles. Sanft streichelte er meine Wange und ich wandte meinen Kopf zur Seite, um mich seiner Berührung zu entziehen.

»Du bist so groß geworden, Tueri.« So hatte mich Napoleon genannt, als ich noch bei ihm war. Tueri, ein Kosename, der mich immer daran erinnern sollte, wie sehr er mich schätzte und behütete, aber auch, dass er mich nie aus den Augen lassen würde. »Und schön...«, hauchte er mir mit seinem feuchtem Atem entgegen, der aufgrund seiner Größe meinen Hals und nicht mein Gesicht traf.

Der Schatten hatte vor mich zu bezirzen - anders konnte ich mir sein Verhalten nicht erklären. Schatten bevorzugten in der Regel Angst als Grundlage ihrer Gier nach Emotionen, manchmal jedoch gaben sie sich auch mit Ekstase oder Lust zufrieden. Ich war verwirrt. Dem Schatten müsste doch klar sein, dass Napoleon nicht die gleiche Wirkung auf mich hatte wie ich auf ihn. Er war für mich immer wie ein perfides Abbild von einem Vater gewesen. Unsere Beziehung war durch Hassliebe geprägt - etwas, das mich von ihm weggetrieben hatte.

Jetzt war Schluss mit dem Gefühlsgedusel. Ich lud meine Peitsche mit allem, was ich hatte auf. Sie glühte wie eine Supernova aus purem UV als ich sie mit einem schnellen Hieb auf den kleinen Napoleon mit voller Gewalt niederschmettern ließ. Ich traf ihn heftig. Normalerweise zielte ich immer zuerst auf den Rumpf, um den Gegner zu schwächen, aber nicht zu verstümmeln. Schatten waren in ihrer körperlichen Form angreifbar, das wusste ich. Dass mein Angriff aber gleich so großen Schaden anrichten würde, damit hatte ich nicht gerechnet. Napoleon hielt sich seine linke Gesichtshälfte. Als er seine Hand wieder löste, musste ich schlucken. Ich starrte auf offene Haut, darunter liegendes Muskelgewebe und Knochen. Blut quoll aus der Wunde, die sich von seinem linken Auge bis hin zu seinem Unterkiefer erstreckte. Als er sprach, sah es aus als ob man ein Skelett beim Smalltalk beobachten würde.

»Du magst es also auf die harte Tour, hmmm? Nur zu, ich kann dir geben, was du brauchst.« Durch sein anzügliches Lächeln klaffte die Wunde nur noch weiter auf und es fiel mir nicht leicht das Zusammenziehen meines Magens zu ignorieren.

Wieder hob ich die Hand zu einem erneuten Schlag. Diesmal gezielter und weniger heftig. Gekonnt wickelte sich das lange Peitschenende um den dünnen Hals des kleines Napoleons.

Ich straffte die Peitsche, bis seine Augäpfel hervortraten.

»Was willst du von mir?«, zischte ich ihm entgegen.

Ich rechnete jeden Moment damit, dass die anderen Schatten eingreifen würden, aber sie blieben, wo sie waren.

Ich nutzte meine Chance, packte Napoleon am Kragen und schüttelte ihn kräftig.

»Antworte mir!« Wenn er mir jetzt nicht antwortete, würde ich ihn die Peitsche so richtig spüren lassen. Das UV-Licht zeigte Wirkung. Die Gestalt von Napoleon verschwamm und floss vor meinen Augen dahin zu einer undurchsichtigen Erscheinung. Ich schmeckte die Rache, ließ sie wie einen Bonbon auf meiner Zunge zergehen.

Siegesgewiss löste ich meinen Griff und ließ den Blick schweifen, um die anderen Schatten nicht aus den Augen zu verlieren.

»Wie seltsam«, dachte ich. Keiner der fünf, die uns umrankten, war mehr zu sehen.

Eine unheilvolle Stille lag in der Luft und das Gefühl machte sich in mir breit, dass meine Begegnung mit den Schatten bald in die nächste Runde gehen würde.

Unsicher blickte ich mich um. Mein Atem ging stoßweise und das Adrenalin rauschte durch meine Adern. Wo waren sie nur hin?

»Cassi, lauf!«

Nur leise nahm ich den wimmernden Appell wahr. Ich versuchte die Richtung auszumachen, aus der er kam. Irgendetwas stimmte hier ganz und gar nicht, das sagte mir mein Gefühl. Die Stimme kam mir bekannt vor. Blitzschnell drehte ich mich um. Mir gefror das Blut in den Adern. Sie hatten Faith.

Als wären alle Gesetze der Physik außer Kraft gesetzt, schwebte Faith inmitten einer gewaltigen schwarzen Wolke auf mich zu.

Was zum Henker machte er hier? Und was noch viel wichtiger war: Warum interessierten sich die Schatten für ihn?

Faith sah mitgenommen aus. Seine Augen waren geschwollen und sein sonst so markantes und klassisch schönes Gesicht hatte seine Symmetrie verloren. Seine Kleidung war zerrissen und hing ihm in Fetzen von seinem durchtrainierten Körper. Schweiß rann seine Brust hinunter und verlor sich in der zarten Linie an männlicher Behaarung, die seinen Bauch zierte. Auch, wenn er mir nicht besonders nahe stand, tat er mir in dieser Sekunde leid. Er war mein Kollege, mein Teamchef. Bei der KWA bestritt jeder gerne seinen eigenen Weg, aber wenn wir als Team unterwegs waren, dann waren wir eine Einheit. Wir ließen niemanden im Stich - erst recht keinen von uns.

Ärgerlich und drohend stampfte ich mit dem Fuß auf.

»Was soll das? Lasst ihn sofort runter!«

Der schwebende Faith kam weiter auf mich zu.

»Oder was?« Das war nicht die Stimme eines Einzelnen, die mir drohte. Es war die mehrerer. Wie in einem Klangkörper hallten die Stimmen nach bis sie zu einem Chor verschmolzen.

»Oder ich schicke euch dahin, wo auch immer ihr hergekrochen seid.« Ich legte meine ganze Verachtung und meinen Hass in meine Worte. Ich war mir nicht sicher, ob meine Drohung Wirkung zeigen würde, aber ein Bluff war besser als nichts. Vielleicht wirkte auch nur das Siegesgefühl über den einen Schatten nach. Ich wurde aus den zwielichtigen Wesen einfach nicht schlau.

Wie aus dem Nichts begann sich die finstere Wolke, die wie feuchte Nebelschwaden über den Boden kroch, plötzlich aufzulösen. Faith fiel mit einem lauten Knall zu Boden und landete schmerzhaft auf seinem Kinn. Geräuschvoll schlugen seine Zähne aufeinander und um ihn herum bildete sich eine Staubwolke in dem trockenen Sandboden.

Das war leicht, zu leicht für meinen Geschmack. Vielleicht lief ich direkt in einen Hinterhalt hinein. Ich musste mich beeilen. Schnell rannte ich auf Faith zu und half ihm dabei aufzustehen.

»Ist alles okay mit dir?« Ich ließ alle Förmlichkeiten beiseite, schwang einen seiner Arme um mich und stützte seine Brust. Faith lächelte mich an. Sein Lächeln war schwach, aber dennoch war ich guter Dinge, dass er keine bleibenden Schäden davontragen würde.

Seine sonst so weißen Zähne blitzten blutverschmiert auf, aber die Verletzungen schienen nur oberflächlich zu sein. Bei stockfinsterer Nacht konnte ich den robinroten Farbton zwar nicht gut erkennen, aber anhand meiner Vorstellungskraft und dem Geruch nach Eisen erahnen. In der Dunkelheit sah ich gut. Meine Augen verstärkten das Restlicht, aber wie bei Katzen hatte ich Schwierigkeiten die Farbe Rot zu erkennen. Unter seinen verquollenen Augen funkelte Faith mich an.

»Schön, dass es dir gut geht.«

Damit hatte ich jetzt nicht gerechnet. Soviel Uneigennützigkeit passte gar nicht zu seinem sonst so arroganten und kaltschnäuzigem Auftreten. Ich zögerte kurz, ob aus Verlegenheit oder Vorbehalt wusste ich nicht so genau. Dann entschloss ich mich, seine Sorge als das abzutun, was sie wahr-

scheinlich war: rein beruflicher Natur. Ich sammelte mich und stellte die meiner Meinung nach einzig sinnvolle Frage.
»Was machst du hier?«
Faith hielt sich mit schmerzverzerrtem Gesicht die Seite und atmete schwer. Ich nahm an, er hatte sich ein paar Rippen geprellt oder gebrochen - keine lebensbedrohliche Verletzung, aber sehr, sehr schmerzhaft.
»Wir haben seit Tagen nach dir gesucht. Seid du auf eigene Faust los bist.« Faith verschnaufte kurz. Obwohl er die Worte nur mit Mühe und stockend hervorbrachte, entging mir der anklagende Tonfall nicht. »Wir waren gerade auf dem Weg zu einem Einsatz - irgendwelche Probleme mit einem wildgewordenen Luncur im Norden der Stadt. Da habe ich ein Signal von deinem Kommunikator empfangen. Ich habe entschieden, dass ich gehe und erst einmal überprüfe, ob das Signal wirklich von dir stammt. Paul hat solange das Kommando übernommen. Ich bin dem Signal bis hierher gefolgt und dann haben sie mich überrascht.«
»Seltsam«, murmelte ich, »bis eben hatte mein Kommunikator doch keinen Empfang.« Ich wollte mit meiner Hand zu meinem Kommunikator greifen, um zu überprüfen, ob ich mittlerweile wieder ein Signal hatte, ließ den Gedanken aber wieder fallen, weil ich mit Faith beide Hände voll zu tun hatte.
Als ich Faith ansah, ließ der den Kopf hängen und ich konnte Scham in seinem Gesicht erkennen.
Obwohl ich nicht gerade eine Expertin darin war andere aufzumuntern, versuchte ich dennoch mein Bestes. »Du hattest keine Chance. Es waren zu viele.«
Mitfühlend drückte ich seine Schulter mit meiner Hand, die ihn stützte. Es fühlte sich seltsam an. Hätte jemand noch vor einigen Tagen zu mir gesagt, dass ich einmal Arm in Arm

mit Faith durch die Gegend spazieren würde, ich hätte mich ausgeschüttet vor Lachen und ihn einen kompletten Narren genannt. Bis vor kurzem hatte ich ihn noch stur wie ich war gesiezt. Aber in Notsituationen rauften sich ja bekanntlich selbst die ärgsten Feinde zusammen.

»Ich hätte besser aufpassen müssen. Jetzt sitzen wir beide in der Patsche.« Ich verstand, dass Faith sich Vorwürfe machte, er war ein erfahrener Kämpfer. Aber seine Selbstzweifel brachten uns jetzt leider nicht weiter.

»Niemand sitzt in der Patsche. Wir schaffen es beide heil hier heraus und morgen können wir über unser unfreiwilliges Abenteuer lachen.« So ganz konnte ich meinen Worten zwar selbst nicht Glauben schenken, aber Galgenhumor war zweckdienlicher als eine ausgewachsene Depression.

Wachsam hielt ich ein Auge auf meine Umgebung, aber die Schatten waren wie vom Erdboden verschlungen. Faith stützend kam ich nur langsam voran. Ich versuchte uns zur Stadt zu schleppen, wo die nächsten UV-Lichter brannten.

»Hast du noch eine PSR und eine Hyp für mich? Ich bin leider in den letzten Tagen nicht dazu gekommen meinen Vorrat wieder aufzufüllen.« Ich schenkte ihm ein verschmitztes Lächeln und klimperte Scherzes halber mit den Wimpern. Faith blickte mich ungläubig an, antwortete dann aber nüchtern: »Tut mir leid, aber ich habe gerade selbst alles verbraucht, was ich bei mir hatte. Du weißt, dass ich einen starken Willen habe, aber in dieser Situation brauchte selbst ich eine Hyp um nicht nach Angst zu stinken wie ein Schwein, das zur Schlachtbank geführt wird.«

Es wunderte mich, dass Faith Schwäche zeigte, aber vielleicht hatte er auch einfach nur zu viele von seinen Pillen auf einmal geschluckt. Trotzdem erstaunte mich mein Chef, den ich für so einen unausstehlichen Stinkstiefel gehalten hatte.

Ich kam nicht umhin zu bemerken, wie gut sich seine Haut unter meinen Händen anfühlte. Ohne es selbst zu merken, streichelte ich gedankenverloren mit meinem Daumen über seine Brust, die ich noch immer stützte. Als ich dahinterkam, was meine Libido so ohne mein Wissen mit mir anrichtete, zog ich meine Hand blitzschnell zurück und Faith strauchelte.

»Hoppla!« Schnell stützte ich ihn wieder mit meinem Körper, versuchte dabei aber eine andere Position zu finden und so viel Distanz wie möglich zwischen uns zu bringen. Verschämt blickte ich zur Seite, da ich schon wieder spürte, wie die Röte in meine Wangen schoss. Aus zwei Gründen wollte ich nicht, dass Faith bemerkte, dass er mich in Verlegenheit brachte: Erstens war er mein Chef und zweitens ziemte es sich für einen KWA-Mitarbeiter nicht, Gefühle so offen zu zeigen. Wir hatten zwar gelernt, unsere Gefühle und insbesondere unsere Angst zu unterdrücken und zu verdecken, aber das hieß nicht, dass wir emotionsfrei waren. Trotzdem wollte ich mir vor ihm keine Schwäche anmerken lassen.

»Ist dein Vehikel in Rufnähe?« Meine Frage erinnerte mich daran, dass ich nicht den blassesten Schimmer hatte, wo sich meine Ducati gerade befand.

Faith hatte Mühe seine Hand an sein Ohr zu heben. Sein Arm zitterte wie Espenlaub. Ich nahm an, er hatte sich heftig gegen den Angriff der Schatten gewehrt und bis zur völligen Verausgabung gekämpft. Auf halber Strecke brach er ab und keuchte. Ohne nachzudenken griff ich mit meiner Hand an sein Ohr. Dabei kam ich ihm näher, als ich ursprünglich wollte. Mein Gesicht glühte, als ich mit meiner Nase gegen seine Wange stieß.

»Entschuldige«, brachte ich noch heraus ehe bei Faith noch der Eindruck entstehen konnte, ich würde seine Situation ausnutzen.

Was war nur mit mir los? Sonst war ich nicht so ein Gefühlschaot. Ich benahm wie eine pubertierende Göre und konnte nichts dagegen tun.

»Schon gut«, entgegnete Faith mit belegter Stimme. Die angespannte Stimmung zwischen uns ließ die Luft elektrisieren und ich spürte ein Kribbeln auf meiner Haut.

Schnell wandte ich meinen Blick wieder nach vorn und erschauderte. Vor uns lag eine gewaltige Wand aus grauem Dunst. In der Mitte der undurchdringlichen schwarzen Mauer tauchte eine Gestalt auf. Je näher sie uns kam, desto größer wurde sie. Der kleine Napoleon war zurück. Süffisant schmunzelte er.

»Dachtest du wirklich, du könntest mich so leicht loswerden? Hast du wirklich geglaubt, deine lächerliche Showeinlage hätte mich umgebracht, meine Existenz für immer ausgelöscht? Wie naiv du doch bist.«

Ich schluckte. Mein Hals brannte und Panik machte sich in mir breit, die ich sogleich zu bekämpfen versuchte. Angst zu empfinden, konnte in vielen Situationen hilfreich sein, um die Sinne zu schärfen. Stand man einem Schatten gegenüber, war Furcht eine sehr, sehr schlechte Idee. Man sprang ja schließlich auch nicht mit einer offenen Wunde in ein Piranhabecken.

Daher entschloss ich mich all meinen Mut zusammenzunehmen und dem Schatten keinen Anlass zum Zweifel an meiner Stärke zu geben.

Ich sah zu Faith hinüber, der sich in meinen Armen aufgerichtet hatte. Sicherlich wollte auch er vor dem Schatten keine Schwäche zeigen. Was auch immer der Schatten von

uns wollte, er würde nicht aufgeben, dessen war ich mir sicher. Ich vergewisserte mich, dass Faith alleine stehen konnte, nickte ihm flüchtig zu und sprang auf den Schatten zu. Aus dem Augenwinkel heraus nahm ich noch Faiths entsetzten Blick wahr und dass er seine Hand nach mir ausstreckte, sicherlich um mich zurückzuhalten. Aber es war zu spät. Mein Himmelfahrtskommando war bereits eingeleitet.
Mit einem wütenden Gebrüll fegte ich auf den kleinen Napoleon zu und rammte ihn mit aller Kraft mit meinem Ellbogen in die Brust. Er prustete und krümmte sich. Ich ließ ihm keine Zeit zu verschnaufen, verlagerte mein Gewicht nach hinten um ihn mit einem heftigen Tritt zu Boden zu bringen. Aber weit gefehlt - gekonnt wich der kleine Wicht meinem Angriff aus und landete einen schmerzhaften Schlag in meine Nieren. Ich schrie auf, so unglücklich hatte er mich getroffen und strauchelte. Napoleon machte einen Satz und landete auf meinem Rücken, riss in meinen Haaren und krallte sich an meinem Hals fest. Ich konterte seinen Versuch mich unter Kontrolle zu bringen, indem ich mich nach vorne warf. Ich machte eine Rolle und hoffte ihn so von meinem Rücken loszueisen. Aber die halbe Portion erwies sich genau wie das Original als sehr zäh. Beide wälzten wir uns auf dem Boden wie zwei Wrestlerinnen beim Schlammcatchen, rissen uns in den Haaren, kratzten und bissen. Der Kampf war sicherlich nicht einer der schönsten und fairsten, aber einer der schmerzhaftesten, die ich je gefochten hatte. Ich versuchte meine Peitsche ins Spiel zu bringen, versuchte das Messer, das auf Knopfdruck aus dem Ende ihres Griffs fuhr, einzusetzen, aber Napoleon schlug sie mir aus der Hand. Flüchtig konnte ich verfolgen, wo er die Bullenpeitsche hingeschleudert hatte, aber ich konnte in dem Getümmel nicht an sie herankommen, so sehr ich mich auch streckte.

Faith versuchte an sie zu gelangen, war aber einfach zu schwach, um sich lange genug auf den Beinen zu halten. Er stürzte und versuchte angestrengt sich wieder aufzurappeln.
Aber vielleicht konnte er mir auch von da helfen, wo er war. Ich rief Faith etwas zu, was keinen Sinn ergab, aber es sollte mir auch nur ein bisschen Zeit verschaffen.
»Faith, der Lightener.« Meine Ablenkung zeigte Wirkung. Den kurzen Moment der Unaufmerksamkeit nutzte ich, robbte hinüber zu meiner Peitsche, ergriff sie, stürzte mich auf Napoleon und drückte den Knopf. Die Staubwolke, die wir im Eifer des Gefechts aufgewirbelt hatten, legte sich gerade. Ich hob den Arm, bereit um zum finalen Stoß auszuholen, als ich in mir wohlbekannte Augen blickte. Sie waren lagunenblau, genau wie meine und gehörten zu meinem Bruder. Obwohl ich wusste, dass ich dabei war einem, Trugbild mein scharfes Messer in die Kehle zu schlagen, zögerte ich.
Ich hatte kaum Erinnerungen an meinen Bruder. Aber ich kannte ihn von einem Foto, das einzige, was mir geblieben war. Auf dem Foto waren er und ich noch klein und spielten zusammen auf einem weißen Flokati. Obwohl ich mich kaum an ihn erinnerte, wusste ich instinktiv tief in mir drinnen, dass ich ihn sehr gern gehabt hatte.
Ich sah weg und schloss die Augen. »Nein«, mahnte ich mich, »das ist nur eine Illusion. Du musst ihn töten.«
»Warum zögerst du?« Der Schatten hatte nicht nur das Aussehen meines Bruders kopiert, sondern auch seine Stimme.
Ich hatte das Gefühl nicht mehr atmen zu können, keine Luft mehr zu bekommen. Meine Lunge fühlte sich an als müssten sie platzen und doch bekam ich keine Luft. Ich hielt noch einen Moment inne, dann stieß ich blindlings zu.
Als ich die Augen wieder öffnete, steckte der Griff meiner Lederpeitsche in der blanken Erde. Der Schatten war weg.

»Warum hast du das getan«, wimmerte es. Blitzschnell hob ich den Kopf und blickte an den Beinen einer hochgewachsenen blonden Frau empor. Sie hatte ein freundliches, aber dennoch von Kummer gezeichnetes Gesicht. »Du hast ihn umgebracht, du Monster. Ich hatte schon immer geahnt, dass du anders bist. Schon als du geboren wurdest habe ich gewusst, dass du nur Unheil über uns bringen würdest. Du hast ihn getötet, deinen eigenen Bruder.« Verachtung und Entsetzen umspielten ihre feinen, femininen Züge.

Mutter?

Tränenüberströmt stand die Frau vor mir. Ich hatte keine aktive Erinnerung mehr an meine Mutter, aber dennoch spürte ich einen tiefen Stich in meiner Brust.

Erinnerungen prasselten auf mich ein. Es waren nur Fragmente von mir, einer Familie, das Gefühl von Geborgenheit, die ich so lange unter Verschluss gehalten hatte. Ich befand mich in einem Strudel aus längst vergangenen Tagen, den ich nicht zu kontrollieren vermochte.

Mein Kopf drohte zu zerplatzen. Schmerzverzerrt hielt ich meine Schläfen und schaukelte apathisch hin und her.

»Aufhören, aufhören!« flehte ich. Ich wusste nicht wie lange ich schon bettelte, aber plötzlich hörte das Karussell in meinem Kopf auf sich zu drehen. Stattdessen packte jemand meine Kehle und ich wurde emporgehoben.

Ich blickte auf zwei massige, behaarte Arme, die zu einem bulligen Mann mit Schlägervisage gehörten.

»Jetzt hat dein letztes Stündlein geschlagen, Januskind.«

Eine Schlinge wurde um meinen Hals gelegt und der Schlägertyp ließ mich los. Ich baumelte mit meinen Füßen in der Luft an dem einzigen verdorrten Baum, der auf der kargen Wiese stand. Die Schlinge zog sich immer fester und nahm mir die Luft. Mit beiden Händen versuchte ich sie zu lockern

- vergebens. Angestrengt pendelte ich mit meinen Beinen hin und her, in der Hoffnung der Ast, an dem ich hing, würde brechen oder der Strick sich lösen. Aber nun war der Zeitpunkt gekommen, an dem selbst ich wusste, dass es kein Entrinnen gab. Ich riss meine Augen weit auf und durchforstete die bitterkalte Nacht nach Faith.
»Faith, hilf mir«, krächzte ich. Dann war meine Lunge leer und schlaff, wie ein Ballon, aus dem man die Luft herausgelassen hatte.
Kein Faith zu sehen - mein letzter Hoffnungsschimmer erstarb, erstickt wie eine Flamme unter einem Glas. Mit letzter Kraft konzentrierte ich mich darauf, dem Schatten wenigstens sein Festmahl gründlich zu verderben und keine Angst zu empfinden. Aber seinen Körper zu überlisten war in einer solchen Situation nicht gerade leicht. Ich wartete auf das Licht am Ende des Tunnels, das mir den Weg zeigen würde, wie Menschen mit Nahtoderfahrung berichteten. Aber da war nur Dunkelheit.
Ich sagte zu mir selbst Lebewohl, als jemand rief: »Lass sie runter!« Der bullige Henkersmann zuckte zusammen und riss seinen Kopf nach hinten. Meine Sicht war verschwommen, der Sauerstoffmangel hatte mir die Sinne geraubt. Ich konnte froh sein, dass mir der Strick nicht schon das Genick gebrochen hatte. Ich mobilisierte meine letzten Kraftreserven, um mit meinen Fingern wenigstens einige Millimeter zwischen mir und den Strick zu bringen.
Ein eleganter Mann um die 50 Jahre herum mit schwarzbraunem Haar und silbernen Schläfen kam auf uns zu. Ich erkannte ihn sofort - es war der Obscur, der Herrscher über die Schatten. Ich war ihm nie persönlich begegnet, aber er wirkte leibhaftig noch charmanter und charismatischer auf mich als im Fernsehen. *Merkwürdig...*

Ich konnte mich nicht daran erinnern, dass der Obscur hinkte. Trotz seines flüssigen Ganges, hielt er sich unter seinem knielangen grauen Mantel gut versteckt die Seite. Der Schlägertyp vor mir schien seinen Augen nicht zu trauen und wurde kreidebleich. Er zitterte am ganzen Körper und kehrte augenblicklich zu dem zurück, was er war - ein schwarzer Schatten. Wie eine Kakerlake, die den Kammerjäger witterte, machte er sich aus dem Staub. Die dunkle Gestalt verschwand wie sie gekommen war im fahlen Licht des Mondes. Langsam kroch er über den Boden, wurde kleiner und kleiner, bis er ganz verschwunden war. Wie auf Knopfdruck verlor der Obscur seine elegante Haltung und hinkte im Eiltempo auf mich zu. Er griff an seinen Gürtel, den er um die Taille geschlungen hatte und zückte ein Messer. Ich sah noch wie er die Klinge hob, die in dem schwachen Schein der Lichter der Stadt aufblinkte, dann gab es einen Ruck.

Ich kniff die Augen zusammen und prallte unsanft auf den harten Boden auf. Gierig schnappte ich nach Luft und rang nach Atem. Ich keuchte und hustete, was das Zeug hielt, um meine zugeschnürte Kehle für den rettenden Luftstrom wieder zu öffnen. Immer wieder wurde mir schwarz vor Augen und ich kämpfte gegen die Ohnmacht an. Dann endlich war es vorbei und ich konnte wieder klar sehen. Mit dem Sauerstoff kehrte auch mein Verstand wieder zurück und ich war wie perplex. Hatte mich gerade der Obscur persönlich gerettet?

Ungläubig versuchte ich mich aufzurichten und mein Gesicht aus dem Staub, in dem ich lag, zu heben. Ich schaffte es mit Mühe und Not, mich auf die Seite zu drehen und blickte auf den Obscur, der zusammengesunken auf dem Boden hockte und schwer atmete. Es war ein widersinniges Bild, das sich mir bot: das mächtigste und gefährlichste Wesen, das auf dieser Welt existierte, kauerte vor mir und schnaufte.

Mit einem Befehl hatte er es geschafft den Schatten zu vertreiben. Selbst die Schatten, die sich von dem Obscur losgesagt hatten, ergriffen sofort die Flucht aus Angst vor den Konsequenzen und der Macht, die er über sie hatte. Ein Fingerschnipp und es war alles vorbei.

Ich hob meinen Kopf und formulierte die Frage, die in meinen Gedanken herumspukte: »Warum...«

»Cassi, ich bin es«, unterbrach mich der Obscur. Ich verstand nur noch Bahnhof bis ich in tiefblaue Augen blickte. Ich zählte eins und eins zusammen: tiefblaue Augen, die verletzte Seite, der hinkende Gang.

»Faith, bist du es?«

Faith nickte, dann krümmte er sich und verwandelte sich vor meinen Augen. Ich konnte es nicht fassen. Knochen splitterten, Fleisch formte sich neu und plötzlich hockte an der Stelle, wo vorher noch der Obscur höchst persönlich gekauert hatte, Faith. Der Wollmantel platzte auf und entblößte nackte Haut. Wo auch immer er auf die Schnelle diese Garderobe herbekommen hatte, sie passte dem Obscur, Faith hingegen war sie definitiv zu eng.

Fassungslos starrte ich auf ihn. Ich war so geplättet, dass ich gar nicht bemerkte, wie er sich vor Schmerzen wandte. Schweiß perlte entlang seiner Schläfe und verlor sich im Gewirr seiner schmalen Koteletten. Erst im letzten Moment erlangte ich meine Fassung zurück, robbte zu ihm hinüber und legte meine Hand an seine Stirn, um zu sehen, ob er fieberte.

»Das sind die Nachwirkungen der Verwandlung. Es ist bald vorbei«, keuchte Faith.

Ich fühlte mich hilflos. Ich hatte keinerlei Erfahrung mit Versipellen. Mir war bekannt, dass sie die Gestalt wechseln, sich in Personen, die sie einmal berührt hatten, verwandeln konnten. Die Wandlung kostete viel Kraft und war nicht ganz ungefährlich, aber da hörte mein Wissen auch schon auf.

In meiner Ratlosigkeit machte ich das Einzige, was mir auf die Schnelle einfiel. Ich drehte Faith vorsichtig und positionierte ihn so, dass er sich nach einigem Drehen und Wenden in der stabilen Seitenlage wiederfand. Er wehrte sich nicht. Als ich fertig war, lächelte er sanft.

»Ich sagte dir doch, dass du mich das nächste Mal um Hilfe bitten würdest.«

Ich traute meinen Ohren nicht.

Hatte ich richtig gehört? In solch einer Situation dachte er an nichts anderes als an Machogehabe?

Ärgerlich blitzte ich ihn an. Als ich sah, dass es ihm körperlich wirklich schlecht ging, unterdrückte ich meine Retourkutsche, die mir auf der Zunge lag und verschob unser Geplänkel auf bessere Zeiten. Faith sah mich nachdenklich an, als ob er ahnte, dass ich ihm zuliebe meinem Mundwerk einen Riegel vorgeschoben hatte. Er wurde ernst und keuchte: »Sei nicht sauer, Macht der alten Gewohnheiten.«

Er schenkte mir einen Dackelblick, der selbst einen Stein zum Schmelzen gebracht hätte. Dann ergriff er meine Hand und flüsterte: »Nett, dass du dich um mich sorgst, aber ich schaffe das schon. Gib mir noch ein paar Minuten.«

Ich entzog ihm meine Hand, nickte stumm und verharrte neben ihm. Ich hoffte eindringlich, dass uns ein paar Minuten blieben, dass Faiths Theateraufführung die Schatten ein für alle Mal vertrieben hatte, aber sicher konnte ich mir nicht sein.

Abermals versuchte ich via meines Kommunikators Kontakt mit der KWA-Zentrale aufzunehmen, aber immer noch bekam ich als einzige Antwort ein Rauschen in der Leitung.
Verdammte Technik!
Ärgerlich schlug ich mit meiner Faust in den Sand und sah zu wie der Staub gemächlich meine Hand umspielte.
Mir fiel es nicht gerade leicht, nichts tuend neben dem sich windenden Faith zu hocken, daher versuchte ich die Wartezeit sinnvoll zu überbrücken:
»Warum hast du mir nicht gesagt, dass du ein Versipell bist? Wissen die anderen es«, fragte ich vorsichtig und neugierig zugleich.
Faith hatte sichtlich Mühe zu sprechen, trotzdem antwortete er mir. »Du bist die Einzige, die es weiß und versprich mir, dass das auch so bleiben wird.«
Das Funkeln in seinen Augen verriet mir, dass er es ernst meinte. Er wollte, dass ich schwieg. Ich wusste nicht, warum er sein außergewöhnliches Talent im Verborgenen halten wollte, aber ich nahm an, er hatte seine Gründe. Nach dieser Nacht und dem, was er für mich getan hatte, war ich ihm mehr als zu Dank verpflichtet. Ich würde nichts sagen. Zum Zeichen meiner Verschwiegenheit hob ich Zeige-, Mittelfinger und Daumen meiner rechten Hand und leistete einen unausgesprochenen Schwur. Faith schloss und öffnete seinen Augenlider in Zeitlupentempo zum Zeichen, dass er mein Versprechen akzeptierte.
»Wie konntest du es so lange geheim halten? Die Kontrollen am Eingang? Die ständigen Tests?«
Faith schnaufte kurz, ob Schmerzen der Grund waren oder er ein herablassendes Lachen andeuten wollte, war nicht so genau zu erkennen.

»Es gibt immer Mittel und Wege. Blutplättchen, falsche Fingerkuppen, um nur einige von vielen Möglichkeiten zu nennen. Außerdem besitze ich noch gewisse andere Talente, wie du sicherlich schon gehört hast.«
Faith sah mir eindringlich in die Augen und stöhnte auf. Mit gebrochenen Rippen war es kein Spaß zu reden. Ich beschloss nachsichtiger mit ihm umzugehen und mein Kreuzverhör auf später zu verlegen.
Ich hatte davon gehört, dass Faith auf dem Bereich der Psyche einige Fähigkeiten besaß. Wie der Flurfunk berichtete, konnte er Menschen bis zu einem gewissen Grad mittels Gedankenmanipulation beeinflussen. Wie weit seine Fähigkeiten reichten, wusste ich nicht, aber ich konnte mir nicht vorstellen, dass er unbemerkt in den Geist anderer vordringen konnte.
»Kannst du aufstehen«, fragte ich vorsichtig. Ich kam nicht umhin, mir einzugestehen, dass meine anfängliche Antipathie verraucht war und sich in leichte Sympathie umgewandelt hatte. Was auch immer Faith für Macken hatte, wie auch immer er mir den Posten als Teamchefin abspenstig machen konnte, er hatte sein Leben riskiert um mich zu retten.
Faith nickte und ich bot ihm abermals meinen Arm zur Stütze an. Ich griff mit meiner Hand unter seine Achsel, musste aber feststellen, dass ich auf seine Unterstützung angewiesen war. Alleine konnte ich ihm nicht auf seine Füße helfen. Faith bemühte sich sichtlich. Gemeinsam schafften wir es, dass er erst auf allen Vieren und dann auf beiden Beinen stand. Er wollte gerade zum ersten Schritt ansetzen, als er strauchelte und gegen meine Brust prallte. Sein Kinn schlug auf meine Nasenspitze und ich kniff aus Reflex meine Augen zusammen. Als ich sie wieder öffnete spürte ich seinen Blick auf mir ruhen. Sein warmer Atem strich um meine Wangen-

knochen. Ich musste schlucken und Hitze schoss mir ins Gesicht. Auch Faith wirkte alles andere als abgeneigt und lehnte sich sogar noch näher an mich heran. Sein Atem ging schwer und sein Adamsapfel hüpfte unruhig auf und ab.

Ich traute meinen Augen nicht. Hatte ich etwas verpasst? War ich im falschen Film? Bahnte sich etwas zwischen uns an? Im Hintergrund hörte ich schon das Getuschel des Flurfunks.

So sehr ich es auch wollte, ich konnte nicht leugnen, dass auch ich das Kribbeln zwischen uns spürte.

»Bravo, bravo.« Ich fuhr zusammen. Ein Klatschen ertönte, dem Schritte folgten. »Ich muss schon sagen, eine gelungene Vorstellung.«

Ein Mann trat auf uns zu. Er war mittleren Alters, von schlanker Statur, etwa 1,75 Meter groß und trug einen schwarzen Businessanzug, in den Sprecher sich gerne bei Fernsehauftritten hüllten. Sein Gesicht wirkte auf mich kalt und gerissen und trotzdem lag um seine Augen herum ein Hauch von Bedauern, als würde er nicht vollkommen hinter dem stehen, was er tat. Einige Meter vor uns stoppte er. Eine Hand hatte er lässig in seiner Hosentasche vergraben. Er machte einen höchst seriösen und abgebrühten Eindruck auf mich, als ob er uns eine offizielle Mitteilung überbringen wollte, nur um uns danach legal ausweiden zu können.

Sein Blick glitt über uns wie ein Gründler am Boden eines Sees, als ob er jede noch so kleine Nuance von uns in sich aufnehmen wollte. Der geschniegelte Mann betrachtete uns ruhig und gelassen. Er ließ sich Zeit dabei und legte seinen Zeigefinger an sein Kinn, als würde er über etwas sinnieren. Als er mit der Musterung von Faith fertig war, schwenkte er seine Augen hinüber zu mir. Die Aufmerksamkeit, die er mir schenkte, war eine andere als die, die er zuvor Faith gewidmet hatte.

Faith hatte er wie einen potentiellen Gegner ins Visier genommen. Anscheinend sah er aber in ihm keine ernstzunehmende Bedrohung, denn er widmete nun mir seine volle Konzentration. Sein Blick fühlte sich einschüchternd an, als ob er mich mit Haut und Haaren ausziehen, mich Schicht für Schicht, Zelle für Zelle sezieren wollte. Mich schauderte es.

Meine Reaktion schien ihn zu belustigen. Auch wenn ich mein Pokerface aufgesetzt hatte, konnte ich nicht verhindern, dass sich eine Gänsehaut auf meinem Körper bildete. Der Namenlose zog kurz seine Augenbrauen zusammen, dann hob er die linke Braue an und schenkte mir ein schiefes Lächeln.

Mir kam der Mann bekannt vor, aber ich kam einfach nicht darauf, woher. Ich wusste nicht recht einzuschätzen, ob er menschlich war oder nur ein Abbild der Gattung Homo sapiens. Sein Auftreten, die Kälte in seinen Augen, die Tatsache, dass er nachts an einem solchen Ort herumstreichte, sprachen für einen Schatten.

Der Obscur und seine Gefolgsleute bevorzugten bei ihren Auftritten in der Öffentlichkeit, sei es bei Pressekonferenzen oder Interviews, immer ein und dieselbe Gestalt um sich den menschlichen Gewohnheiten anzupassen und ihnen ein Gefühl von Vertrautheit zu geben. Es war unüblich, dass sich ein Schatten der Öffentlichkeit die Finger schmutzig machte. Nur die, die sich gegen das Abkommen zwischen Menschen und ihresgleichen stellten, hielten sich nicht an die offiziellen Spielregeln.

Meine Schlussfolgerung war naheliegend: Wir hatten es mit einem Seelensauger im Vertreteroutfit zu tun.

Argwöhnisch musterte ich den Verschnitt von einem Fernsehmoderator.

»Ich sehe, du weißt, wer oder vielmehr was ich bin. Du kennst mich aus Funk und Fernsehen. Ich bin Stipo, die rechte Hand des Obscurs, um es vereinfacht auszudrücken.« Selbstverliebt verschränkte er die Hände vor der Brust.

Stipo, jetzt erinnerte ich mich. Er hielt sich bei den Auftritten des Obscurs immer im Hintergrund, aber wenn ich die wenigen öffentlichen Auftritte Revue passieren ließ, tauchte immer wieder sein Gesicht auf. Aber warum trat er in dieser Gestalt an mich heran? Schlechte Presse war auch auf Schattenseiten sicherlich nicht erwünscht.

»Was willst du von uns!« Ich formulierte den Satz nicht als Frage, sondern vielmehr als Drohung.

Faith hatte sich aufgerichtet und sah erst mich und dann den Schatten an. Er peilte die Lage, überlegte sich sicherlich, was er im Falle eines Angriffs tun würde. Ich ignorierte Faiths Bemühungen einen fitten Eindruck zu erwecken und setzte meinen Fokus wieder auf Stipo.

Stipo nahm seine rechte Hand aus der Tasche und zeigte auf Faith. »Von ihm will ich gar nichts. Es war nur interessant zu sehen, wie du auf ihn reagierst. Ich war neugierig wie du dich so machst.«

Ich runzelte die Stirn. Was sollte diese Anspielung. War das alles ein Verhaltenstest? Was wollten die Schatten von mir?

Plötzlich fiel es mir wie Schuppen von den Augen: Der Schatten mit Türsteheroptik hatte mich Januskind genannt. Sie wussten Bescheid.

Als wenn Stipo ahnte, was mir in diesem Moment durch den Kopf ging, machte er eine entschuldigende Geste mit der Hand.

»Es tut mir leid, dass die Abtrünnigen euch - sagen wir mal - etwas unsanft behandelt haben. Macht euch keine Sorgen, sie werden zur Rechenschaft gezogen, das verspreche ich euch.«
Ich glaubte ihm kein Wort.
»Aber auch wir wissen von der Prophezeiung, Januskind.« Der Blick, mit dem er mich bedachte, war stechend und bedeutungsschwer. »Und haben ein gewisses Interesse an dir.« Sein Tonfall war lapidar, aber ich spürte, dass mehr hinter seinen Worten steckte, als er preisgeben wollte.
Ich schnaufte. »Interesse.« Mehr Hohn hätte ich nicht in meine Stimme legen können. Wenn die Prophezeiung Recht behielt, dann konnte das Januskind sich entweder für das Licht oder für die Schatten entscheiden. Kein Wunder, dass sie versuchten, es auf ihre Seite zu ziehen.
Plötzlich stand Stipo direkt neben mir - Seite an Seite. Wie ein Blitz war er auf mich zugeschossen. Seine Gestalt war verschwommen. Nur noch ein Schweif hing in der Luft und verband die Stelle, an der er sich zuvor befunden hatte mit seinem jetzigen Standpunkt. Er nahm mein Gesicht in seine Hände. Seine Finger legte er an meine Schläfen. Es fühlte sich an, als würden sie schwache Stromimpulse direkt in meinen Kopf senden. Kleine Blitze tauchten vor meinen Augen auf, gefolgt von Schwaden, die mir den Verstand vernebelten. Mein einziger Gedanke galt Faith. Er musste in Sicherheit gebracht werden. Ich war es ihm schuldig.
Geblendet von den Blitzen tastete ich nach ihm. Ich fand eine Hand und berührte sie zaghaft. Ohne meinen Kopf zu wenden, der wie in einem Schraubstock zwischen den kalten Fingern des Schattens steckte, drehte ich meine Augen nach rechts. Faith stand immer noch da, aber das Blau um seine Iris war verschwunden. Ich sah in zwei stockfinstere Tunnel, in denen jegliches Licht erloschen war.

Ich war wie versteinert und konnte meinen Blick kaum von Faiths leeren Zügen lösen. Aber dann, als wenn eine Sicherung in mir durchgebrannt war, verwandelte sich meine Starre in Wut. Die Blutgefäße an meinem Hals weiteten sich, pochten und dröhnten als wäre ein Damm gebrochen und das Adrenalin könnte nun ungehindert in einem Schwall durch meine Adern rauschen.

Ich richtete meinen vollen Fokus auf den Schatten, der immer noch seine eisigen Finger an meine Schläfen gepresst hielt. Wie aus dem Nichts ließ ein Windstoß meine Haare nach hinten wehen und entblößte die funkelnde Tiefe meines nachtschwarzen Auges. Es forderte Raum und diesmal ließ ich es gewähren.

»Warum hast du das getan?«, fauchte ich.

Stipo machte keine Anstalten, mich ernst zu nehmen. Lächelnd stand er vor mir und bewegte sich keinen Millimeter. Wie eine Laborratte in einem Feldversuch musterte er mich forschend und siegesgewiss, fest davon überzeugt, am längeren Hebel zu sitzen.

Seine Arroganz kurbelte meinen Zorn nur noch mehr an, der wie eine Feuersbrunst in mir wütete.

»Lass ihn gehen!«, grollte ich mit einer Stimme, die nicht meine war.

Ich wusste nicht, ob es nicht bereits zu spät war, ob Faiths Geist nicht schon für immer verloren war. Ich konnte nur hoffen, dass Versipellen weniger anfällig für die Manipulation eines Schattens waren als normale Menschen…

To be continued…

Bibliografische Information der Deutschen Nationalbibliothek:
Die Deutsche Nationalbibliothek verzeichnet diese Publikation in
der Deutschen Nationalbibliografie; detaillierte bibliografische
Daten sind im Internet über dnb.d-nb.de abrufbar.

TWENTYSIX – Der Self-Publishing-Verlag
Eine Kooperation zwischen der Verlagsgruppe Random House
und BoD – Books on Demand

© 2016 Pfeiffer, J.B.

Herstellung und Verlag:
BoD – Books on Demand, Norderstedt

ISBN: 978-3-7407-2675-1